# 입맞춤 바이러스 주의보

# 입맞춤 바이러스 주의보

한차현 장편소설

해피북스투유

# 차례

# 1장

# 검은 무지개

# 운석

2023년 3월 9일. 목요일 저녁.

강원도 영월군 중동면 녹전리 목우산.

모두 다섯 가구 여덟 명의 주민이 모여 사는 산골 마을. 사건은 김석남(78. 남) 씨의 집 뒷마당에서 처음 시작되었다. 마을 사람 대부분이 잠든 밤이었다.

쉬이익.

어디선가 그런 소리가 세차게 가까워지더니 퍽, 작은 폭발음이 이어진다. 일일연속극을 틀어놓고 꾸벅꾸벅 졸던 김석남 씨가 눈을 뜬다. 어디 담장이 무너졌나 싶다. 아니다. 그런 소리와는 뭔가 조금 다르다.

꿈인가.

꿈을 꾸었나.

뒷마당에 나가 조금 서성인다. 땔감 나무를 켜켜이 쌓아놓은 어름, 땅바닥에 세숫대야만 한 구덩이가 패어있다. 전에 없던 흔적이다. 움푹 들어간 속에 뭔가 보인다. 거무튀튀한, 군데군데 흰 점이 박힌 돌멩이 하나가 3분의 1쯤 파묻혀 있다. 둥글넓적한 오리알 크기다. 아직은 겨울에 가까운 강원도 산간의 3월 날씨. 구덩이에서 모락모락 더운 김이 피어오른다.

이게 운석이라는 건가.

김석남 씨가 꾸부정 무릎 꿇고 흙바닥에 엎드린다. 구덩이 속 물체를 가까이 살핀다. 매캐한 유황 냄새 같은 것이 코를 찌른다. 미간을 찌푸리며 일어서서 손바닥을 턴다. 밤하늘을 올려다본다. 목우산 중턱과 맞닿은 뒷마당을 한 차례 두리번거린다. 밤하늘은 고요하며 목우산자락과 맞붙은 뒷마당 풍경 역시 변함없이 그대로다.

별일일세.

고개를 갸웃거리던 김석남 씨가 방으로 돌아온다. 자리에 눕는다. 어느새 일일연속극이 끝난 모양이다. 다시 졸음이 쏟아진다. 절로 눈이 감긴다.

별일 아니다. 별일 아닐 것이다. 지구에 떨어지는 운석들 대부분 화성과 목성 사이에 위치한 소행성대에서 오는 것이며 그 숫자는 왕립천문학회 RAS에 따르면, 10그램이 넘는 것들만 따져 어느 해는 2만 개가 안 되고 어느 해는 8만 개가 넘는다.

대기권 마찰열에 타들어 가다 살아남은 유성체들이 그렇게 지상에 내려앉으며 길고 고단한 우주여행을 끝마치곤 한다.

3월 10일 금요일 아침.
외진 시골 마을에 새로운 하루가 시작된다.

평소보다 두어 시간 늦게 일어난 김석남 씨가 뭔가 이상한 느낌에 사로잡힌다. 자신의 몸 상태가 평소와 다른 것 같다는, 애매하지만 강렬한 느낌. 왠지 가볍다. 왠지 힘이 난다. 벽 거울 속 자신을 들여다본다. 이상한 소리 같지만 15년은 젊어 보이는 얼굴이다.

그것참 별일일세.

세상 누구도 예견 못 한 사건이, 사태가, 그렇게 시작되었다.

# 청색 야구점퍼

2023년 4월 11일. 화요일 저녁.

경기도 고양시 ××동.

야자 끝나고 집에 가는 길이다. 똑같은 교복을 입고 앞서거니 뒤서거니 교문을 나선 아이들이 스무 명에서 열 명으로 줄고, 길을 건너자 다섯 명에서 세 명으로 줄어든다. 쌍룡아파트 단지로 이어지는 길에서 혼자 된 차연이 멜론마트를 지나 수정약국 안쪽으로 들어선다.

그때, 짧은 비명 소리가 날카롭게 허공을 찢는다.

"꺅!"

저편 왼쪽 골목이다. 반사적으로 몸이 반응한다. 골목 안으로 뛰어 들어간다. 주황색 가로등 불빛이 비스듬히 내려앉은 담장 아래, 두 사람이 엉겨있다. 남자와 여자. 다정한 연인 사이가 아니다. 싸우는 연인 사이도 아니다. 남자가 벽 쪽으로 여자를 몰아붙이는 중이다. 여자가 남자로부터 벗어나려고 발버둥 치는 중이다. 그러나 역부족이다. 갈데없는 성범죄 현장이다. 무릎이 부들부들 떨리기 시작한다.

"그만해!"

성큼 다가간 차연이 남자의 어깨를 잡아당긴다. 청색 야구점퍼 남자가 차연을 돌아본다. 평범한 얼굴이다. 소름 끼치도록 평범한 얼굴이다. 그 얼굴이 알 수 없이 섬뜩한 열기로 들떠있다. 더욱 소름 끼치는 것은 남자의 아우라다. 남자의 어깨 위로 둥글게 펼쳐진 아우라가 까만색이다. 온통 까맣다. 검은색 무지개가 세상에 존재한다면 이런 모습일까.

남자가 다소곳이 속삭인다.

"꺼져."

여자가 다시 발버둥 친다. 살려달라고 울먹인다. 차연이 물러서지 않는다. 둘 사이에 드잡이가 벌어진다. 차연이 남자의 멱살을 쥐고 저편 골목 구석으로 내던진다. 그러려고 한다. 이건 거의 아무도 모르는 비밀이지만 차연은 엄청나게 힘이 세다. 이건 거의 아무도 믿지 않을 비밀이지만 지난주에는 사람 없는 동네 헬스장에서 벤치프레스 340킬로그램을 들어 올렸다. 그게 얼마나 놀라운 수치인지 아는 사람은 안다. 참고로 이 분야 국내 최고 기록은 파워리프터 하제용이 세운 260킬로그램, 세계 최고 기록은 2013년 5월 에릭 스포토가 달성한 327.5킬로그램이다.

"뭐. 이거 안 놔?"

그런데 놀라운 일이다. 남자가 차연의 힘을 버텨낸다. 나아가 반격을 시도한다. 뜻밖에 힘의 차이가 크지 않다. 서로 잡고 잡히며 밀고 당기는 몸싸움이 버겁게 이어지고 있다. 다시 말하지만 이건 대단히 놀라운 일이다. 차연과 비슷한 체구에 차연처럼 평범한 겉모습을 가진 사람 중에서 차연과 엇비슷한 힘을 가진 누군가 존재한다는 것. 있을 수 없는 일이다.

버겁게 남자를 상대하며 차연이 외친다.

"경찰 불러요!"

여자가 황황히 핸드폰을 집어 든다. 세 자리 번호를 누르는 손가락이 형편없이 떨리고 있다.

"……여보세요. 여보세요? 경찰이죠?"

여자가 울먹울먹 소리를 높인다. 차연이 남자의 멱살을 잡고 쓰러뜨리려 한다. 하지만 남자가 완강히 버티며 차연의 어깨를 떠민다.

"여기 ××동 멜론마트 근처인데요. 빨리, 빨리 좀 와주세요."

밤늦은 골목길. 여자의 전화기에서 뭔가 다급하고 단호한 목소리가 이어지고 있다. 차연과 남자가 서로의 팔목을 붙들고 옥신각신 힘겨루기를 한다.

도대체 이 인간 뭐야? 초능력 강간범?

"크악!"

청색 야구점퍼 남자도 차연만큼이나 당황한 모양이다. 눈알을 이리저리 희번덕거리더니 세차게 차연을 밀쳐낸다. 몸을 돌려 도망가기 시작한다. 좁고 어두운 골목길에 발소리가 후다닥 멀어지고 있다.

차연이 쫓아가지 않는다. 다리가 후들후들, 뒤를 쫓을 상태가 아니다. 대신에 여자를 다독인다.

"괜찮으세요?"

여자가 가슴에 손을 얹고 어깨로 숨을 고른다.

"고마워요. 덕분에……."

작은 얼굴이 하얗게 질렸다.

"학생은, 어디 다치지 않았나요."

"전 괜찮아요. 그런데…… 아는 사람 아니죠?"

"당연히 아니죠."

차연보다 다섯 살 정도 많아 보인다. 단발머리 귓가에 노란 똑딱이 핀을 꽂았다.

"매일 다니는 길이거든요. 뒤쫓아 오는 소리도 안 들렸는데, 저기에서 갑자기 튀어나오더니."

멀리 순찰차 사이렌 소리가 가까워지고 있다.

"다짜고짜 벽으로 저를 밀어붙이고……. 세상에."

◆

　　형광색 순찰용 조끼를 입은 경찰들은 남자 두 명에 여자 한 명. 개중에 한 사람, 키가 크고 얼굴이 검은 남자 경찰이 좀 전의 상황에 대해 이런저런 질문을 반복한다. 로봇을 닮은 경찰이다. 외모와 행동이 인간과 흡사해서 식별하기 어려운 안드로이드가 아니다. 검게 빛나는 강철 외피에 시종 딱딱하게 굳은 얼굴과 부자연스러운 동작으로 로켓 펀치를 날리는 진짜 로봇.

　　"상준고등학교 1학년이고, 집은 어디?"

　　"저기 쌍룡아파트 지나서요, 수련파크빌이라고……."

　　"수련파크빌. 거기 알지. 야자 끝나고 귀가하다가, 골목에서 비명 소리를 듣고 곧장 달려들었다? 다른 친구나 목격자는 없었어?"

　　로봇 경찰의 가슴 주머니에 매달린 무전기에서 쉭쉭 바람 소리와 삐빅삑삑 신호음이 쉴 새 없이 이어진다.

　　"용감해. 아주 용감한 시민이야. 하지만 자기 자신도 지킬 줄 알아야지. 용의자가 흉기 같은 걸 가지고 있었다면 어쩔 뻔했어."

　　청색 야구점퍼의 소름 끼치도록 평범한 얼굴이 다시 떠오른다. 검은 무지개를 닮은 아우라가 머릿속에서 지워지지 않는다.

"알려줄게. 그럴 땐 소리를 질러. 엄청 크게."

로봇 경찰이 차연의 어깨를 툭, 치려다 만다.

"밤거리의 범죄자 새끼들이 가장 무서워하는 게 바로 소리 거든. 큰 소리. 고함 소리. 살려달라는 외침. 그러니 맞서려고 하지 말고 마구 소리치면서 도움을 요청하란 말이야."

경찰차에서 번쩍번쩍 쏟아지는 불빛과 소음에 동네 주민들 이 하나둘 모여든다. 이편 골목을 바라보며 뭐라 수군대는 중이다. 저편에서 노란 머리핀 여자와 여자 경찰이 대화를 나누고 있다. 여자는 어느 정도 안정을 되찾은 모습이다.

성이연. 아까 얼핏 들은 이름이다. 22세. 편의점 근무를 마치고 귀가하던 중이라고 했다.

"얼굴, 정말 기억 안 나? 특징 같은 거. 흉터나 문신이 있다든지. 피어싱을 했다든지."

"평범했어요. 보기엔 평범한 대학생 같았어요."

"하여튼 희한해. 멀쩡하게 생긴 놈들일수록 더 미친 변태 짓을 하고 다니니."

# 비둘기 남자들

"사탐 정도는 고3 들어가서 본격적으로 준비해도 될 거라고 생각하는 놈들 많지? 6월 모평 끝나고부터 벼락치기 해도 된다고 생각하는 애들 이 반에도 있지? 그러다 망한다. 한국사 제외하고는 과목별 난이도 예측이 거의 불가능한 게 바로 사회탐구야. 단순 암기? 안 된다고. 전반적인 출제 의도를 폭넓게 이해하고 그 바탕에서 답을 찾아가는 능력이 중요해. 꾸준히 읽고 공부하면서 이른바 통합적 사고 능력을 키워야 한다 이 말이야. 그런데 통합적 사고 능력이란 것을 단기간에 벼락치기로 얻는다? 절대 안 된다니까. 선생님이 무슨 말 하는지 알아듣겠어?"

수요일 5교시. 통합사회A 양상호 선생이 높고 가늘고 듣기

싫은 목소리로 연신 떠드는 중이다. 양상호의 연설을 흘려들으며 차연은 내내 그 생각 중이다. 어젯밤 어두운 골목길에서 만난 풍경으로부터 한 걸음도 벗어나지 못하는 중이다. 짧게 찢어지던 비명 소리. 주황색 가로등이 길게 늘어지던 벽 쪽으로 성이연을 밀어붙이던 청색 야구점퍼. 소름 끼치도록 평범하던 그 얼굴. 정신이 반쯤 나간 듯 초점 흐릿하던 눈동자. 꺼져. 다소곳이 속삭이던 목소리. 그리고 검은 무지개를 닮은 아우라.

검은 무지개라니. 온통 새카만 빛이라니.

그런 강렬함은 처음이었다.

그런 어두움은 처음이었다.

그간 숱한 사람들을 만났고 그들의 숱한 아우라를 지켜봤지만 단연코 처음이었다. 누굴까. 검은색이라니 도대체 뭘까. 요컨대 누군가의 아우라 가운데 노란색이 도드라질수록 뭔가 거짓말을 하는 중이거나, 스트레스가 심하다거나, 소화기 쪽 건강에 이상이 있는 경우가 종종 있다. 누가 가르쳐준 게 아니라 차연 스스로 사람들을 만나고 집중하고 아우라를 관찰 분석하면서 얻은 체험적 지식이다. 그런데 검은색이라니, 실로 처음이었다. 따라서 검은색으로부터 그 어떤 부분도 예측해 볼만한 것이 없었다.

사이코패스 아닐까. 반사회적 행동. 공감 능력과 죄책감 결여. 낮은 행동 통제력. 극단적인 자기중심성. 밤늦은 골목길에서 그따위 행동을 태연히 저지르고도 남을 천성적 기질. 그간 누군가로부터 검은색 아우라를 단 한 번도 보지 못했던 것은, 뉴스 속 사이코패스 연쇄살인범을 직접 대면할 일이 없었던 때문 아닐까.

똑똑.

때 아닌 노크 소리에 양상호의 잔소리가 잦아든다. 교실 앞 문이 살그머니 열린다. 누군가 조심히 고개를 들이민다. 괴벨스. 담임 박창일이다. 양상호와 박창일이 피차 불편한 얼굴로 몇 마디 주고받는다. 양상호로부터 양해를 구한 박창일이 교실 쪽으로 시선을 돌린다. 반 아이들을 한 차례 둘러본다. 이윽고 검지를 세워 누군가를 가리킨다.

"한차연."

차연이 놀란다. 어쩔어쩔, 놀란다. 서른여덟 명 가운데 단 한 사람, 한창 수업 중이던 와중에 민망스럽게도 콕 찍혀 지목당하는 대상이 하필 자신이라니.

"잠깐 나와."

"……저요?"

"그래 너."

괴벨스가 까딱 턱짓을 해 보이고는 앞장서 교실을 나선다. 꾸벅꾸벅 졸던 아이들이, 시무룩이 문제집을 뒤적이던 아이들이, 열심히 폰을 만지작거리던 아이들이 하나둘 차연을 돌아본다. 뭔데, 쟤 무슨 사고 쳤나? 쑥덕이는 소리가 들리는 것 같다. 괴롭다. 아프다. 이런 거 정말 싫다. 누군가로부터 필요 이상의 관심을 받는 것. 누군가의 입에 오르내리는 것. 일상적인 궁금증이건 야비한 호기심이건, 수군수군 뒷이야기의 주인공이 되는 것. 예기치 않게도 그런 상황에 놓이고 마는 것. 힘든 일이다. 세상에서 가장 견디기 힘든 일이다.

가련한 얼굴로 어쩔 줄 모르는 차연을 향해, 양상호가 불친절하게 조언한다.

"뭐 해. 가봐."

◆

괴벨스 뒤를 졸졸 쫓아간 곳은 교무실이나 상담실이 아니라 매점 휴게실이다. 인조잔디 축구장의 초록색 모서리가 보이는 안쪽 창가 자리. 그곳에서 두 사람을 만난다.

통이 넓은 황갈색 면바지. 진청색 가죽 운동화. 다림질 잘된 흰색 반팔 티셔츠. 똑같은 옷차림의 남자 두 명.

"이 학생이겠군요."

두 명 가운데 한 명, 키가 작고 고글 같은 은색 선글라스를 낀 남자가 질문인 듯 아닌 듯 중얼거린다. 담임이 어정쩡하게 고개를 끄덕인다.

"그렇습니다."

"감사합니다. 선생님은 이만 돌아가셔도 좋습니다."

두 명 가운데 한 명, 키가 크고 갈색 머리칼에 기름을 발라 정확히 2대8 가르마로 빗어 넘긴 남자가 그렇게 중얼거린다. 담임이 이번에는 뭐라 대답하지 않는다. 고개를 끄덕이지도 않는다. 그러자 키 작은 은색 고글이 당부한다.

"안심하세요. 꼭 필요한 질문 몇 마디만 하고 돌려보내겠습니다. 오래 걸리지 않을 겁니다."

괴벨스가 마지못해 물러선다.

"그럼…… 뭐 필요한 게 있으면 말씀하세요."

혼자 남겨진 차연의 이름을, 키 큰 2대8 가르마가 재차 확인한다.

"한차연 학생?"

"……예."

"경찰이에요. 어젯밤 있었던 일에 대해서, 뭐 좀 물어볼 수 있을까 해서."

외국에서 오래 살다가 온 듯 뭔가 서툴고 어색한 발음이다.

"앉아요. 앉아서 이야기합시다."

전날 밤 골목길에서의 사건에 관한 질문들이 이어진다. 2대8 가르마가 두 마디를 하면 은색 고글이 한마디를 거드는 식이다. 차연이 기억나는 대로 대답을 이어간다. 그 와중에 아주 조금 고민한다. 청색 야구점퍼의 아우라에 대해, 음산하고 기분 나쁜 검은색 무지개에 대해서도 솔직히 털어놓아야 하지 않을까. 차연 못지않은 괴력에 맞서느라 내심 당황했던, 구체적인 정황에 대해서도 설명해야 하지 않을까. 그리하여 청색 야구점퍼가 세상으로부터 보다 멀리 격리될 수 있도록 도움을 줘야 하지 않을까.

결국 그렇게 하지 않는다.

일단은 차연의 황당한 제보에 귀를 기울이지 않을 것이다. 설령 3분의 1쯤 귀를 기울인다 해도, 피의자 검거에는 별다른 도움이 되지 않을 것이다. 반면에 차연에게는 세상 귀찮고 곤란한 질문들이 이어질 것이다. 아마도 그러할 것이다.

간밤에 순찰차를 몰고 출동한 형광조끼 경찰들과 달리, 두 남자는 차연의 몸 상태에 대한 질문을 아끼지 않는다.

"어디 다친 데 없나요."

"없어요."

"용의자와 몸싸움을 벌였다고 했는데."

"아주 잠깐이었거든요."

"그러다 보면 찰나에 미세한 상처가 남겨질 수도 있지요. 멍이 생겼다든지. 긁혔다든지. 물렸다든지. 그걸 모른 채 넘어갈 수도 있고, 그러다가 크게 덧날 수도 있고."

"덧난다고요?"

"외부 영향으로 인체에 모종의 이상 변화가 시작되었을 때, 치유 불가능한 시점이 오기 전에 그 징후를 파악할 수 있다면 그것은 무엇보다 본인에게도 대단히 중요한 일이겠지요. 뜻밖에 드문 일이기도 하고."

"그게 무슨……."

"잘 생각해 봐요. 격렬한 신체 접촉이 있고 나서 체내에 어떤 변화가, 아주 사소한 것이라도, 감지된 게 혹시 없었는지."

"변화라면."

"밤새 잠이 오지 않고 식은땀이 났다든가. 이상한 꿈을 꾸었다든가. 갑자기 식욕이 좋아졌다든가. 몸 여기저기가 아프다든가. 반대로 이상하게 힘이 난다든가."

차연이 고개를 갸우뚱.

"글쎄요. 잘 모르겠어요."

2대8 가르마에 이어 키 작은 은색 고글이 나선다.

"아, 해봐."

"왜요?"

"DNA 채취."

외국에서 오래 살다 온 듯 발음 어색한 2대8 가르마가 존댓말이라면 은색 고글은 짧고 명료한 반말이다.

"아아."

"더 크게."

"아아아."

차연이 상추쌈 받아먹듯 입을 쩍 벌린다. 하얀 마스크를 쓴 은색 고글이 입안에 면봉 같은 것을 집어넣는다. 오른쪽 어금니 안쪽 볼살을 열심히 문지른다. 묘한 감촉이다. 바보처럼 입을 벌린 차연의 시선이 남자의 와이셔츠 깃에 머문다. 작은 새

모양의 금속 배지가 달려있다. 앙증맞다. 비둘기인가? 그러고
보니 2대8 가르마의 와이셔츠 깃에도 똑같은 모양의 배지가
보인다.

"한 번 더."

두 번째 면봉이 입안에 들어온다. 왼쪽 어금니 안쪽을 역시
비슷한 동작으로 문지른다. 차연의 구강상피세포를 열심히 긁
어낸 면봉 몇 개가 유리관 안에 담기고 고무마개로 봉해진다.

"끝난 건가요."

"체온과 혈압을 잴 거야. 이어 혈액을 채취할 거고."

차연이 울상이 된다.

"피 뽑아야 하나요?"

2대8 가르마가 차연의 왼팔에 지혈대를 묶기 시작한다.

"말했잖아요. 외부의 영향으로 인체에 모종의 이상 변화가
시작되었을 때, 치유 불가한 시점이 오기 전에 그 징후를 파
악할 수 있다면 그것은 무엇보다 본인에게 대단히 중요한 일
이라고. 학생과 학생 가정의 안전을 위하는 일이며 나아가 사
회와 국가의 안전을 위하는 일……이라는 이야기까지는 안
했던가?"

팔꿈치가 접히는 부근에 알코올 솜을 문질러 닦는다.

"따끔해요."

차연이 주삿바늘로부터 시선을 돌린다. 찌르르 묵직한 통증
이 왼쪽 팔꿈치 한 지점에서 넓게 퍼져나간다. 6교시가 한창이

다. 매점 휴게실이 한산하다. 오후 햇살이 창가에 길게 늘어지고 있다.

"수고했어요. 이제 다 끝났어요."

남자들과 함께 매점 휴게실을 나선다. 담임은 보이지 않는다. 운동장에서 작은 함성이 일고 있다. 체육 시간이다. 아이들이 편을 나누어 배구를 하는 중이다.

"이제 들어가 봐요. 수업 빼먹게 해서 미안해요."

"예……."

"충고 하나 할게."

2대8 가르마에 이어 은색 고글.

"세상은 끔찍하고 위험하고 징그러운 것투성이야. 우리가 잘 모르고 있을 뿐이지. 명심해. 까딱 잘못하면 그 끔찍하고 위험하고 징그러운 것들로 인해 우리 모두 돌이키기 힘든 밑바닥으로 처박힐 수 있다는 것을."

차연이 은색 고글을 바라본다. 은색 고글의 아우라를 유심히 살핀다. 대체로 평범하다. 평범하고 무난하며, 한편으로 대담하고 강인한 정신력을 읽을 수 있다. 뭔가를 숨기고는 있는데 그에 대해 조금의 거리낌도 없다. 만만치 않은 상대다.

"그러니 늘 조심해야 해. 내 가족 내 자신은 내가 지킨다는 생각으로. 마음은 늘 평온하게. 불상의 위협에 대한 긴장은 한시도 내려놓지 말고."

이번에는 2대8 가르마.

"가볼게요. 이상한 작별 인사 같지만 다시 만날 일이 없었으면 좋겠네요."

"어째서…… 그런가요?"

똑같은 비둘기 배지를 단 남자 둘이 서로를 돌아본다.

"우리가 다시 만나게 된다면, 지금 우리가 만나야 했던 상황의 위험성이 그만큼 커졌다는 의미니까."

# 전혀 다른 종족

"말도 안 돼. 와, 씨발."

진구가 동그란 안경 너머 동그란 눈을 동그랗게 깜빡인다. 어떤 고민이라도 털어놓을 수 있는 친구. 차연의 돌연한 신체 변화들에 대해, 그로 인한 비밀한 능력들에 대해 속속들이 알고 있는 세상 한 명뿐인 친구. 초등학교 2학년 때부터 지금까지 장장 9년을 지겹도록 붙어 다니는 친구, 진구.

"그렇게 힘이 세다고? 너보다?"

"더 센 건 아니고. 비슷비슷."

"덩치가 얼마나 되는데. 겁나 커?"

"나 정도."

"말도 안 돼."

수요일. 야자 없는 날. 4월 중순 저녁 바람이 아직은 조금 쌀쌀하다.

"너도 너지만 그놈도 꽤나 놀랐겠네."

"아마도."

"자기가 세상 유일한 돌연변이라고 자부했을 거 아냐. 그런데 밤거리를 설치고 다니다가 자기 비슷한 새끼를 우연히 맞닥뜨린 셈 아냐."

"자기 비슷한 새끼라……."

"ㅎㅎ."

"짧은 순간이었지만, 그래, 뭔가 당황한 기색이었던 것 같기도 하고."

버스정류장. 똑같은 교복을 입은 비슷비슷한 뒷모습들이 좀비 떼처럼 바글거린다. 정류장을 지나 걷는다. 스마트폰 대리점 건물을 지나 횡단보도 앞에 멈춰 선다.

"하여간 이상해. 분위기가 되게 이상했어. 이 세상 사람 같지 않은 눈빛도 그렇고."

"검은색?"

"맞아. 검은색 아우라."

"오오."

"끔찍했어. 난생처음이었어. 전혀 다른 종족을 만난 기분이었어."

"한차 간만에 상대 만났네!"

진구가 딱, 소리 나게 손가락을 튕긴다.

"가만히 있으면 안 되겠군."

"가만히 있지 않으면."

"전혀 다른 종족이라며? 성폭행 미수라며?"

"그래서 뭐."

"새로운 적이 등장했어. 정체는 모르지만 엄청나게 위험한 놈이야. 검은 무지개를 뒤집어쓴 빌런."

"어쩌라고."

"상상해 봐. 어젯밤 같은 일이 또 벌어지지 말라는 법이 있을까? 비슷하지만 더 심한 사건이 조만간 발생할 가능성이 충분하지 않을까? 안 되지. 우리 세상은 우리가 지켜야지."

차연의 남다른 능력을, 그것이 차연에게 처음 발현되던 즈음부터 바로 곁에서 속속들이 지켜봐 왔던 세상 유일한 친구 진구에게는 그로부터 기인한 두 가지 치명적인 문제가 있다. 하나는 차연의 능력을 블록버스터 영화 속 초능력 정도라고 착각하는 것이고, 또 하나는 그 힘을 조종하고 사용할 권한이 차연에게 일부 있다고 믿는다는 것이다.

신호등이 파란불로 바뀐다. 차연이 도로 턱에 내려선다. 뒤에 처진 진구가 웅얼웅얼.

"그런데 궁금한 게 또 하나 있어."

"뭐가 또."

"다른 게 아니라."

진구가 진지하다.

"예쁘냐?"

"응?"

"그 여자, 예쁘냐고."

# 다시 검은 무지개

수요일 저녁. 간만에 집에서 밥을 먹는다.

간만에 아빠와 함께다.

식탁 닦고 수저 놓고 밥 푸고 밑반찬 접시 챙기는 일은 차연이 맡는다. 두부에 계란 물을 입혀 부치고 오늘의 찌개를 끓이는 일은 아빠 차지다. 돼지고기를 먼저 넣고 끓이다가 나중에 신 김치와 꽁치통조림을 한데 털어 넣고 바글바글 끓이는 아빠표 김치잡탕찌개 냄새가 온 집안에 가득하다.

"식탁 닦은 거지?"

"응."

"찌개 간다. 뽕뽕이 좀 놔."

"여기."

가스 불을 끈 아빠가 뜨거운 냄비 손잡이를 행주로 잡아 들고 조심조심 식탁으로 옮긴다. 나무로 된 동그란 냄비 받침 위에 그것을 내려놓는다.

"앉자. 아, 차연아."

"응."

"아빠가 물어볼 말이 하나 있다."

"뭔데."

"반주 한잔해도 되냐."

"마음대로."

"오케이."

TV가 저 혼자 열심히 떠들고 있다. 종편 채널의 시사 프로그램이다. 냉장고에서 초록 술병을 가져온 아빠가 와그작, 힘차게 병뚜껑을 돌려 딴다.

"찌개 먹어봤어?"

"응."

"어때."

"맛있어."

책은 몇 권 냈지만 잘 팔리지 않는 그래서 그다지 유명하지도 않은, 주업인 소설 이외의 잡문을 쓰거나 다듬는 일을 주업으로 삼는 소설가. 술을 한 병 정도 마시면 기분이 좋아지고 말이 많아지며 그 이상을 마시면 말이 더 많아지다가 소파 위건 어디건 잠이 드는, 그래서 일주일이면 나흘 이상은 기분이 좋아지고 말이 많아지며 아무 데서나 잠이 드는 가정주부. 차연이 빨리 커서 함께 저녁 반주를 할 수 있는 날이 오기만을 바란다고 종종 말하는 요리사. 요새 아빠는 일주일에 한두 차례 제주도를 오가느라 바쁘다. 제주도에서 요식업으로 크게 성공한 어느 돈 많은 사업가의 자서전을 대신 써주는 일 때문이다.

"학교 잘 다녀?"

"네."

"요새 아빠가 바쁘다고 잘 챙겨주지도 못하고."

"괜찮아."

"고등학생 된 지 한 달도 넘었네. 중학교 때랑은 다르지?"

"응."

"어때. 학교생활 재미있어?"

"재미로 학교 다니나."

"그러면 왜 다녀. 공부하려고?"

"당연하지."

"사기 치고 있네."

사실 아빠는 차연이 공부를 잘하건 못하건 열심히 하건 열심히 하지 않건 그다지 신경 쓰지 않는, 충분히 그렇다고 할 수 있는 사람이다. 적어도 공부 문제에 대해 계속 물어보고 잔소리하고 강요하는 모습을 거의 찾아볼 수 없는 사람이다. 요컨대 아빠는 차연이 고등학교 들어와서 처음 치를 중간고사를 어떻게 준비하고 있는지보다 오늘 점심 급식으로 뭐가 나왔는지 맛은 어땠는지를 더 궁금해하는 사람이다.

참고로, 이게 무슨 참고가 될지는 모르겠지만, 뽕뽕이란 나무로 된 냄비 받침을 말한다. 세상에 냄비 받침을 두고 뽕뽕이라고 부르는 사람은 아마도 차연과 차연의 아빠가 유일할 것이다. 차연이 지금보다 더 어렸을 때 요컨대 〈방귀대장 뽕뽕이〉를 즐겨 보던 네 살 무렵에, 그때는 지금처럼 나무 제품이 아니라 플라스틱으로 된 냄비 받침이 집에 있었다. 네 살 차연이 까무러치게 좋아하던 뽕뽕이와 짜잔이 형의 웃는 사진이 프린트된 냄비 받침이었다. 뽕뽕이가 좋아요. 왜? 그냥~. 짜잔이 형이 좋아요. 식사 시간마다 플라스틱 냄비 받침을 가리키며 뽕뽕이라고 좋아하던 차연 덕분에, 나무로 된 냄비 받침도 자연스럽게 뽕뽕이라는 이름을 물려받았다.

플라스틱 뽕뽕이 냄비 받침이 언제 어쩌다가 어디로 사라졌는지 알 수 없다. 언제 어쩌다가 어디로 사라졌는지 알 수 없는 플라스틱 뽕뽕이 냄비 받침이 집에 있던 시절에는, 지금은 어디로 사라졌는지 알 수 없는 엄마가 차연과 차연의 아빠 곁에 있었다. 간만에 뽕뽕이라는 이름의 물건에 대해 생각하자니 갑자기 우울해진다. 엄마 때문이다. 아빠 때문이기도 하다. 차연이 아는 한 아빠는 아직 엄마를 많이 그리워하고 있는 사람이다. 차연이 다섯 살 때 홀연히 사라진 엄마가 언젠가는 돌아올 것이라고 굳게 믿고 있는 사람이다. 아빠가 일주일에 나

홀은 초록 술병을 찾는 500가지 이유 가운데 엄마와 관계된 것이 250가지는 넘지 않을까.

"다시 관련 영상을 보시겠습니다. 말씀드린 것처럼 이 장면은 어제저녁 8시경, 여의도 한 음식점의 폐쇄회로 카메라에 찍힌 당시 상황입니다. 하얀 와이셔츠를 입고 소매를 걷어 올린 저 남자! 저 모습에 주목해 주시기 바랍니다."

축구 중계하듯 열띤 진행자의 목소리가 이어지는 가운데, TV 화면은 CCTV에 잡힌 짧은 장면을 반복 재생하고 있다. 화질이 별로 좋지 않다. 게다가 사람들의 얼굴이 희미하게 모자이크 처리되었다. 어느 식당 안, 좌식 테이블 주변에 모자이크 처리된 사람들 몇이 앉거나 서있다. 잘은 모르겠지만 분위기가 왠지 안 좋아 보인다.

"저기 보시죠. 종업원으로 보이는 사람들을 향해 삿대질을 하며 잔뜩 화가 난, 매우 고압적인 상황인데요. 그러더니 저렇게 뭔가를 집어던지는 모습입니다. 물컵으로 보이는데요. 취재진이 알아본 결과, 바로 저 사람이 애국한국당 민경석 의원인 것으로 확인되었습니다. 고 변호사님, 화면으로는 확실하지는 않지만 굉장히 과격한 모습입니다. 어떻습니까. 저 정도면 법률적으로 충분히 문제가 되는 사안 아닌가요?"

스튜디오로 돌아온 화면이 빨간 넥타이 맨 남자 진행자의 얼굴을, 이어 여자 패널의 얼굴을 비춘다. 갈색 단발머리 작은 얼굴, 연미색 블라우스와 분홍 재킷의 여자가 단정하게 입을 놀린다.

"법률에서는 폭행의 의미 자체가 굉장히 넓게 적용되고 있습니다. 요컨대 업무상 통화 중에 크게 소리를 지른 일이 폭행으로 인정받은 사례도 있고요."

콜록콜록.

차연이 기침을 시작한다. 어른들이 '사레 들렸다'고 말하는, 바로 그 증상이다. 입안에 가득한 음식물을 그만 식탁 위에 뿜어낼 뻔한다.

콜록콜록.

"……물잔이나 접시 등을 집어던진 것이 사실이라면 폭행 혐의는 충분히 적용 가능하다고 할 수 있습니다. 이 경우 화면 속에 보이는 식당 종업원 모두가 피해자가 될 수 있는데요. 그들 중 한 명이라도 가해자의 처벌을 원한다면 기소를 피할 수 없겠지요."

콜록콜록.

"괜찮냐?"

아빠가 다가와 등을 두드려 준다. 다행히 그쯤에서 기침이 멈춘다. 눈물 그렁그렁해진 차연이 고개를 끄덕인다.

"천천히 먹어, 천천히."

여자 변호사의 목소리가 계속 이어지고 있다.

"화면으로는 확인이 잘 되지 않지만요, 사람을 향해서 어떤 물건을 던지는 의도가 또렷하다면 특수폭행 혐의가 적용될 가능성도 있습니다. 특수폭행은 피해자가 가해자의 처벌을 원하지 않을 경우에는 처벌할 수 없는 범죄, 즉 반의사불벌죄에 해당하지 않는 중범죄의 일종이지요."

"쓰레기들. 대한민국에서 제일 써먹을 데 없는 새끼들."

아빠가 투덜거린다. 아마도 국회의원 이야기다. 쓰레기, 가 아니라 쓰레기들, 이라고 한 걸 보면 TV 속 주인공만을 지칭하는 게 아닌 모양이다.

차연의 가슴이 미친 듯 두근거리는 중이다. 여자 때문이다. TV 속 여자 변호사 때문이다. 그녀의 등 뒤, 양어깨부터 정수리까지 둥글게 반원을 그린 아우라 때문이다. 강렬하게 이글거리는 그녀의 아우라가, 놀랍게도 검은색이다.

검은 무지개.

며칠 전 골목길에서 만난 청색 야구점퍼가 절로 떠오른다. 차연을 질리게 만들었던, 그 섬뜩한 아우라를 여기서 다시 만난다.

"선거 때만 국민을 섬긴다고 나불대면서 툭하면 밥그릇 싸움질에……."

아빠가 투덜투덜 채널을 돌린다.

"국회의원 절반으로 줄여야 해. 무보수 봉사직으로 죄다 바꾸고. 네 생각은 어때?"

# 9979번 빨간색 광역버스

토요일이다.

쌍룡아파트 해돋이놀이터에서 진구를 만난다. 진구는 아주 조금 짜증 난 얼굴이다. 아주 조금 귀찮아 죽을 것 같은 얼굴이다. 씻고 나오기 귀찮다는 놈을 억지로 불러낸 탓이다. 간만에 집에 아무도 없으니 실컷 게임이나 하겠다는 놈을 억지로 끌어낸 탓이다.

"가자. 같이 가자."

"글쎄다."

"우리가 신촌을 언제 가보겠어."

"아무래도 좋은 생각이 아닌 것 같은데."

"맛있는 거 사줄게. 육쌈냉면 먹자."

"육쌈냉면 정도로 내가 움직일 것 같아?"

"좀 도와주라. 내가 거짓말을 잘 못하는 성격이잖아."

"그럼 난 거짓말을 술술 잘하는 성격이란 말이야?"

"응."

"마음에 안 든다."

"내가?"

진구가 두 손을 짝, 마주 부딪친다.

"작전 자체가 마음에 안 들어."

"어떤 점에서."

"알지도 못하는 누군가가 얼마나 위험한 인물인지, 그것이 어떤 종류의 위험인지, 그걸 알아낼 목적으로 그 누군가에게 직접 찾아간다? 말이 돼?"

"말이 왜 안 되는데."

"위험해. 무모해."

"위험한 거랑 무모한 거랑은 다르잖아."

"검은 무지개라며. 청색 야구점퍼와 비슷하다며. 그럼 뭐야, 괴력의 사이코패스? 그런 괴물을 권총 한 자루 없이 만나러 가자고?"

"권총을 어디서 구해."

"실패할 경우를 생각해 봐. 우리의 의도가 발각될 경우를 생각해 봐. 안 돼. 싫어. 절대."

"방법이 없잖아."

차연이 조마조마해진다.

"독이 들었는지 아닌지 알기 위해서 난생처음 보는 음식 비슷한 것을 먹어볼 수는 없겠지. 하지만 이건 경우가 다르다고. 독이 들었는지 상했는지 음식인지 아닌지, 가까이서 확인해보는 정도일 뿐이야. 냄새도 맡아보고. 포크로 눌러도 보고."

"눌러봤다가 폭발이라도 하면?"

"안 그러면 어떻게 알겠어. 얼마나 위험한 존재인지 그 위험의 정체가 무엇인지, 어떻게 짐작이나 해보겠어."

"글쎄다."

"위험하지 않을 거야. 우리 정체가 의심받을 일도 없을 거야. 장담해. 사람 많은 장소에서 무슨 일이야 일어나겠어?"

차연이 재촉하듯 자리에서 일어선다.

"같이 가자. 이제 움직여야 해. 2시 약속이라고."

인터넷에서 고정민 변호사에 관한 정보들을 찾는 것은 어렵지 않았다.

1993년 서울 출생. ○○대학교 법학전문대학원 석사. 2018년 변호사 시험 합격. 2019년 법무법인 AA 변호사. 대한변호사협회 인증 공정거래 전문 변호사. 서울특별시 선거방송 토론위원회 위원. ○○시의회 법률고문. ○○경찰서 자문변호사. SBC 〈오늘의 아침〉 '고정민 변호사의 Q&A' 진행 중. YTV 뉴스 〈2시의 전문가〉 인터뷰, MBK 〈여의도 전망대〉, JJTV 〈남PD와 좋은 친구들〉 등의 프로그램에 고정 패널로 출연.

고정민에게 접근하는 것 또한 어려운 일이 아니었다. 일단 법무법인 AA로 무작정 전화를 걸었다. 경기도 어느 고등학교의 교지편집부인데 변호사님을 찾아뵙고 잠깐 인터뷰를 할 수 있겠냐고 물었더니 '이쪽으로 연락해 보시라'며 전화번호 하나를 불러준다. 시키는 대로 연락했다. 소속사인 것 같았다. 토요일 3시, 신촌에 있는 모 대학에서 강연회가 있을 예정인데 거기서 30분 정도 시간을 낼 수 있을 것이라는 담당자의 답변이 돌아왔다. 그렇게 약속이 잡혔다. 대책 없이 벌인 일의 전말은 그와 같았다. 정말로 어렵고 힘든 일은 따로 있었다. 차연 자신을 충분히 납득시키는 일.

꼭 내가 나서야만 하는 것일까. 다른 방법은 없는 것일까. 어째서 나여야만 하는 것일까.

그 같은 질문에 막혀 어제는 밤새도록 궁리하고 갈등했으며 고민했다. 납득할 만한 대답은 끝내 찾을 수 없었다.

"요즘 TV 출연으로 바쁘신데, 방송과 변호사 일 중에서 뭐가 더 힘드시나요."

"세 번째 질문이야?"

"순서는 나중에 정하고."

신촌으로 가는 9979번 빨간색 광역버스. 무릎에 가방을 올려놓은 진구가 노트에 뭔가 열심히 적는다.

"뭐가 더 힘드냐 말고 어느 쪽이 더 즐거운지를 묻는 게 어때."

"그러든지…… 너도 말해봐."

"글쎄다."

"네가 교지편집부 기자야. 지금 인터뷰 대상자를 만났어. 학생을 대표해서 어떤 질문을 할 건데?"

"음…… 장래 희망으로 변호사를 꿈꾸게 된…… 아니다, 법조인을 직업으로 선택한 특별한 계기가 있으신가요."

"완전 범생이표 질문이네. 좋다. 이런 것도 하나 넣자."

고정민 변호사를 만나서 할 질문을 뽑는 중이다. 웹교지 여름호에 업데이트할 인터뷰 기사. 그런데 두렵다. 목적지에 가까워질수록 진구가 노트에 정리하는 인터뷰 질문 항목이 늘어날수록 걱정만 늘어간다. 잘할 수 있을까. 빤한 거짓을 뻔뻔하게 내뱉으며 얼굴 붉히지 않을 수 있을까. 그 똑똑한 변호사 앞에서 어물거리다가 단박에 거짓말을 들키지 않을까. 그 같은 마음의 부담을 이겨내고 상대를 제대로 관찰할 수 있을까.

◆

중학교 2학년 2학기가 시작되던 즈음이다. 그즈음부터다. 사람을 만나면, 누군가를 마주 보고 그에게 마음을 집중하면, 서서히 드러나는 그 사람만의 고유한 빛과 색과 문양을 볼 수 있게 되었던 것은. 뭐라고 이름 붙이면 좋을지 모를 시력 이상의 시력을 돌연 얻게 되었던 것은.

누군가의 얼굴 뒤편, 양어깨로부터 정수리까지 둥글게 반원을 그리는 여러 겹 빛의 띠. 최인화라는 이름의 상담 선생이 처음이었던 것 같다. 동네 멜론마트의 키 큰 계산원 아줌마로부터 난생처음 그런 경험을 했던 것 같기도 하다. 처음에는, 당연히, 어리둥절했다. 도대체 저게 뭔가 싶었다. 등 뒤에 무슨 조명등 같은 게 잘못 켜졌나 싶었다. 천장에 물이 새고 벽지가 젖으며 이상한 무늬가 번지는 것인가 싶었다. 그러나 조명등 같은 것은 없었다. 물이 새는 것도 아니었다. 커다란 은박 부채를, 공작새처럼, 어깨 뒤로 차라락 펼쳐 보이는 것 또한 아니었다. 도서관을 헤매고 인터넷을 뒤적거린 끝에 알게 된바 그것은 일종의 아우라였다. 기, 오라, 후광 등 비과학적인 용어로 불리기도 하는 무엇이었다. 개개인이 가진 고유한 빛, 모두가 모를 뿐 누구나 가지고 있는, 그러나 볼 수 있는 사람이 거의 없고 그래서 잘 알려지지 않은, 그 사람만의 고유한 빛 혹은 빛을 닮은 무엇이었다.

곤혹스러웠다. 당황스러웠다.

왜냐하면 두 번째였다. 벌써 두 번째였다. 생애 두 번째로 맞는 사춘기가 아니었다.

생애 두 번째로 맞는 돌연한 신체 변화. 다시 말해 돌연 변화. 또다시 말해 돌연변이.

첫 번째로 돌연한 신체 변화가 찾아왔던 것은 중학교 1학년 1학기가 끝나가던 7월경의 일이었다. 하루가 다르게 힘이 세지는, 도통 이해가 가지 않는 증상이었다. 누구처럼 헬스장을 다니며 땀을 빼기는커녕 집에서 팔굽혀펴기 한 번 제대로 해 본 적이 없었다. 만져보면 팔다리 근육이 특별히 발달하는 것 같지도 않았다. 그럼에도 갈수록 걷잡을 수 없이 힘이 세지는, 간질간질 이상한 기분에 실험 삼아 주방의 냉장고를 번쩍 들어 올렸다가 천장에 쿵! 누가 볼까 화들짝 놀라고 말았던 게 첫 번째 기억이었다. 곤혹스러웠다. 당황스러웠다. 도대체 이게 뭐람. 의아한 한편 공연히 뿌듯한 것도 사실이었다. 알 수 없이 설레던 것도 사실이었다.

내가 특별한 존재였다니. 영화 속 누구처럼 선택받은 히어로였다니. 나락에 떨어지는 세상을 구해내는 영웅이 될 운명이었다니. 그러나 두 번째 찾아온 신체 변화는 다만 절망스러울 뿐이었다.

아우라?

사람의 등 뒤로 울긋불긋한 빛의 테두리?

이러다 미치는 건 아닌지 걱정스러웠다. 이 치명적인 운명을 어쩌지 못하고 평생을 박수무당으로 살아가게 되는 것은 아닌지 두려웠다. 내 삶은 어째서 이따위일까. 어째서 이따위로 괴상해야 하는 것일까. 다음번에는 또 어떤 돌연변이 증상이 찾아들까. 영화 〈엑스맨〉의 비스트 같은 파랑 털보 괴물로 변신하는 것 아닐까.

3학년이 되고, 중학교를 졸업하고, 고등학교에 입학하고. 그새 숱한 사람들을 만났으며 그때마다 숱한 아우라를 지켜봤다. 빛의 물결은 사람마다 달랐다. 사람들 한 명 한 명이 대체로 비슷비슷한 듯 얼굴도 목소리도 걸음걸이도 죄다 다르듯, 사람들의 아우라 또한 비슷하지만 똑같은 모습이 없었다. 빨강과 노랑, 초록, 보라 등이 어우러지는 빛의 색감이 달랐고 이글이글 불타오르고 번져가는 양상이 달랐으며 그로 인한 전체적인 느낌이 조금씩 다 달랐다. 남자와 여자가 다르고 아이와 어른이 달랐으며 아는 사람과 모르는 사람이 달랐다. 같은 사람이라 해도 상황에 따라 달랐으며 같은 상황 속에서도 시시각각 변해가는 모양이 일정치 않았다.

남에게는 없는 능력이 있다는 것.

어쩐 영문인지 알 수 없지만 남달리 각별한 신체 능력을 가지고 있다는 것.

힘든 일이었다. 대단히 조심스러운 일이었다. 키도 반 평균 이하인 데다 운동신경도 형편없어서 반대표 농구선수나 계주 선수로 뽑힌 적 한 번 없는 차연이, 학교 대표로 출전해서 경기도 중학부 씨름왕 준우승을 차지한 7반 권우를 한 손으로 집어 던질만한 괴력의 소유자라는 것. 절대 알려져서는 안 될 비밀이었다. 그리하여 요컨대 친구들과 장난으로 몸싸움을 할 때도 힘 조절을 하느라 신경을 바짝 곤두세워야 했다.

누군가의 아우라를 볼 수 있는 제3의 시력 역시 마찬가지였다. 이 또한 절대로 지켜져야만 할 차연만의 비밀이었다. 예의 능력이 만에 하나 주변에 알려진다면, 당장 유명세를 치르며 국가기관의 관리하에 충분한 과학적인 검증을 거칠 때까지, 그 이후까지도, 이루 열거하기 힘든 고통의 순간들이 차연을 기다릴 터였다.

남들과 다르다는 것.

남들과 다른 비밀이 내 안에 점점 커져간다는 것.

그걸 아는 사람도 그걸 드러낼 자신도 없다는 것.

괴로운 일이었다. 외로운 일이었다. 남들과 다른 2차 성징이 결국 차연의 내면에 남겨 놓은 것은 동굴처럼 깊고 우울한 상처였다. 그 상처는 차연의 성격마저도 묘하게 바꿔놓았다. 때로는 지나치게 소심해지는 것. 때로는 지나치게 대범해진다는 것. 상반되는 두 가지 강박적 감정들이 시도 때도 없이 부딪히고 갈등했다. 그것은 사춘기 즈음 돌연히 시작된 신체 변화와 함께 자연스레 형성된 차연의 고단한 정체성과도 같았다.

그리하여 수업시간에 홀로 일어서서 뭔가 발표를 해야 할 때, 선생님으로부터 지목을 받았을 때, 하다못해 조용한 속에 큰소리로 재채기를 터뜨렸을 때, 예의 소심함이 버럭 고개를 쳐들며 눈앞이 캄캄해졌고 얼굴이 빨개졌고 다리에 힘이 풀렸다. 주변 모두가 은근슬쩍 차연을 힐끔거리는 것 같았다. 차연을 향해 뭐라 쑥덕이는 것 같았다. 이상한 별종이라고 손가락질하는 것 같았다. 참기 힘든 순간이었다. 공황장애가 찾아올 것 같은 순간이었다. 지난번 수업시간에 갑자기 나타난 괴벨스가 대뜸 차연을 불러냈을 때 기절할 듯 얼굴이 새하얗게 질리고 만 것도 그런 때문이었다.

그런가 하면 TV를 통해 대규모 산불이나 환경오염으로 병들어가는 지구촌 어딘가의 안타까운 현장을 접할 때, 테러와 총기난사 사건으로 죽어가는 사람들의 소식을 접할 때, 돈이 없어서 병을 못 고치고 음식이 없어 굶어죽는 빈민들의 앙상한 모습을 접할 때, 예의 책임감과 의무감 그리고 가슴 뜨거운 오지랖이 발동하곤 했다. 오지랖. 겉옷 윗도리의 앞자락을 가리키는 우리말. 오지랖이 적당해야 옷이 제 역할을 하고 모양도 좋기 마련이다. 필요 이상으로 넓으면 반대편 옷자락을 덮고 만다. '오지랖이 넓다'는 말은 그런 의미다.

내가 나서야 할 텐데. 병들어가는 밀림을 원상태로 돌려놓기 위해서 내가 할 일이 있을 텐데. 저 불쌍한 난민들을 돕기 위해서 나만의 특별한 능력을 발휘할 수 있을 텐데. 얼굴 없는 히어로가 되어서 마땅히 해야 할 역할이 존재할 텐데.

지난 화요일 늦은 밤, 비명 소리를 듣고는 요만한 망설임도 없이 그 좁은 골목으로 뛰어 들어갔던 것은 그래서였다. 그날 이후로 내내 갈등하고 고민한 것은 그래서였다. 고정민 변호사를 만나러 신촌 모 대학까지 찾아가기로 결심한 것은 그래서였다. 남들과 다른 자신. 남들에게는 없는 능력을 가진 자신. 그로 인한 고질적 신념 때문이었다.

# 셋톱박스가 고장 난 TV

약속 시간 25분 전. 9979번 버스에서 내린다. 횡단보도에
서니 길 건너 대학 풍경이 시야 한가득 펼쳐진다. 캠퍼스 초
입부터 노랑 분홍 봄꽃들이 흐드러지게 번지고 있다. 대한민
국에서 몇 손가락 안에 꼽히는, 그만큼 입학하기 힘들다는 대
학. 대한민국의 거의 모든 학생들과 학부모들이 선망해 마지
않는 대학. 고정민 변호사가 다녔던 대학. 미래 일은 모른다지
만 요즘 같아서는 장차 차연이나 진구와는 별다른 인연이 없
을 대학.

"여기가 ○○대인가."

진구가 한숨을 뱉고 차연이 묻는다.

"왜?"

"아니, 그냥."

"부러워? 다니고 싶어?"

"아니."

"그럼, 다니기 싫어?"

"아 됐어."

청운관을 찾아간다. 2층 소강당. '변호사 고정민 동문(법학과 12학번) 초청 강연'이 적힌 플래카드와 안내 포스터가 곳곳에 나붙어 있다. 행사 시작 한 시간 10분 전이다. 아직 강당 주변에 사람이 많이 모이지는 않았다. 복도 안쪽 두 번째 사무실에서 만나기로 했다.

02D04호에 들어선다. 아무도 없다. 빈 의자에 앉아 창밖을 내다본다. 4월 말 토요일의 대학 캠퍼스. 낯설다. 지극히 낯선 세상이다. 잠시 잊었던 걱정들이 다시 사무치기 시작한다. 기다리는 사람은 좀처럼 나타나지 않고 있다.

"안 오는 거 아냐?"

"설마."

"확실해?"

"강연 스케줄을 펑크 내지는 않겠지. 수백 명과의 약속인데."

약속 시간에서 28분이 지나고, 마침내 문이 열리며 사람들이 우르르 들어선다. 모두 세 명이다. 남자 한 명 여자 두 명. 키 작고 회색 바지 정장을 입은 여자는 대학 직원 카드를 목에 걸었고, 몸에 잘 맞는 회색 싱글에 커다란 안경을 쓴 남자는 어딘가와 전화 통화에 열심이며, 가슴에 반짝반짝 분홍 스팽글이 장식된 하얀 티셔츠에 청바지를 입은 개중에서 가장 키가 큰 여자는 바지 정장 여자로부터 연신 뭔가를 설명 듣는 중이다.

좁은 사무실 안이 삽시간에 북적북적. 차연과 진구를 발견한 세 사람이 멈칫한다. 누군가 하는 표정들.

"아, 혹시 인터뷰하기로 한 학생들?"

하얀 티셔츠 여자가 차연에게 한 걸음 다가온다. 길게 기른 연갈색 머리칼을 공들여 매만진 흔적이 역력하다. 진구가 나선다.

"안녕하세요. 상준고등학교 교지편집부……."

"고정민이에요. 늦어서 미안해요. 오는 길에 일이 조금 생겨서."

TV에서 본 그 얼굴이다. 이후 여러 시간을 궁리하고 고민했던 바로 그 얼굴이다. 차연이 형편없이 긴장한다.

"많이 기다렸죠? 찾아오는 길 힘들지 않았나요."

"아, 별로요."

검은색 아우라. 검은 무지개. 차연이 집중한다. 고정민에게 집중한다. TV에서 보았던 그 섬뜩한 색감을 직접 확인할 차례다.

"그런데 전화 준 학생이 누구예요?"

집중하다 말고 어정쩡 왼손을 쳐든다.

"전데요."

"이름이 뭐였더라, 한……."

"한차연입니다."

"맞아, 한차연 학생. 반가워요."

고정민이 손을 내민다. 차연이 그 손을 가볍게 잡았다 놓는다. 작고 얇고 서늘한 감촉.

"궁금하네요. 어째서 나 같은 사람을 고등학교 교지에서."

"그건."

순간 차연이 당황하고 진구가 껴든다.

"아이들이 웹교지 댓글 창에 올리거든요. 이번에는 어떤 사람을 인터뷰해 달라고. 개중에서 추천 받는 거죠."

"왜 하필 내가 뽑혔을까."

"요새 방송 출연 많이 하시잖아요. 우리 학교에서 변호사님 인기 짱이에요. 예쁘다고. 예쁘고 똑똑하다고. 걸그룹 좋아하는 아이들도 있지만 아나운서나 기자 같은 방송인 좋아하는 아이들도 많거든요."

"어머나."

고정민이 웃는다. 진구는 역시 거짓말을 잘한다. 즉석에서 만든 거짓말을 술술 늘어놓는 모습이 조금도 어색하지 않다. 얼굴 두꺼운 진구와 함께라서 참 다행이다. 그런데 차연은 여전히 당황스럽다. 고정민 때문이다. 고정민의 아우라가 잘 보이지 않기 때문이다. 셋톱박스가 고장 난 TV처럼, 일그러지고

52

치직거리고 깜빡이는 TV 화면처럼, 고정민의 어깨 위 무지개가 무참히 흔들리고 있다. 일렁일렁 흔들흔들 환히 빛났다가 약해졌다가 사라지기를 반복하고 있다. 평소와는 다르다. 뭔가 많이 다르다.

"학생들 잠깐만 실례."

싱글 남자가 다가온다. 커다란 보라색 패션 안경이 우스꽝스럽지만 그 표정은 더없이 진지하다.

"죄송한 말씀 좀 드릴게요. 저희가 본의 아니게 지각을 해서, 예정된 특강까지 시간이 무척 빠듯하네요. 변호사님 의상도 준비하고 헤어 메이크업도 손보고 하려면."

사무실 밖이 소란해지고 있다. 소강당의 장내 마이크가 웅얼거리고, 사람들이 모여들며 두런두런 수군수군 떠드는 소리가 점점 또렷해지는 중이다.

"만나서 인사 나누고 하셨으니, 죄송하지만 인터뷰는 서면으로 진행하면 어떨까요? 이메일로."

분홍색 네모난 종이를 내민다. 명함이다.

"이쪽으로 질문 정리해서 보내줘요. 저희가 답변과 함께 약력 등등 기본적인 자료 챙겨서 보내드릴게요. 사진도 최근 컷으로 여러 개 보낼 테니 자연스러운 것으로 골라 쓰고. 그렇게 진행해도 될까요?"

깍듯이 의견을 묻고 있지만 거절할 수 있는 상황이 아니다.

"강연 끝난 후에 인터뷰를 이어갈 수 있으면 좋겠는데, 마침 오늘 스케줄이 꽉 찼네요. 죄송합니다. 사정 좀 봐주세요."

진구가 차연을 돌아본다. 어쩌면 좋겠냐고 의견을 물어오는 중이다. 차연이 건성으로 고개를 끄덕인다. 어차피 중요한 것은 인터뷰가 아니다.

"시간 없어요. 시작할 수 있도록 준비해 주세요."

곁에 선, 직원 카드를 목에 건 여자가 누구라 할 것 없이 종알거린다. 차연과 고정민의 눈이 마주친다. 고정민이 차연을 향해 자신의 두 손바닥을 마주 붙인다. 미안해요. 입 모양으로 그렇게 속삭인다.

"그럼 그렇게 진행하는 걸로 하죠. 감사합니다. 잘 부탁드릴 게요."

보라색 안경 남자가 결론 내린다.

"그리고…… 최종적으로 인터뷰 기사 올리기 전에, 저희가 그 내용을 먼저 메일로 확인해 볼 수 있겠지요?"

차연을, 이어 진구를 돌아본다.

"보도 검열을 하자는 건 아니고, 사실과 다른 부분 등이 있으면 말씀을 드리는 게 좋으니까요. 추가할 내용이 있으면 그런 부분도 요청드리고."

"그렇게 할게요."

진구가 고개를 끄덕인다.

"그렇게 정리하는 것으로 알겠습니다. 어쨌거나 수고 많이 하셨습니다."

남자가 여전히 진지하다.

"아, 곧 강연 시작할 텐데 기왕 여기까지 온 거 보시고 가세요. 고등학생이 들어도 좋을 내용이니까."

# 강력한 방해전파

400석 정도 되는 소강당은 빈자리가 보이지 않는다. 뒤에 선 청중들도 오십 명은 넘는 것 같다. 진구와 차연이 그 속에 껴있다. 멀리서라도 더 오래 더 차분히 고정민을 관찰할 필요가 있었다.

학교를 졸업하고 사회 진출할 즈음에 고민해 봐야 할 문제들. 조직사회에 처음 몸담은 신입사원의 입장에서 내가 지켜야 할 원칙들. 봉급생활자이자 을의 입장이 된 나를 지키기 위해 꼭 알아두어야 할 권리들. 대충 그런 내용을 오가며 1시간 넘는 강연이 이어지는 중이다. 고정민은 달변이다. 정확하고 듣기 편한 발음. 열정적이지만 차분한 음색. 논리적이고 설득력 있는 화법. 잘 모르는 차연이 듣기에도 굉장히 말을 잘하는, 또한 그 사실을 스스로도 아주 잘 알고 있는 사람이다. 그 같은 자신감이 청중들의 눈과 귀를 빨아들일 듯 집중시키고 있는 중이다.

차연은 여전히 당황스럽다.

연단에 선 고정민의 아우라가 몹시도 이상하다. 그를 향해 온 정신을 집중해 보지만 눈앞에 이상한 장면만 반복되고 있다. 주황색과 초록색 빛의 띠가 드러나다가, 그것이 검은색으로 새카맣게 물들다가, 흔들리며 치직거리며 깜빡이며 다른 색으로 변했다가, 다시 검은 무지개가 잠깐 드러났다가, 이내 종적 없이 사라진다. 이상한 소리 같지만 같은 공간에 존재하는 누군가 고정민의 아우라를 읽어내지 못하도록 강력한 방해전파를 발산하는 것 같다.

손바닥에 땀이 찬다. 자신감이 자꾸 떨어진다. 이런 일은 여태 단 한 번도 없었다. 귀찮고 성가셔서 누군가의 아우라를 보지 않으려 일부러 외면한 적은 많았다. 그러나 이런 경우는 단언컨대 처음이었다.

"어디 아프냐."

진구가 차연 걱정을 다 한다.

"아픈 건 아니고."

"얼굴이 하얘졌어."

"힘들다. 잘 안 보여."

"아우라? 아직도 헷갈려?"

"응. ……미치겠네."

"왜 그럴까."

"내가 문제든지 저 여자가 문제든지."

강연이 막바지다. 객석에서 누군가 묻고 고정민이 그에 답하는 순서가 한창이다. 질문하려는 사람들이 너무 많아 진행에 애를 먹는 분위기다. 시간 관계상 앞으로 딱 두 분만 더 질문 받겠다고 사회자가 통보한다. 교직원 카드를 목에 멘 여자다. 아쉽지만 고 변호사님이 2학기에도 이런 자리에 와주신다고 약속했으며 그때는 더 큰 장소를 마련할 테니, 오늘 참석하신 분들 모두 그날 다시 볼 수 있기를 바란다는 안내를 잊지 않는다.

"이제 어떻게 할 거냐."

진구가 묻고 차연이 한숨을 뱉는다.

"돌아가야지. 다 끝났으니."

"끝이라고?"

"방법이 없네."

"뭐 좀 알아낸 거는 있어?"

"딱 하나."

"뭔데."

"혼란."

"고정민한테 안 가볼래? 사진 찍는 척."

"가면 뭐 해."

"가까이서 더 자세히 살펴보고. 뭐라도 좀 물어보고."

"뭘 물어봐. 당신 정체가 뭐냐고?"

소강당 안이 점점 더 소란해진다. 오늘의 행사가 끝나가는 중이다. 연단 가운데 선 고정민이 객석을 향해 허리 숙여 인사하고, 비닐하우스에 장맛비 쏟아지는 박수 소리가 오래도록 이어지고, 사회자의 익숙한 멘트가 껴든다. 다시 한번 고정민 동문에게 큰 감사의 박수 부탁드립니다. 잠시 후 모두 함께 기념촬영이 있을 예정입니다. 상당히 많은 분들이 와주셨는데요, 신속하고 안전하게 진행될 수 있도록 안내에 따라 미리 준비해 주시면 감사하겠습니다.

객석의 사람들이 강단으로 모여들고 있다. 고정민에게 인사를 건네고 악수를 청하고 눈을 맞춘다. 화환을 건네는 이도 있고 폰을 들고 '함께 셀카'를 청하는 사람들도 있다. 그렇게 고정민을 중심으로 빼곡하게 모여 선다. 그리고 차연은 두렵다. 불길하다. 여전히 보일 듯 말 듯 잡힐 듯 말 듯, 청색 야구점퍼 말고는 여태 누구로부터도 만나보지 못한 검은색 아우라.

저 검은색이 전염되는 것이라면? 요컨대 전염성 질병의 일종이라면? 머릿속에 먹구름이 번지고 있다.

검은 아우라가 호흡기 등을 통해 타인에게 무차별로 전염되는 장면을 상상한다. 고정민 주변에 모여선 수백 명의 사람들. 카메라를 향해 밝게 웃어 보이는 얼굴들. 한 사람으로 인해 같은 공간에 있는 수백 명이 감염되고, 그 수백 명이 저마다 흩어져서 또 다른 수백 명을 감염시키고.

"갈 거면 가든지."

진구가 재촉한다. 차연은 괴롭다.

"토할 것 같아."

"응?"

"기분이 나빠. 엄청 불쾌해. 이 상황에서 할 수 있는 게 아무 것도 없다는 사실이."

"진정해라. 오늘은 일단 여기까지."

"……."

"가자. 다리 아프고 졸리고 배도 고프고. 가서 육쌈냉면이나 먹자."

여전히 어수선한 소강당을 나선다. 막 그러던 참이다. 누군가 날갯죽지 근처를 톡톡 친다. 지나가던 사람과 어깨가 부딪친 모양이라고 차연이 생각한다. 그럴 수밖에. 이 생경한 공간에서 아는 사람을 우연히 만날 확률 같은 건 따져볼 필요도 없다. 그런데 아니다. 어깨가 잘못 부딪친 게 아니다. 톡, 이 아니라 톡톡, 이다.

"안녕."

어리둥절 고개를 쳐든다. 강당 출입문 구석에 선 사람들.

남자 두 명.

통이 넓은 황갈색 면바지. 진청색 가죽 운동화. 다림질이 잘 된 흰색 반팔 티셔츠. 한 사람은 키가 작고 고글 같은 은색 선글라스를 끼었으며 또 한 사람은 키가 크고 갈색 머리칼에 기름을 발라 정확히 2대8 가르마로 빗어 넘겼다.

"여기서 또 만나네?"

# 빨간 방

"아니…… 여기…… 어떻게……."

놀란 차연이 질문을 채 완성 못 하고 웅얼거린다. 키 작은 남자가 배시시 웃는다.

"우리가 묻고 싶은 이야기군."

은색 고글 때문에 웃는 눈 모양은 전혀 보이지 않는다.

"고등학생이면 주말에 한창 바쁠 텐데, 강연은 들을만했어?"

이 사람들이 왜 여기에? 머릿속이 복잡해진다 아니 새하얘진다. 설마 고정민 때문에? 청색 야구점퍼가 아니라?

"어쨌거나 다시 만나 반가워요. 그것도 이렇게 우연히."

키 큰 남자의 한국어가 여전히 어색하다.

"우연이라는 게, 이럴 때 보면 정말 우연이 아닌 거 같아요.

우연이라는 건 세상에 없는 거 아닐까 싶기도 하고."

진구가 차연에게 계속 눈신호를 보내고 있다. 이 이상한 인간들 누구야? 그렇게 묻는 중이다.

"이렇게 만났으니 같이 차라도 한잔했으면 좋겠는데……."

은색 고글이 손목시계를 들여다본다.

"그런데 다음 일정이 빠듯해서. 아쉽게 됐군. 우리 같은 사람들이 한가해야 세상이 그만큼 평화로운 건데."

차연이 여전히 할 말을 찾지 못한다.

"잘들 가시고, 다음에 기회 되면 어디서든 또 만납시다. 우연이 되었건 뭐가 되었건."

아까 그랬듯 차연의 날갯죽지 근처를 톡톡, 치고 물러선다. 그러다가 주춤, 걸음의 속도를 줄인다. 사람들 때문이다. 소강당 밖으로 마구 쏟아져 나오는 사람들 때문이다. 그 물결을 뚫고 지나가기가 쉽지 않기 때문이다.

은색 고글이 주춤거리는 사이, 2대8 가르마가 차연에게 속삭인다. 짧게, 빠르게, 나직하게.

"성우이용원."

하도 소란한 통에 차연이 잘 알아듣지 못한다.

"예?"

"성. 우. 이. 용. 원. 종로3가. 파고다 공원 후문 근처."

"그게 뭔가요."

"우리가 필요할 때, 갑자기 그런 일이 닥쳤을 때, 그곳으로 찾아와요. 갑자기 하고 싶은 말이 생겼을 때, 뜻밖의 놀라운 위험이 닥쳐왔을 때, 이해할 수 없는 일들이 계속 일어날 때, 아무 이유 없이 우리가 생각날 때, 언제든 좋으니까 그곳으로 찾아와요. 그리고 멧비둘기를 불러요."

"멧비둘기?"

차연의 표정이 아주 조금 밝아진다.

"아, 그 새가 멧비둘기였군요."

"명심해요. 정말로 필요할 때만, 정말로 절실할 때만 그렇게 해요. 왜냐하면 우리가, 본의 아니게, 정말로 바쁜 사람들이거든요."

◆

집으로 돌아가는 빨간색 9979번 버스.

토요일 오후가 저물고 있다.

자리에 앉고부터 육쌈냉면 타령을 하던 진구는 두 정거장 만에 잠이 들었다. 차연이 그렇듯 진구 역시 사춘기쯤부터 세상 누구에게도 알리고 싶지 않은 초능력 하나를 갖게 된 친구다. 빨리 잠들기. 달리는 지하철을 타고 가다가도, 쉬는 시간에 복도를 걷다가도, 언제든지 원하면 곧바로 잠이 드는, 3초건 5초건 깜빡 잠을 잘 수 있는 초능력이 그것이다. 물론 상황만 허락되면 몇 초 아니라 1시간 넘게 곤한 낮잠에 빠지는 일도 가능하다. 그런가 하면 요컨대 11분 46초만 자고 딱 일어나야지 마음먹고 잠들면, 누가 깨우지 않아도 몸 안의 시계가 정확히 11분 46초 후에 알람을 울리며 눈이 떠지는 기상예약 능력까지.

속 편히 잠든 진구를 바라본다. 여전히 마음이 편치 않다. 여전히 뭔가 꺼림칙하다. 청운관 2층 소강당에, 02D04호 사무실에, 뭔가 끔찍한 것을 두고 온 기분이다.

실망스럽다. 크게 의심 가는 인물을 겨우 찾아가 만났건만 그 사람에 대해서 아무것도 냄새 맡을 수 없었던 자기 자신이 실망스럽다. 실망스럽고 화가 난다. 또한 두렵다. 두려움은 무지에서 나온다. 뭐든 알면 두렵지 않다. 뭘 모를 때 두려움이 생긴다. 이 상황이 두려운 것은, 검은 무지개가 두려운 것은 그 때문이다.

버스가 멈춰 선다. 눈에 익은 정류장이다. 문이 열리고, 앞문으로 승객 몇이 올라타고, 동시에 뒷문으로 승객 몇이 내려 선다. 단말기에 버스카드를 댈 적마다 '환승입니다' '감사합니다' '하차합니다' 녹음된 인사가 엇갈리며 반복된다. 잠시 후 문이 닫히고 버스가 천천히 출발한다.

"꿈을 꿨어."

그새 잠에서 깬 모양이다. 진구가 버스 창문에 머리를 기댄 채 핸드폰을 만지작거린다.

"정확히 11분 40초 동안 잠들었거든. 자면서 끊임없이 궁리했어. 오늘 만난 사람들에 대해서. 그러다가 꿈을 꾸었어. 완전 이상한 꿈."

"무슨 꿈."

"그 사람들. 고정민 변호사와 비둘기 남자 두 명."

진구는 뭔가에 홀린 얼굴이다.

"빨간 방이었어. 바닥도 빨강. 천장도 빨강. 벽도 빨강. 창문도 가구도 아무것도 없이 모두 빨강. 학교 안 어딘가 같았어."

"학교에 빨간 방이 있었나."

"방 안에 나무 의자가 네 개, 서로를 마주 보며 놓여있었어. 거기 네 사람이 앉아있었어. 나, 내 옆에 비둘기 남자 한 명. 그 앞에 비둘기 남자 한 명. 그 옆에 고정민."

"비둘기 아니래. 멧비둘기래."

"내가 맞은편에 앉은 고정민에게 말했어. 직설적으로 이렇게 물었어."

"……."

"변호사님의 아우라, 그 검은색 아우라는 도대체 어떤 의미지요? 검은 무지개라니, 도대체 정체가 뭐지요?"

"그랬더니?"

"고정민이 웃었어. '내 아우라가 보여요? 정말?' 그렇게 되물었어. 그래서 내가 재촉했어. '내가 봤다는 건 아니에요. 어쨌거나 묻는 말에 대답부터 해주세요'라고."

어쩌다 진구의 꿈 이야기를 들을 때면 매번 느끼지만, 누군가의 꿈 이야기를 듣는 것은 정말 기분 이상한 일이다. 먼 시골 친척 집에 놀러 가서, 여행 첫날 곤하게 낮잠을 자다 눈을 떴을 때처럼 이상야릇한 일이다.

"그랬더니 고정민이 고개를 갸웃거렸어. 그러고는 검지를 들어 자기 옆에 앉은 사람, 은색 고글을 가리켰어. '여기 이 분에게 물어보지 그래요? 나에 대해서, 나보다 더 잘 설명해 줄 것 같은데.'"

"뭐가 그렇게 복잡해. 잠깐 꾼 꿈이."

"그러게."

"그래서, 은색 고글로부터 대답을 들었어?"

"아니."

진구가 고개를 젓는다.

"은색 고글에게 뭐라고 하기도 전에, 내 오른편에 앉아있던 남자가 나한테 말을 걸었거든."

"오른편? 키 큰 남자? 2대8?"

"맞아. 꿈속에서 다시 보니 그 가르마 정말 예술이더라."

"그 남자가 뭐라고 했는데."

"'이거 봐요, 학생. 우리한테는 안 물어봐요? 우리 정체는 안 궁금해요? 사람 차별하는 거예요?'"

"진구야."

차연이 진구를 바라본다. 빤히 바라본다.

"사기 치는 거 아냐?"

"아냐!"

진구가 억울한 얼굴이다.

"관둬. 나 그만 말할래."

"아냐. 더 해."

"……."

"사기 아닌 거 믿을게. 계속해 봐. 그래서 어떻게 됐는데."

"그래서 내가 2대8 가르마에게 말했거든. '안 궁금해요. 아저씨들이 누군지는 친구에게 들었거든요. 형사들이죠? 경찰서에서 나온 사람들 맞죠?'"

"……."

"그랬더니 멧비둘긴지 뭔지 두 남자가 폭소를 터뜨렸어. 껄껄 깔깔 아주 야비한 웃음이었어. 아주 기분 나쁜 웃음이었어. 왜 웃는 거지? 가만 보니 여자도 웃는 중이었어. 손뼉까지 쳐 가며 신나게 웃는 중이었어. 빨간 방 안에 괴상한 웃음소리가 마구 차올랐어. 그러다가……."

"그러다가?"

"그러다가…… 잠이 깼어."

9979번이 열심히 달린다. 창밖을 본다. 날이 푸르게 저물고 있다. 내려야 할 정류장이 멀지 않았다.

진구가 중얼거린다.

"이상해. 아무리 생각해도 이상해."

"뭐가 이상한데."

"그 남자들."

"그 남자들이 뭐."

"아무리 생각해도 형사는 아닌 거 같아."

"그럼 뭔데. 형사가 아니면."

"모르지. 어쨌거나 경찰청 소속 공무원은 아니야. 그게 내 결론이야. 꿈을 꾸고 나서 비로소 확실해진 결론."

"근거는?"

"그따위로 반팔 와이셔츠를 맞춰 입고 그따위로 멍청이 쌍둥이들처럼 붙어 다니는 형사들은 세상에 없거든."

# 거짓을 말할 때

수련파크빌 B동 401호. 진구와 함께 집에 돌아온다. 6시 42분. 아빠는 집에 없다. 그저께 제주도로 떠났는데 아직 거기 있는 모양이다.

방으로 돌아와 책상을 뒤진다. 가방을 뒤지고 교복 주머니를 뒤진다. 없다. 책장을 뒤진다. 찾는 것은 나오지 않는다. 버렸나? 어디서 흘렸나? 휴지통을 뒤적인다. 다용도실로 가서 분홍색 종량제봉투를 뒤적인다. 이럴 줄 알았으면 잘 보관해 둘 것을. 문제라면 늘 그렇듯 이럴 줄 까맣게 몰랐다는 점이겠다.

"없어?"

"찾는 중이야."

"잘 좀 찾아봐."

"112에 그냥 전화해 볼까."

"무작정 전화해서 어쩌려고. 이름도 직급도 모른다며."

"그…… 며칠 전 밤 10시쯤에, 신고 받고 어느 골목으로 출동한 경찰 가운데 키 크고……."

"키 크고 로봇같이 생긴?"

진구가 고개를 도리도리.

"112 사람들이 그렇게 한가한 줄 아냐."

울상이 된 차연이 집안을 우왕좌왕 헤맨다. 짜증난다. 목이 탄다. 냉장고에서 찬물 한 잔을 가득 따라서 돌아선다. 그러다 가 버럭 소리친다.

"여기 있다!"

애타게 찾던 물건을 드디어 발견한다. 식탁 위. 각종 고지서 와 약병과 뿅뿅이 등이 한데 놓인 귀퉁이. 경찰 마크 선명한 명함 한 장이 거기 고이 놓여있다.

---

경기북부지방경찰청
일산서부서 ○○파출소
김동하 경장

---

지난 화요일 그 골목길에서다. 무슨 일 생기면 연락하라며 키 크고 얼굴 검은 로봇 경찰이 건넨 명함을, 무심코 바지 주머

니에 넣었을 것이다. 그게 어째서 식탁 귀퉁이에 놓여있는지 기억나지 않는다. 아빠가 교복 바지를 세탁기에 넣기 전에 주머니 속 물건들을 따로 챙겨놓았을까? 아니다. 그랬다면 단박에 '너 이 경찰 명함이 어디서 난 거야?' 하고 캐물었을 것이다.

— 여보세요.

"어, 안녕하세요. 저어어."

— 말씀하세요. 김동하 경장입니다.

전화기 저편, 씩씩한 음성이 왠지 신뢰 간다. 곁에 선 진구가 전화기에 자꾸 귀를 갖다 댄다.

— 어디신가요. 말씀하십시오.

성가신 얼굴을 밀쳐내고 자신을 밝힌다.

"며칠 전 밤에 그…… 학생인데요. 멜론마트 근처 골목에서, 어느 여자분이 폭행당하고 있어서."

— 멜론마트 골목……. 아!

전화기 저편 목소리가 반의반 옥타브 높아진다.

— 기억난다. 쌍룡아파트? 상준고등학교 1학년?

"예, 맞아요."

— 잘 지냈어?

"예. 뭐 대충."

— 왜, 혹시 무슨 일 있어?

"아뇨, 그냥 뭐 좀 여쭤보고 싶은, 그런 게 좀 생겨서요. 지금 통화 괜찮으세요?"

— 괜찮아. 안 바빠. 비번이라 쉬고 있어.

"아, 예⋯⋯."

— 뭔데, 말해봐.

"다른 게 아니라요⋯⋯."

차연의 뒤죽박죽 요령부득 설명이 이어진다. 사건이 있던 다음 날 학교로 찾아온 두 명의 남자에 대해서. 그들의 인상착의에 대해서. 그들이 차연에게 한 질문과 행동에 대해서. 혈압을 재고 피를 뽑고 입안의 DNA 샘플을 추출해 간 일에 대해서.

경찰서에 전화를 해보자. 그래서 멧비둘기 남자들에 대해, 그들이 경찰인지 아닌지 알아내자. 진구가 차연에게 내놓은 의견이었다. 육쌈냉면이고 뭐고 곧장 집으로 들어온 것은 바로 그래서였다.

그런데 이야기를 늘어놓던 차연이 어느 지점에서 막히고 만다. 오늘 ○○대학교에 찾아갔다가 그들을 조우한 일에 대해서도 남김없이 말해야 할 것인가? ○○대학교에는 왜 갔냐고 물어보면, 그때는 뭐라고 대답해야 할 것인가?

— 이상하네. 참 이상한 이야기네.

신중한 목소리.

— 그 사람들, 뭔가 미심쩍은 데 없었어? 가족 누군가의 명의가 도용되었다고 하거나. 휴대폰 요금이 너무 많이 미납되어서 문제가 된다고 하거나.

"그런 건 없었어요."

― 경찰 아냐. 경찰은 아냐. 그건 확실해.

"……그런가요."

― 더 높은 기관에서 나온 사람들도 분명 아니야. 왜냐하면, 그럴만한 사안이 아니니까.

"그럼…… 그럼 뭐 하는 사람들이었을까요."

― 모르겠네. 그래서 내가 물어보잖아. 이상한 요구 같은 거 없었느냐고.

차연의 얼굴이 어두워진다. 어두워진 차연의 얼굴을, 진구가 어두운 눈빛으로 살핀다.

― 누가 되었건 조심하는 게 좋겠네. 별의별 사기꾼들이 다 설치는 세상이니까.

"……"

― 그 사람들 다시 학생에게 접근해 오면, 일단 멀리 해. 아무 요구에도 응하지 말고, 오늘처럼 나한테 전화를 걸어줘. 최대한 빨리. 알았지?

"……고맙습니다."

― 저번에 내가 말했잖아. 함부로 맞서지 말라고. 맞서는 대신 마구 소리를 지르면서 도움을 요청하라고. 무슨 소리인지 이해 가?

전화를 끊고, 차연이 말을 잃는다. 진구도 마찬가지다. 방 안에 서먹한 고요가 내려앉는다. 머릿속이 뒤죽박죽 헝클어지고 있다. 멧비둘기들의 얼굴이 떠오른다. 그 목소리가 떠오른다.

도대체 뭐 하는 작자들일까. 어떤 목적으로 학교까지 차연을 찾아왔던 것일까. 오늘의 두 번째 만남은 또 어떤 의미일까. 밑도 끝도 없는 의문들. 미치겠네, 소리가 절로 나온다.

진구가 차연의 침대에 반쯤 기대 누웠다. 누운 채 차연의 큐브퍼즐을 만지작거린다. 만지작거리며 중얼거린다.

"아서라. 미치면 안 돼."

차연이 진구를 째려본다.

"지금 농담이 나오냐."

"농담 아냐. 미치면 당연히 안 되지."

"넌 괜찮아? 이 상황이 아무렇지도 않아?"

"아무렇지 않지 않아."

색색으로 맞춘 큐브를 침대 발치로 또르르 굴린다. 두 다리를 쭉 뻗으며 힘차게 일어선다.

"그 여자에게 연락해 봐."

"누구. 고정민 변호사?"

"그 여자 말고."

"그럼 어떤 여자."

"성이연."

"아."

"전화해. 전화해서 물어봐. 오늘의 마지막 과제다."

"뭘 물어봐. 멧비둘기들이 찾아온 적 없느냐고?"

"바로 그거."

"전화번호 모르는데."

"번호 안 받았어?"

"번호를 왜."

"하아."

진구가 차연을 빤히 바라본다. 뭐라 내뱉고 싶은 말을 꾹 참는 기색이다.

"…… 어느 편의점에서 일하는지는 알아."

"그래?"

"우리 동네야. 지금 일하는 시간이겠네."

"가자."

진구가 선뜻 앞장선다.

"나가자고, 육쌈냉면도 먹을 겸. 아, 배고파."

"잠깐, 잠깐만."

"왜."

"그 여자한테 꼭 가야 해? 그럴 필요가 있어?"

어느새 현관 앞에 선 진구가 운동화를 신는 중이다.

"다른 사람 걱정도 좀 하고 살자."

"무슨 소리야."

"검은 무지개와 멧비둘기. 최악의 빌런에 이어 새로운 빌런의 등장. 이 알 수 없는 상황이 너한테 위협일 수 있다면, 그건 성이연에게도 마찬가지 아닐까?"

♦

차연을, 성이연이 한눈에 알아본다. 보라색 조끼를 입고 계산대 너머에 선 성이연을, 차연도 단숨에 알아볼 수 있다.

"잘 지냈어요?"

밝게 미소 지으면서도 성이연은 뭔가 편치 않은 얼굴이다. 그럴 수 있다. 차연으로부터 그날 밤의 끔찍한 기억이 재차 떠오를 수도.

"찾아오느라 힘들지는 않았나요."

"별로요."

"그날은 정말 고마웠어요. 그렇지 않아도 생각 많이 했는데."

차연이 아닌 척 민첩하게 성이연의 안색을 살핀다. 왠지 지친 기색, 왠지 피곤한 그 얼굴에 집중한다. 서서히 드러나는 그녀의 아우라를 살핀다. 주황색과 초록, 약간의 남색이 섞인 그녀의 어깨 뒤 무지개가 몹시 희미하다. 사람이 기운이 없을 때, 뭔가 우울하거나 진이 빠졌을 때, 소화기관이 좋지 않을 때, 색 바랜 옷처럼 흐릿한 아우라가 나타나기도 한다.

성이연을 불안하게 만들고 싶지는 않았지만, 여기까지 찾아온 이유를 설명하지 않을 수 없었다.

"학교로 그런 사람들이 찾아왔단 말이죠? 알아보니 경찰도 아니었고?"

성이연의 얼굴이 단박에 어두워진다.

"무섭다. 뭐지? 사기꾼들? 설마 야구점퍼 입은 그 나쁜 놈하고 아는 사이인가?"

"잘 모르겠어요."

차연이 더욱 조심스러워진다.

"그래서 말인데, 여기 편의점으로 그런 사람들이 찾아온 적이 혹시 있지 않나요."

"글쎄."

성이연이 고개를 갸웃.

"잘 모르겠어요, 손님들을 하루에도 몇백 명씩 상대하다 보니. 비둘기 배지? 은색 고글? 2대8 가르마?"

"잘 생각해 보세요. 두 명 아니면 한 명일 수도 있어요. 누군가 와서 '성이연 씨 되시냐'고 아는 척을 했다거나. 경찰이라면서 그날 밤에 대한 이야기를 다시 꺼냈다거나."

"없었어요. 그런 것 같아요."

"그렇다면 다행이지만."

"어쨌거나 고마워요. 내 안전을 위해서, 그 이야기를 해주려고 이렇게 찾아온 거잖아요. 맞죠?"

"고맙긴요. 당연히 해야 할 일이지요."

진구가 껴들며 어깨를 으쓱, 해보인다. 웃기는 놈이다.

"그날 이후로 귀가할 때는 꼭 택시만 타고 다녀요. 앞으로 더 조심할게요. 학생도 조심해요. 아휴, 세상에 이게 무슨 일이람."

차연과 진구가 잠시 머무는 10여 분 동안 대략 일곱, 여덟 명의 손님이 편의점을 찾는다. 음료를 고르기 위해 좁은 매장 안을 누비고 담배를 주문하기 위해 더 좁은 카운터 앞을 서성거린다. 서있을 자리도 마땅치 않은 공간에 더 머물 이유가 없다.

"저녁이라도 사고 싶은데, 내가 10시까지 꼼짝도 못 해서요. 어쩌나."

성이연이 편의점 앞까지 배웅을 나온다.

"아니에요. 바쁜데 귀찮게 해서 죄송합니다."

맛있는 거 사 먹으라고 만 원짜리 몇 장을 내민다. 화들짝 놀란 차연이 두 번을 거절한다. 잠시 고민 끝에 편의점으로 들어간 성이연이 다시 나온다. 비닐봉지에 뭔가를 가득 채워서 내민다. 샌드위치며 삼각김밥이며 과자며 음료수가 가득 담겨 있다. 거절할 수가 없다. 작별 인사를 하며 돌아서려다, 차연이 참지 못하고 묻는다.

"그런데 저어, 어디 아프세요?"

"응?"

"몸이 굉장히 안 좋아 보여서."

"어머나."

조금 놀라는 얼굴이다. 곁에 선 진구가 다시 껴든다.

"얘가 그런 거 잘 보거든요. 점쟁이처럼. 아니 한의사처럼."

성이연이 앞머리를 쓸어 올린다.

"실은 어제부터 몸살 기운이 좀 있어서……. 이제 괜찮아요.

약 먹었더니."

차연의 가슴속에서 쿵, 뭔가 묵직하게 떨어진다.

거짓말이다. 성이연이 거짓말을 하는 중이다. 자세한 내용은 모르지만 거짓말임에는 분명하다.

그걸 어떻게 아느냐고?

세상 모든 거짓말은 그 숫자만큼 다양한 이유를 가지고 있는 법이니까. 그리고 그 이유들은, 그만큼 다양한 색과 무늬의 아우라를 가지고 있는 법이니까.

# 2장

# 루시드 드림

# 죽음의 처리

2023년 4월 25일. 화요일 저녁 9시 32분.

경기도 성남시 ××동 ××병원 후문 쪽 이면도로. 운전 중이던 남기현(37. 남)이 느닷없는 구토증에 사로잡힌다. 갑자기 메스껍다. 속이 뒤집히는 것 같다. 뭔가 어울리지 않는, 거기 있어서는 안 될 물질이 식도 깊은 곳에서 꿈틀대는 느낌이다. 이물감. 이물감.

그런데 여기 어디지? 지금 내가 뭘 하고 있는 거지?

남기현이 새삼 중얼거린다. 운전석에 앉아 주변을 둘러본다. 좌회전 신호를 기다리며 멈춰 선 그곳은 ××병원 후문과 맞닿은 사거리다. 이 길로 3분을 더 달리면 그가 사는 아파트 단지가 나온다. 거의 매일, 아침저녁으로 차를 몰고 오가는 길이다. 그렇건만 묘하게 새삼스럽다. 묘하게 낯설다.

계기판의 시계를 확인하고서야 지금이 몇 시인지를 깨닫는다. 저녁이다. 9시 33분이다. 그러나 여전히 알 수 없다. 언제부터 운전대를 잡았는지, 여태 뭐 하다가 이 시간에 귀가를 하는 중이었는지 전혀 기억나지 않는다. 깊고 깊은 잠에 빠져있다가 한순간 버럭, 정신이 돌아온 기분이다. 취한 것은 아니다. 술은 입에도 댄 적이 없다. 선천적으로 술을 못 마시는 체질이다.

좌회전 신호가 불을 밝힌다. 브레이크에서 발을 떼며 차를 전진시킨다. 핸들을 천천히 꺾으며 속도를 올린다. 어서 집에 가고 싶다. 토할 것 같다. 괴롭다. 참기 힘들다. 등에 땀이 배고 있다. 알 수 없는 노릇이다. 한시라도 빨리 집으로 가고 싶다. 간질간질 목구멍까지 차오른 무언가를 당장에라도 토해내고 싶다. 그러나 차 안에 오바이트를 하고 싶지는 않다.

지하 1층 주차장, 다행히 빈자리가 눈에 들어온다. 부랴부랴 차를 대고 엘리베이터까지 달린다. 7층까지 올라가는 시간이 한없이 길다. 현관문을 벌컥 열어젖히고 거실을 가로질러 화장실까지 달린다.

어지럽다. 눈앞이 노래진다. 속이 뒤집어진다. 변기 앞에 털벅 무릎을 꿇는다.

우억!

힘차게 토해낸다. 노리끼리하고 씁쓸한 위액이 먼저 역류한다. 눈물이 핑 돈다. 속은 조금도 후련하지 않다.

손가락을 목구멍 깊숙이 집어넣는다. 어깨가 움찔 떨린다. 식도에 묵직하게 걸린 무언가가 살아있는 것처럼 천천히 몸을 뒤챈다.

우워억!

뭔가 후드득 쏟아져 나온다. 뜨끈하다. 역하다.

순간 호주 시드니에 있는 가족들이 떠오른다. 8개월째 얼굴 못 보고 있는 수연이 재연이가 떠오른다. 어린 딸들 어학연수 챙겨주느라 바쁜 아내 하경이 떠오른다. 지금 그곳은 자정 가까운 시간일 것이다. 다들 잠이 들었을 것이다. 이상한 일이다. 비극적인 예감 하나가 불현듯 고개를 쳐든다.

가족들을, 죽기 전에, 다시 만날 수 있을까.

꾸르르륵.

위와 식도 사이 어디쯤이 다시 요동친다. 이물감. 역겨움. 다시 뭔가 넘어온다. 다시 토하기 시작한다. 엄청난 양이다. 흡사 돼지 태반과도 같은, 냄새 역한 물질이 목구멍을 타고 줄줄 쏟아진다. 속이 찢어지는 것 같다. 검게 썩은 피의 응고물이 그 속에 섞여있다.

한바탕 폭풍이 지나간 시간.

집 안이 조용하다.

화장실이 조용하다.

무릎을 꿇고 양변기에 고개를 처박은 채, 남기현이 움직이지 않는다. 그렇게 숨이 끊어진다.

◆

다음 날 오전 11시 23분.

성남시 분당구 ××동 별무리 2차 1104동 707호에 사람들
이 찾아든다. 일단은 초인종을 누르고, 잠시 후 현관문을 노크
하고, 역시 응답이 없자 작은 기계장치를 도어록에 가져간다.
34초 만에 여섯 자리 비밀번호를 풀어낸다.

남자 네 명이 집 안에 성큼 들어선다. 구두 위에 비닐 싸개
를 덧신고 라텍스 장갑을 끼었으며 커다란 마스크로 코와 입
을 가렸다.

오늘 하루 연락도 없이 결근 중인 동아생명보험 중원지역본
부 남기현 차장의 사체가 거실 화장실에 웅크려있다. 변기 속
으로 막 들어가려는 듯한 자세다. 그럴 일은 없겠지만 유가족
들이 본다면 가슴이 무너져 내릴 마지막 장면이다.

남자들이 빠르게 작업을 시작한다. 현장 사진을 여러 각도
에서 부지런히 찍은 뒤 시신을 화장실에서 거실로 조심히 옮
겨온다. 잔뜩 웅크린 몸을 펴서 바닥에 똑바로 눕힌다. 사후
경직이 풀리지 않은 상태라 쉽지 않은 작업이다.

"다행이군. 가족들이 멀리 있다니."

남자 한 명이 마스크 속에서 웅얼거린다. 또 다른 남자 한
명이 변기 안의 오물들을 밀폐용기에 담기 시작한다.

"고맙게도 변기 물은 내리지 않았네. 그럴 정신도 없었겠

지만."

세 번째 남자가 거실에 누운 시신의 옷을 열심히 벗겨낸다. 역시나 사후 경직 탓에 옷에 군데군데 가위질을 하지 않고서는 가능한 작업이 아니다. 이윽고 알몸이 된 시신을 여러 각도에서 수십 차례 카메라에 담는다.

"4월 26일 오전 11시 37분. 열일곱 번째 감염자 자택에서 본인 시신 발견."

네 번째 남자가 사체낭*을 바닥에 깔고 지퍼를 열어 펼친다. 소형 녹음기에 음성 기록을 이어간다.

"이로서 다섯 번째 사망자 발생. 사후 열다섯 시간 정도 지났을 것으로 추정. 외상의 흔적 없음."

하나의 죽음이, 그렇게 완성되고 있다.

* 시신을 운반하는 비닐백

# 자각몽

다시 빨간 방이다. 바닥도 천장도 벽도 모두 빨간색. 창문도 가구도 없고 출입문도 보이지 않는 방 안에 나무의자가 네 개, 서로를 마주 보며 놓여있다. 거기 네 사람이 앉았다.

차연의 맞은편에 고정민. 고정민의 오른편에 키 작은 은색 고글. 고정민의 왼편에 2대8 가르마. 고정민의 맞은편에 차연.

"그럼 시작해 볼까."

먼저 고정민이 침묵을 깬다. 궁리 끝에 차연이 입을 연다.

"검은 아우라에 대해서, 설명해 주세요."

고정민이 고개를 갸웃거린다.

"검은 아우라?"

"변호사님의 머리 뒤로 둥글게 무리 지어있는 그…… 무지개 같은 빛의 테두리 말이에요."

누군가를 앞에 두고 '아우라'라는 것에 대해 언급하기는 처음이다. 누군가를 앞에 두고 그 사람만의 독특한 아우라 형태에 대해 지적하는 것 또한 처음이다.

그러나 어쩔 수 없다. 어쩔 수 없는 일이다.

"그런 게 있어? 나한테?"

"있어요. 변호사님뿐 아니라 모두에게 다 있어요. 세상 모든 사람이 저마다 자신만의 독특한 아우라를 가지고 있지요. 보이지 않을 뿐이죠."

차연이 긴 숨을 들이마신다.

"그런데 변호사님의 아우라, 정말 이상해요. 여태 어떤 사람에게도 볼 수 없었던 색이에요. 검은색 무지개라니, 그걸 어떻게 설명할 수 있을까요? 게다가 그 형태도 예사롭지 않아요. 구부러지고 휘어지고 치직거리고. 셋톱박스가 고장 난 TV처럼."

크흐흑. 옆자리 은색 고글이 어깨를 들썩이며 웃음을 참는다.

"그런 소리 생전 처음 듣네."

고정민이 앞머리를 천천히 쓸어 넘긴다.

"너 같은 애도 생전 처음이고."

"말해줘요. 그 검은색에 대해서. 아니면 변호사님 자신에 대해서, 뭐든 좋으니 솔직히 말해줘요."

차연이 다시 긴 숨을 들이마신다.

"검은색 무지개를, 실은 얼마 전에도 딱 한 번 목격한 적이 있어요. 밤거리의 범죄자였어요. 섬뜩하도록 평범한 인상을 가진 남자였어요. 그 얼굴이 지금도 선해요. 변호사님의 검은 아우라를 보는 순간, 그 남자가 생각났어요. 섬뜩하도록 평범한 그 인상이 절로 떠올랐어요."

크흐흣!

2대8 가르마가 참았던 웃음을 터뜨린다.

"말해봐요. 변호사님은 어떤 사람인가요. 위험한 사람인가요? 겉과 속이 다른 사람인가요?"

고정민은 웃지 않는다. 검지를 들어 아랫입술을 매만진다.

"나는…… 글쎄, 나는 어떤 사람일까?"

으하하핫!

두 남자가 웃는다. 허벅지를 두드리며 웃는다. 고개를 꺾고는 화통하게 껄껄거린다. 차연이 공연히 부끄럽다. 내 말이 그렇게 웃긴가? 검은 무지개 이야기가 그렇게 바보 같은가?

그런데 이상하다. 이상한 장면이다.

고개를 꺾고 껄껄껄 웃어대는 남자들의 입 밖으로 뭔가가 삐져나와 있다. 하얗고 가늘다. 가늘고 길다. 달팽이 촉수 같다 아니다 해파리의 촉수 같다. 여러 가닥이 아주 길게 뻗어 나와 있다. 점점 길게 자라며 꾸물거린다.

고정민이 의자에서 일어선다. 차연을 향해 몇 걸음 다가온다. 눈이 시리도록 우아한 걸음걸이다. 차연의 뺨에 손을 가져

90

간다.

"내가 알고 싶어?"

야릇한 속삭임이다. 차연의 목덜미가 흠칫 움츠러든다. 고정민의 얼굴이 더 가까워진다. 차연에게 입을 맞추려 한다. 분홍색 입술이 살짝 벌어진다. 차연이 반사적으로 팔을 들어 고정민의 접근을 제지한다.

"이, 이러지 마세요."

고정민은 힘이 세다. 차연이 감당하기 어려울 정도다. 믿을 수 없는 일이다. 필사적으로 저항하던 차연이 의자에 앉은 채 뒤로 벌렁 자빠진다.

쿵.

고정민이 차연의 몸 위에 반쯤 엎어진다. 얼굴과 얼굴 사이가 고작 한 뼘 거리다.

"두려워 마. 새로운 세상을 보여줄게."

고정민의 눈빛이 깊고 깊다. 입을 벌린다. 입을 크게 벌린다.

"카아아."

그 속에서 뭔가 뻗어 나온다. 혓바닥이 아니다. 길고 가는 촉수다. 수십 가닥의 촉수가 차연을 향해 하느작거린다. 차연의 뺨을 건드리고 콧등을 건드리고 입술을 건드린다.

크하하핫!

남자들이 허리를 뒤틀며 웃어댄다. 입 밖으로 길게 늘어진 촉수를 하느작하느작 흔들면서 웃어댄다. 마침내 고정민의 촉수들이 입안을 파고든다. 꿈틀꿈틀 살아 움직인다.

꿈이구나.

그제야 차연이 깨닫는다. 지금 꿈을 꾸는 중이구나. 진구가 꾸었던 꿈, 진구가 이야기했던 꿈속 공간이다.

빨간 방. 빨간 방.

꿈을 꾸며, 지옥 같은 꿈속을 헤매며, 이것이 꿈이고 자신이 지금 꿈을 꾸고 있다는 사실을 어렴풋이 이해한다.

꿈속에서 차연이 주문한다. 용감히 주문한다.

사라져라. 다 사라져라.

그러자 주문대로 된다. 모두 사라진다. 고정민도. 가늘고 징그러운 촉수 가닥도. 남자들의 비열한 웃음소리도. 빨간 방도. 차연도.

잠에서 깬다. 어두운 방 안이다. 침대 위다. 머리맡을 더듬거려 핸드폰을 집어 든다. 시간을 확인한다. 4시 33분. 토할 것 같은 꿈이었다. 입 안 가득 꾸물거리던 촉수의 감촉이 아직 생생하다. 다시 잠들 수 있을 것 같지 않다.

# 프랙털 우주론

수요일.

점심 먹고 급식실에서 막 나오는데 누군가 오른쪽 어깨를 톡톡 친다. 무심코 고개 돌리던 차연이 움찔한다. 오른뺨에 차갑고 딱딱하고 뾰족한 것이 콕 와 닿는다. 후식으로 나온 포도주스 종이팩의 모서리다.

"아 씨."

"멍 때리냐."

진구다.

"졸려서 그래."

"만날 졸리긴."

"잠을 설쳤거든. 새벽부터."

"왜."

"몰라도 돼."

성실관을 나와 뒷마당 쪽으로 걷는다. 5월 초. 간만에 날이 좋다. 미세먼지 없이 화창한 하늘이다. 농구장 쪽에서 함성 소리가 들려온다.

"이거 봤냐."

"뭔데."

진구가 핸드폰을 내민다. 동영상 화면이다.

"유튜브?"

"응."

"충우 거?"

"응."

차연과 중학교 3학년 때, 진구와 중학교 1학년 때 같은 반이었던 3반 충우는 벌써 2년 경력의 유튜버다. 〈괴상한충우TV〉. 구독자가 1,300명 정도고 업로드 영상은 50개가 넘는다. 차연이 알기로 구독자 가운데 1,000명은 초중고등학교 동창이거나 가족 친지다. 말이 크리에이터지, 직접 연출하고 출연해서 찍은 것은 거의 없다. 지구 생명체의 탄생과 우주의 비밀에 대한 음모론, 세계 역사 속의 놀라운 비화들, 과학적으로 설명할 수 없는 자연 속 미스터리, 카메라에 우연히 포착된 외계 괴생명체들 등등. 온갖 잡스러운 영상들을 모아서 자기 식으로 짜깁기한 2차 창작물이 대부분이다.

"어제 올라온 거야. 따끈따끈."

"무슨 내용인데. 프랙털 우주론?"

지지난 주던가, 하굣길에 차연을 만난 충우는 20분 넘도록 그 이야기였다. 우리가 살아가는 이 우주가 하나의 입자일 수 있다는 것. 그와 같은 입자들이 모이고 모여 더 큰 단계 우주의 아주 작은 입자를 이룰 수 있다는 것. 우리의 우주는 어쩌면 어느 거인의 뇌 안에 존재하는 무수한 신경세포 입자 가운데 하나일 수 있다는 것. 그런가 하면 이 조그만 우주 속에 사는 우리의 신체 또한, 무수히 많은 입자로 이루어진 하나의 우주일 수 있다는 것.

진구의 핸드폰을 받아드는 동시에 조금 전 오른뺨을 찔렀던 포도주스 팩을 잽싸게 낚아챈다.

"잘 마실게."

"아 씨, 겨우 두 개 얻은 건데."

목련나무 아래 벤치에 앉는다. 동영상을 재생시킨다. 〈괴상한충우TV〉.

신종 범죄? 골목길의 괴상한 기습 뽀뽀 장면.

섬네일 제목은 그러하다.

어제저녁 늦게 올라갔다더니 조회 수가 벌써 831회. 2분 35초짜리 CCTV 영상이다. 흑백 화면이고 초점이 오락가락,

화면이 이따금 흔들리기도 한다. 어느 건물 담벼락에 설치된 CCTV 카메라가 일대 길목을 비스듬히 내려다보는, 그런 영상이다. 밤이다. 화면 하단에 노란색 자막이 뜬다.

2023년 5월. 서울 ××동 ××시장. 이동통신사 대리점 앞. 실제 상황.

화면 상단 왼편에 승용차 한 대가 전면 주차되어 있고, 그 뒤로 이면도로가 길게 지나간다. 길 건너편을 따라 상가 건물과 간판들이 늘어섰는데 모두 셔터가 내려졌고 불이 꺼져있다. 길바닥의 일방통행 표시가 희미하게 눈에 들어온다.

정지 화면 같다. 아무 움직임도 보이지 않기 때문이다.

"뭐야 이게."

"더 봐. 집중해서."

20초 뒤, 어떠한 움직임이 포착된다. 누군가 자전거를 타고 길을 지나간다. 어슬렁어슬렁. 밤늦은 산책의 속도다. 그러다가 차량이 있는 어름에서 멈춰 선다. 뒷모습이라 확실치 않지만 작은 체구의 중년 남성이다. 자전거에서 내려서더니 주변을 두리번거린다.

새로운 자막이 흐른다.

자정이 넘은 시간. 왠지 수상해 보이는 남자 등장.

화면은 어두운 길가에 홀연히 멈춰 서있는 남자의 뒷모습을 계속해서 비춘다. 자신이 여태 걸어온 길 저편을, 남자가 유심히 바라보고 있다. 누군가와 만나기로 약속한 것일까? 정지 화면 아닌 정지 화면이 다시 5초가량 이어진다.

잠시 후 새로운 자막이 뜬다.

같은 방향으로, 두 명의 청년이 다가온다. 사건 시작.

자막의 내용처럼, 사내가 자전거를 타고 나타났던 방향으로 행인들이 나타난다. 길 따라 화면을 가로지른다. 평범한 20대 청년들이다. 청년들이 자전거 사내 곁을 무심히 지나친다. 아는 사이는 분명 아니다. 그런데 잠시 후, 놀라운 장면이 시작된다. 자전거를 내팽개친 사내가 청년들을 향해 벼락같이 몸을 날린다. 둘 가운데 한 명을 쓰러뜨리고 그 위에 엎어진다.

빠바밤!

충격적인 장면을 연출할 때 흔히 사용되는 효과음과 함께, 충우가 제작한 자막이 다시 흐른다.

청년에게 강제로 입맞춤을 시도하는 듯 보인다!

바닥에 깔린 청년이 버르적버르적 저항한다. 동료 청년이 얼빠진 얼굴로 이 장면을 구경한다. 그러다가 달려들어 친구를 구해낸다. 그러려고 애쓴다. 그러나 역부족이다.

건장한 체구의 청년 두 명이 중년 사내 한 명을 당해내지 못한다. 잡아당기고 밀어내고 때리고 걷어차고 발버둥을 쳐도 요지부동, 사내는 묵묵히 제 할 일에만 열중이다. 길바닥에 깔린 청년을 붙들고 그 입에 자신의 입을 맹렬히 포개는 일.

진구가 의기양양 차연을 돌아본다.

"미쳤지?"

그렇게 몇 초의 시간이 흘렀을까. 청년에게 열중하던 사내가 번쩍 고개를 쳐든다. 민첩하게 몸을 일으킨다. 일행인 청년이 멱살을 잡자, 그 손길을 아주 손쉽게 밀쳐낸다. 길바닥에 팽개친 자전거에 올라타고는 힘차게 페달을 밟는다. 가던 길 방향으로, 바람처럼 부지런히 사라진다.

다시 새로운 자막.

기습 뽀뽀 후 도주?

청년 둘이 쫓아가지 않는다. 입술을 도둑맞은 청년이 길바닥에 주저앉아 씨근덕거린다. 동료 청년은 여전히 멍한 얼굴로 사내가 간 길을 바라보고 있다.

성폭행일까?

마지막 자막에 이어, 화면은 아까의 놀라운 장면을 다시 보여주고 있다. 사내가 자전거를 내팽개치며 청년들에게 몸을 날리는, 그 장면이다. 재생 속도는 느리게. 그 부분만 확대해서.

"혹시 페이크? 주작은 아닌 것 같지?"

차연이 얼어붙는다.

기습 뽀뽀. 기습 뽀뽀.

청색 야구점퍼의 끔찍하도록 평범한 얼굴이 절로 떠오른다. 짧은 비명 소리 낭자하던 골목길의 주황색 가로등 불빛이 절로 떠오른다. 꿈속 빨간 방에서 재회한 고정민이 절로 떠오른다. 그녀의 입 밖으로 스멀스멀 기어 나오던 촉수들이 절로 떠오른다.

저건 성폭행이 아니다. 강제로 입을 맞추는 모습임에는 분명하지만 성적인 행위와는 무관하다. 도대체 무엇을 위한 행위인지, 감도 잡을 수 없지만 말이다.

저게 도대체 뭐람?

머리에 쥐가 날 것 같다.

"충우는 이 영상을 어디서 구했대?"

"그걸 내가 어떻게 알아."

"가보자."

"나 오줌 싸러 가야 하는데."

충우는 자기 반 교실에 있다. 뒷자리에 애들 세 명을 앉혀놓고 뭐라 열심히 떠드는 중이다. 녀석을 불러낸다.

"그거, 말해주면 안 되는데."

동영상의 출처를 묻자 충우가 우물거린다. 그다지 곤란한 얼굴은 아니다.

"괜찮아. 이야기해 봐. 다른 데에 말 안 할게."

오히려 빙그레 웃는다.

"너희 구독은 다 한 거지?"

"당연히."

"좋아요. 공유. 저장. 댓글까지?"

"당연히."

"동영상 어때. 좋아?"

"멋져. 완전 그로테스크."

"대박 날 것 같아?"

"10만 뷰 찍을 것 같아. 그러니 이제 말해봐 봐. 어디서 난 영상인지."

충우가 조금 망설이는 얼굴이다가, 다시 빙그레 웃는다.

"소문내면 정말 안 된다?"

피해자 중 한 명이 사촌 형이라고 한다. 입맞춤 당한 쪽이 아니라 옆에서 뜯어말리던 사람이다. 강제 입맞춤을 당한 사람의 친한 선배가 마침 그 동네에서 근무하는 경찰이었다. 그래서 어렵게 않게 CCTV를 열람할 수 있었다. 자신들이 당한 모습을 화면으로 보니 새삼 황당하고 어이가 없었다. 하도 황당하고 어이가 없어서, 사촌 형이 핸드폰으로 그 동영상을 촬

영했다. 선배 경찰이 제지했지만 심한 제지는 아니었다.

충우가 올린 유튜브 동영상 원본은, 그러니까 사촌 형의 핸드폰으로 찍은 동영상 파일이었다. 화면 상태가 엉망이더라니 그런 사연이 있었다.

"내가 유튜브 하는 거 알고 형이 보내준 거야. 쓸만하면 쓰라고. 어차피 얼굴 알아볼 사람도 없다고."

"다른 이야기 같은 건 없었어?"

"다른 이야기라니."

"당시 상황에 대해서. 자전거 탄 그 남자에 대해서."

"완전 미친 인간 같더래. 취한 것 같지는 않고, 약을 먹었는지 눈이 반쯤 풀려 있더래."

'안 쪽팔려? 두 사람이 변태 아저씨 한 명을 못 당하고.'

경찰 선배가 한심해하며 혀를 차자, 사촌 형은 물론 같이 있던 친구가 거의 울 것 같은 얼굴로 항변했다는 것이다.

'힘이 장난 아니었어요. UFC 선수한테 깔린 줄 알았다니까요.'

차연은 재차 머리에 쥐가 나는 기분이다.

"충우 너는 어떻게 생각하냐."

"뭘."

"자전거 남자의 정체."

"글쎄다, 미친놈? 발정 난 호모 에일리언?"

제풀에 신이 난 충우가 계속 떠벌린다.

"뽀뽀 당한 형 친구 있지? 계속 토하더래. 입에서 개 같은 침 냄새가 가시지를 않는다면서, 다섯 번도 넘게 양치질을 하다 말고 울면서 막 토하더래."

# 김동하 경장

김동하 경장이 전화를 걸어왔다.

목요일 오후 5시 20분경.

7교시 끝나고 석식 나오기를 기다리는 중이었다.

— 잠깐 통화 좀 할 수 있을까?

일단은 그가 전화를 걸어왔다는 사실이 놀라웠다. 전화 목소리의 주인공이 누구인지 단번에 기억해 낸 자신 또한 놀라웠다.

— 지금 어디야?

"학교요."

— 늦게까지 있구나.

삼촌처럼 다정한 음성.

— 다른 게 아니라, 음, 시간 되면 잠깐 얼굴 볼 수 있을까 싶어서.

"언제요?"

— 가능하다면 빨리. 오늘 중에 가능하다면 더 좋고.

"뭔가 급한…… 일인 모양이네요."

— 아무래도 그런 셈이지. 일이 급하다기보다 마음이 급해. 전화로 설명하긴 힘들지만.

"……."

— 아, 지금 야자 하는 거?

차연이 고민한다. 아주 짧게.

"아니요. 야자 없는 날이에요."

거짓말이다.

오늘은 목요일이다. 월요일과 화요일에 이어 저녁 7시부터 10시까지 야자가 있는 날이다. 석식을 기다리며 학교에 남아 있는 것은 그 때문이고, 짧은 고민은 삼진 아웃제 때문이다. 5월 초인데 벌써 두 번이나 야자를 빼먹고 말았다. 오늘 야자를 빠진다면, 그게 재수 없게 발각된다면, 삼진 아웃제에 걸리며 남은 학기 더 이상 야자에 참여할 수 없을 터였다. 무단으로 빠지건 선생님에게 사전에 허락을 받고 빠지건 마찬가지다.

그러나 지금 중요한 것은 야자가 아니다.

"째려고?"

"내일까지 참을 수가 없어. 왜 갑자기 나를 보자는 건지. 뭐 때문에 마음이 급하다는 건지. 궁금해서 도통 공부가 안 될 거야. 공부도 안 되는데 야자 한다고 붙어있어 봐야 뭐 해."

"논리 갑이네. 같이 갈까?"

진구가 눈을 반짝인다. 진구도 차연만큼이나 궁금증을 참기 힘든 모양이다. 게다가 야자라는 것이 할 때보다 끝냈을 때가, 끝냈을 때보다 몰래 빠졌을 때가 더 좋은 무엇이니까.

"너는 학교를 지켜. 지키면서 잘 좀 마크해. 나 쩬 거 걸리지 않게."

"마크를 어떻게."

"나도 모르지. 간다."

"석식 안 먹고?"

"……먹고 갈까."

◆

학교에서 집으로 가는 길 중간쯤에 노란 고래, 라는 작고 귀여운 간판을 만날 수 있다. 수제 마카롱도 팔고 샌드위치도 팔고 생과일주스도 팔고 커피도 파는 가게다. 거기서 6시에 만나기로 했다. 약속 시간보다 4분쯤 일찍 노란 고래 배 속으로 들어선다. 구석 자리에 그가 앉아있다. 양어깨에 검은색 견장이 달린, 청록색 근무복 차림이다.

"오랜만이네."

"안녕하세요."

큰 키. 검고 단단하고 각진 얼굴. 검게 빛나는 티타늄 합금으로 만들어진 전투용 로봇.

"앉아. 배고프지?"

뭐라 대꾸하기도 전에 점원에게로 가더니 뭔가를 주문한다. 잠시 후 주방에서 만든 음식을 손수 가져다준다. 바나나 라테와 훈제연어 샌드위치다.

"먹어."

"감사합니다."

"나 고등학교 때는 만날 배고팠던 기억밖에 없었는데."

"집이 가난했나요?"

"그런 건 아니고, 소화가 그렇게 잘되더라고. 밥 먹고 돌아서면 배고파서 또 라면 끓여 먹고."

부랴부랴 석식을 긁어먹고 온 게 10여 분 전이건만, 훈제연어를 그다지 좋아하지 않건만, 성의를 거절할 수는 없다. 이것들을 다 먹고 나서야 무슨 이야기건 시작될 터였다.

"바쁜데 불러낸 거 아니지?"

"아뇨. 집에 가려던 참이었어요."

샌드위치도 라테도 맛이 나쁘지는 않다. 그러나 양이 너무 많다. 게다가 배가 하나도 안 고프다. 그러나 어쩔 수 없다. 라지 사이즈 음료 한 잔과 벽돌만 한 샌드위치 두 쪽을 힘겹게 해치운다. 먹고 마시고 씹어 삼키고 또 먹고 마신다.

채 소화되지 않은 음식물이 식도까지 차오른다.

"뭐 좀 더 먹을래?"

"아뇨. 배불러요."

차연이 황급히 두 손을 휘젓는다. 로봇 경찰이 탁자 위에 두 팔꿈치를 올려놓는다. 차연 쪽으로 상체를 기울인다.

"여기 오는 거, 혹시 누구한테 이야기했어?"

"친구에게요. 친한 친구 한 명에게만."

"선생님에게는 말씀 안 드렸고?"

"예."

"그렇구나. 뭐, 알고 있어도 상관없는 일이긴 한데."

상체를 뒤로 젖히며 의자에 등을 기댄다.

"저번에 그 이상한 인간들에게 또 연락 온 적 없니? 형사라 며 학교로 찾아왔다는."

"없었어요."

"이상한 녀석들이네. 문자든 이메일이든 다시 접근하는 기미가 보이면 나한테 바로 연락해. 알았지?"

"예."

"그리고……."

가방에서 얇은 종이봉투를 꺼낸다. 본격적인 용건이 등장할 차례다.

"지금부터 있을 일은, 어어, 나중에라도 꼭 비밀로 해줬으면 좋겠는데."

"그럴게요."

차연이 고개를 끄덕인다. 여전히 배가 터질 것 같다.

"다른 게 아니라, 내가 사진을 몇 장 보여주려고."

"사진이요?"

"그냥 봐. 아무것도 물어보지 말고. 어…… 수백 장 가운데서 가장 평범한 것으로 골랐어. 너무 놀라지 않았으면 좋겠네."

놀라지 말라는 당부에 새삼 가슴이 두근두근. 건네준 사진을 받아 확인한다. 흑백 사진 몇 장이다. A4지보다 조금 작은 크기다.

# 죽음의 이해

사진은 모두 세 장이다. 누군가의 모습이 거기 담겼다.

세 장 모두 같은 사람이다. 남자다. 젊은 남자다. 누워있고, 알몸이고, 편안히 눈을 감고 있다. 한 장은 정면에서 이마부터 목까지 얼굴을 위주로 찍은 사진이다. 또 한 장은 오른쪽 측면에서 옆얼굴을 찍은 사진이다. 세 번째 사진은 얼굴에서 가슴팍까지 상반신 일부를 보여주고 있다.

"죽은 사람이군요."

로봇 형사가 고개를 끄덕인다. 사진 속 남자로부터 어떠한 형태의 아우라도 들여다볼 수가 없다. 아우라는 살아있는 사람들만의 특징이니까.

"혹시 할 말 없니?"

"……아는 얼굴이에요."

"확실해?"

"안다기보다, 한 번 본 적이 있지요. 잠깐."

"어디서? 말해줄 수 있겠어?"

이런 게 유도 신문이라는 건가.

"거기, 그 뒷골목에서요. 쌍룡아파트 근처."

사진 속 편히 눈감은 남자. 청색 야구점퍼다. 보자마자 그임을 알아볼 수 있었다.

"역시 그렇구나. 말해줘서 고맙다."

김동하 경장이 긴 한숨을 뱉어낸다. 한고비 넘긴 얼굴이다. 그러나 여전히 마음 편치 않은 얼굴이다.

"그저께 저녁에 사망 신고가 접수되었어. 시신을 보자마자 차연 학생 생각이 났어. 그때 말한 청색 야구점퍼가 바로 이 사람 아닐까. 난데없이 그런 감이 왔어. 왜 그런 건지 설명할 수는 없지만 말이야."

"감이라는 게, 원래 설명할 수 없는 거잖아요."

"어쨌거나 그래서, 내가 확인을 해야 했어. ××3동 골목의 성추행 시도 용의자가 고시원 시신과 동일 인물인지 아닌지. 그래서 차연 학생에게 전화를 했던 거고."

"고시원?"

정희영. 청색 야구점퍼의 본명이다. 24세. 고양시 일산구 ○○동 상아고시원에 11개월째 거주 중인 취업 준비생. 어제저녁 그가 시신으로 발견된 곳은 그가 살던 고시원 301호였다.

오후 5시경부터 괴상한 소리가 고시원 3층 전체에 퍼져나 갔다. 서성거리던 이웃 방 거주자들이 옥신각신 논쟁 끝에 문을 부수듯 301호 방 안에 들어섰다. 그러곤 숨진 지 얼마 되지 않은 정희영의 시신을 발견했다. 방 안은 엎어진 책장이며 부서져 나뒹구는 컴퓨터 모니터며 흩어진 책들이며 깨진 유리조각 등으로 온통 엉망이었다. 험하게 뒤틀린 팔다리와 멍 자국과 다 빠진 손톱. 목숨이 끊어지기 전까지 당사자의 고통스러운 몸부림이 남긴 흔적이었다.

특이하게도 실내 여기저기 잔뜩 토해놓은 토사물이 보였는데, 그 양이 실로 어마어마했다. 현장에서는 다량의 약품도 발견되었다. 신경안정제와 진통제 종류였다.

"우리나라에서 한 해 발생하는 변사자는 대략 3만 명 정도. 개중에서 부검이 진행되는 시신은 채 1만 명도 안 된다지. 전문 인력의 숫자가 달리기도 하고, 사인이 확실해서 굳이 시신의 몸에 칼을 댈 필요가 없을 때도 있고. 하지만 이 경우는 뭔가……."

"달랐군요. 그래서 부검을 했군요."

김동하 경장이 고개를 끄덕인다. 그의 어깨 뒤로 둥그렇게 일렁이는 빛의 무지개가 보인다. 보라, 녹색, 빨간색이 균일하게 조화된 그의 무지개는 대체로 안정적이다. 밝고 건강하다. 그 속에 약간의 고민과 혼란이 섞여있다.

"죽은 이유가…… 밝혀졌나요."

"부검 결과를 말해줄 수는 없지만 외부 충격에 의한 사망은 아냐. 그건 분명히 아니야. 독극물 중독이 의심되지만 그것만으로는 뭔가 많이 부족하고. 소화기 쪽이 크게 상했는데, 전체적인 장기 구조가 정상적인 인간의 그것과 분명히 달랐거든. 심각한 기형 아닌가 싶을 정도로."

"심장이 두 개라던가, 콩팥이 세 개라던가?"

"미안해. 자세히 이야기 못 해줘서."

속이 니글거린다. 울렁울렁, 억지로 먹어 삼킨 훈제연어 샌드위치와 바나나 라테가 넘어올 것만 같다.

"나름 정리를 해보려 하는데, 통 정리가 되지 않네."

김동하 경장이 이마 한 곳을 검지로 독독, 긁는다.

"××동 골목에서 성추행을 시도했던 인물이 불과 며칠 뒤에 그로부터 멀지 않은 ○○동 고시원 자신의 방에서 험하게 죽은 채 발견되었다는 것. 내장 일부를 토해낸 듯 흉한 모습이었다는 것. 이게 무슨 경우일까. 두 가지 사건 사이에 무슨 연관성이 있는 것일까."

"……."

"수사가 더 진행되면 뭔가 나오겠지. 아마 그렇겠지. 아니면 말고. 어쨌거나 이어지는 수사 과정에는 내가 참여할 수 없으니."

"그런가요?"

"수사에 참고될 정보 일체를 상급기관에 전달하는 것까지가 내 의무야. 그래서 차연 학생에게까지 연락을 했던 거고, 덕분에 이렇게 사실관계를 확인하게 됐고. 고마워. 수고했어. 이제 용건 끝."

"……하나만 더 물어봐도 될까요?"

"대답 못 할 질문이 아니었으면 좋겠네."

"성이연 씨에게도 연락해 보셨나요."

"누구?"

"저번에 그 골목길에서……."

"아, 피해 여성."

고개를 젓는다.

"그 문제는 더 신중하게 고민해야 할 것 같아. 용의자가 죽었다는 사실에, 오히려 더 큰 충격을 받을 수도 있을 테니."

"그렇군요."

"또 물어볼 말."

"없는 것 같아요."

"나도 더 할 말 없어. 딱 하나만 빼고."

"뭔가요."

"일종의 당부랄까."

로봇 경찰이 탁자 위에 두 팔꿈치를 올려놓는다. 차연 쪽으로 더 가까이 상체를 기울인다.

"앞으로 자신의 몸을, 몸 상태를, 보다 주의 깊게 살펴보는 게 좋을 거 같아."

"몸 상태?"

"몸은 건강할 때 챙기라고 하잖아. 비슷한 이야기야. 혹시라도 어느 날 갑자기 몸이 좀 이상해진 것 같다든가 뭔가 달라진 것 같다든가 하는 생각이 들면, 빨리 부모님에게 말씀드리고 병원에 가보는 게 좋을 것 같아."

"아니면 괴바이러스에 감염되었다던가?"

"괴바이러스라니. 그런 말은 한 적 없어."

두 손을 휘휘 젓는다.

"난 몰라. 그런 걸 내가 어떻게 알겠어. 느낌이 그렇다는 것뿐이지."

차연이 히죽 웃는다.

"이번에도 감인가요."

"그런 셈인가."

김동하 경장이 어색하게 뺨을 긁적인다.

"솔직히 말하면 내가 SF영화나 말도 안 되는 음모이론 그런 거 엄청나게 좋아하거든. 종종 현실과 허구를 혼동할 정도라니까."

티타늄 합금 로봇을 빼닮은 그가, 자세히 보니 조금은 사람을 닮은 것 같기도 하다.

# 과식

수련파크빌 401호. 도어록의 여섯 자리 비밀번호를 빠르게 입력한다. 현관문을 열고 들어선다. 그런데 이상하다. 집 안에 누군가 있다. 그런 느낌이다. 아니나 다를까.

"왔니?"

화장실에서 누군가 나오며 아는 척을 한다.

"어, 아빠."

만 이틀 만에 보는 얼굴. 제주도에서 오늘 온다고 했나? 그런 말은 없었는데. 어쨌거나 반갑다. 반갑다가, 이내 가슴이 덜컥 내려앉는다. 야자 빼먹고 온 것을 꼼짝없이 들키고 만 것이다. 역시나 아빠가 묻는다.

"그런데 너, 야자 하는 날 아니냐? 목요일."

"아니. 오늘 야자 없어. 현장학습 가는 날이라서."

거짓말은 어떤 이유건, 그럴듯한 거짓말이건 아니건, 하고 나서 그다지 기분이 좋지 않다. 다행히 아빠는 그러려니 믿고 넘어가는 눈치다. 솔솔 풍기는 거짓말 냄새를 맡았지만 대충 넘어가는 중인지도 모른다.

"씻고 나와. 가방 갖다 놓고."

"응."

"저녁 먹어야지. 뭐 먹을까."

헉, 또 저녁이라니. 하긴 그럴 시간이다. 과연 뭘 더 먹을 수나 있을까.

"간만에 오므라이스 해줘? 아니면 제주도에서 옥돔 얻어온 거 있는데. 생선은 싫지?"

"배 별로 안 고픈데."

"왜? 뭐 먹고 왔어?"

"……응."

아빠가 금세 우울한 얼굴이다.

"그럼 아빠 혼자 밥 먹어야 하는 거야? 간만에 아들이랑 있는데?"

"……."

"같이 먹자. 조금만. 응?"

아, 마음 약해지네.

차연이 고개를 끄덕인다.

목요일. 간만에 아빠와 저녁을 먹는다. 학교에서 석식을 한 가득 퍼먹은 지 한 시간 20분 만이고 벽돌만 한 훈제연어 샌드위치와 바나나 라테를 꾸역꾸역 먹은 지 35분 만이다.

식탁 닦고 수저 놓고 밑반찬 접시들 챙기는 일은 차연이 맡는다. 감자와 애호박과 양파와 당근을 잘게 다지고 통조림 햄을 썰어서 기름에 볶고, 찬밥을 넣고 마저 골고루 볶아 소금과 후추 그리고 약간의 케첩으로 간을 맞춘 볶음밥을 만든 후, 거기에 노란색 달걀옷을 입혀 오므라이스를 완성하는 일은 아빠 차지다.

리모컨으로 TV 볼륨을 키우며 아빠가 자리에 앉는다.

"먹자."

"잘 먹겠습니다."

아빠에게 미안해져서, 괜히 한마디 건넨다.

"그런데 아빠."

"왜."

"오늘은 안 마셔?"

"뭐. 술?"

"……."

"그러게. 뭔가 좀 허전하긴 하네."

"……."

"그럼 아빠 한잔할까?"

"좋으실 대로."

"오케이 그렇다면."

아빠가 야채 다듬을 때보다 두 배는 빠른 속도로 찬장과 냉장고를 오가며 술잔과 초록 술병을 꺼내온다. 차연이 자기 앞에 놓인, 평소보다 적은 양이지만 두 배는 많아 보이는 오므라이스 접시를 내려다본다. 한숨이 절로 나온다.

"아빠 당분간 제주도 안 가도 될 것 같아."

"인터뷰 다 끝난 거야?"

"거의."

술잔을 홀짝 비운 아빠가 젓가락으로 멸치 아몬드 볶음을 뒤적인다.

"이제 마포 출판사 오가면서 자료 정리하고 원고 쓰고, 그렇게 마무리되겠지."

차연이 오므라이스 한 숟가락을 떠서 입에 넣는다.

아무 느낌도 없다. 다만 괴롭다.

"그래서 이제 너, 아침에 깨워주는 사람 없어서 학교 지각하고 그럴 일은 없어졌다 이거지."

"나 지각한 적 없는데."


— 지금 보이시죠? 얌전하게 서있던 중년 남자가 청년들을 향해 갑자기 달려듭니다. 그러고는 저렇게…….

- 아, 저게 지금 입을 맞추는 건가요?

— 보시다시피 그렇습니다. 강제로 끌어안고 추행을 시도하는 모습

같습니다. 일반적인 상식으로는 납득이 잘 가지 않는 장면이지요.

－ 그렇군요. 혹시 자작 영상 같은 거 아닐까요?

— 그럴 가능성도 충분히 생각할 수 있는 상황입니다. 또 다른 영상 보시죠.


입안의 것을 우물우물 씹던 차연이 움직임을 스르르 멈춘다. 그 상태로 굳고 만다. TV 속 어느 장면 때문이다. 〈7시 시사 뉴스쇼〉인가 하는 프로그램이다. 아빠가 집에 있을 때면 노상 틀어놓는 종편 뉴스채널이다. 자료화면이 나오고, 리포터의 열띤 음성이 화면 속 정황을 설명하고 있다.

화면 상태가 좋지 않다. 흑백이고 게다가 흐릿하다. 그런데 낯이 익는다. 며칠 전 진구가 보여준 바로 그 CCTV 영상이다. 자전거를 타고 밤길을 달리다가 멈춰 선 아저씨가 마침 그 길을 지나가던 청년 두 명을 덮치는 장면. 유튜브 〈괴상한충우 TV〉에 업로드 되었던 바로 그 영상.

'충우 떴구나. 방송을 다 타네.'

TV에 새로운 화면이 이어지고 있다.

역시나 흑백의 CCTV 영상이다.

역시나 인적 드문 밤거리다.

역시나 누군가 화면 하단 구석에서 등장하더니 슬며시 걸음을 멈춘다. 잠시 후에 다른 사람이 나타나고, 둘 사이의 거리가 가까워진다. 누군가 다른 사람을 향해 벼락같이 몸을 날린다. 그리고 입을 맞춘다.

'강제 추행'을 시도하는 쪽은 작은 체구의 중년 여인이다. 그리고 당하는 쪽은 추리닝을 입은 30대 남성이다. 기자의 열띤 목소리가 영상 속 장면을 생중계한다.

— 이번에는 강원도 속초시의 한 상가 근처에서 발생한 장면입니다. 역시 누군가가 길 가는 행인을 덮치고 기습적으로 입맞춤을 시도하는 모습을 볼 수 있습니다.

- 아까 영상과 거의 비슷하군요?

— 그렇습니다. 동일한 사건 아닌가 헷갈릴 정도입니다.

- 지금까지 세 장면 모두, CCTV에 기록이 남거나 직접 찍은 영상을 인터넷 개인 방송에 올린 것이죠?

— 예, 최근 유튜브를 조금만 찾아보면 이처럼 누군가 누군가에게 기습적인 입맞춤을 시도한 뒤 도주하는 영상들을 여러 개 발견할 수가 있습니다.

- 그런데 정기자, 요즘 가짜 뉴스가 큰 이슈가 되고 있지 않습니까.

— 맞습니다. 가짜 뉴스와 더불어, 얼마 전에는 특정 상품을 홍보할 목적으로 조작된, 이른바 페이크 다큐멘터리 영상을 몰래 뿌린 사례도 문제가 되었지요.

- 시청자나 소비자로서는 뜻밖에 현혹이 될 수밖에 없는 부분이겠군요.

— 맞습니다. 그래서 전문가들은······.

"맛없어?"

아빠가 묻고 차연이 고개를 젓는다.

"아니. 맛있어."

크게 한 수저 떠서 입에 넣는다. 우물우물 씹는다. 케첩과 기름 냄새가 입안에서 마구 뒤섞인다. 배 속은 괴롭고 머릿속은 복잡하다. 크고 작은 물음표들이 둥둥 떠다니는 중이다.

– 최근 들어 마치 유행처럼 발생하고 있는 '밤거리의 묻지 마 기습뽀뽀'. 모방 성범죄의 일종일까요? 아니면 누군가의 단순한 장난 또는 상업적인 의도를 가진 페이크 다큐멘터리일까요? 아직은 알 수 없습니다. 확인되지 않은 동영상에 지나치게 현혹될 필요는 없겠죠. 그러나 얼굴 모르는 누군가에게 불시에 입맞춤을 당하지 않도록, 밤길을 다닐 때는 늘 조심하시는 게 좋겠습니다. 자, 다음 소식은……

진행자의 농담 같고 헛소리 같은 멘트 끝에 새로운 뉴스가 소개된다. 재작년에 은퇴를 선언한 가수 A씨 이야기다. 해외 원정도박 문제로 구설수에 올랐던 그가 다음 주부터 모 방송국에서 새로 시작되는 일일드라마에 조연급 연기자로 출연하게 되었다는 소식이다.

연예부 기자는 열심히 떠들고, 차연의 눈앞에는 조금 전의 장면들이 미치도록 선명한 잔상으로 남아 어른거린다.

인적 드문 밤거리. 그 속을 무심히 걷는 행인들. 그들을 향해 벼락같이 몸을 던지는 그림자. 벗어나려 하지만 힘에 밀려 바동거리는 팔다리. 잠시 후 서둘러 도망치는 그림자의 뒷모습. 고요한 정적에 휩싸인 골목길 풍경.

"모자라? 더 줄까?"

어느새 오므라이스 한 그릇을 다 먹은 모양이다. 생각에 잠긴 채 정신없이 숟가락질을 했던 모양이다. 그러느라 무심결에 빈 접시를 긁고 있었던 모양이다.

깜짝 놀란 차연이 손을 젓는다.

"아니야. 배불러. 완전 배불러."

부지런히 자리에서 일어선다.

"잘 먹었습니다."

"물 여기."

"설거지, 이따 내가 할게."

"웬일이야?"

목구멍까지 음식이 꽉 찬 느낌이다. 몹시 불쾌하다. 물도 마시기 싫다. 배 속만 불쾌한 게 아니다. 머릿속도 불쾌하기 그지없다.

목구멍까지 꽉 찬 음식이야 토해낼 수 있겠지만 머릿속 가득 불쾌한 생각은 그러기 쉽지 않을 것이다. 음식이야 몇 시간 후면 슬슬 소화되겠지만 생각은 그렇지 않을 것이다.

# 3장

## 보이지 않는 위험*

* 1999년 개봉된 스타워즈 시리즈 I, 〈The Phantom Menace〉.

# 자살

월요일 오후. 5교시가 끝난 시간. 교실 분위기가 뒤숭숭하다. 소문 때문이다. 이상하고도 슬픈 소문 때문이다. 소문은 대체로 속도가 빠르다. 좋지 않은 소식일수록 더욱 그러하다. 때로는 전달하는 입과 듣는 귀 없이도 날개를 달고 여기저기 날아다닌다. 그리하여 다른 학교에서 불과 얼마 전에 있었던 사건이 순식간에 퍼지며 옆 반 소식처럼 빠르게 전해지기도 한다.

"와 미쳤네."

"애들도 애들이지만 선생님도 완전 벙쪘겠다."

"맞아. 수업 중에."

"뉴스에 나오겠네. 집에 가서 TV 봐야지."

"너 야자 안 해?"

"아, 참."

영원고등학교.

학교 앞 사거리에서 버스 두 정거장 떨어진 곳에 위치한 학교다. 상준고와 달리 공립학교고, 남녀공학이고, 생긴 지 얼마 안 되어 시설도 좋고, 교복도 예쁘고, 분위기도 무척 좋다고 알려진 학교다. 상준고와는 거의 모든 면에서 비교가 되었고 그래서 그 학교 학생들을 부러워하는 애들이 적지 않을 정도였다.

바로 그 영원고등학교에서 오늘 사건이 발생했다. 이상하고도 슬픈 사건이.

오후 1시 13분경. 5교시 국어 수업이 시작되고 얼마 되지 않아서다. 명사화 접미사와 부사형 전성 어미의 개념에 대한 설명이 자분자분 이어지던 즈음. 잠잠하던 교실 안에 작은 소요가 일어난다. 앞에서 세 번째 줄, 오른편 구석 자리에 앉아 있던 아이가 발작하듯 벌떡 일어선다. 의자 밀리는 소리가 드르륵. 그 아이가 별안간 고함을 지른다.

꺅!

그러더니 몸에 불이 붙은 양 부지런히 교실을 가로지른다. 모두의 시선을 한눈에 받으며 창가로 다가간다. 힘차게 창문을 열고는 훌쩍, 넘어선다. 그 비좁은 틈새로 고양이처럼 사뿐 몸을 던진다. 거의 동시에 창밖에서 퍽, 소리가 들려온다.

놀란 학생들이 앞다투어 창가로 모여든다.

4층 아래를 기웃거린 학생 한 명이 으악! 가장 먼저 외친다. 다른 친구들이 덩달아 입을 막고 발을 동동 구른다. 비명 같은 울음을 터뜨린다. 얼굴 새하얘진 국어 선생이 아랫입술을 바들바들 떤다.

뭐야, 지금…… 개…… 누구니?

채 1분도 되지 않는 와중에 시작되고 완성된 비극이다.

"전교 1등?"

"얼굴도 예쁘대."

"남친이 있었다더라. 학교 안에."

"뭐지? 왜지? 설마 학폭?"

"박주은. 나 개 알아."

"정말?"

"초등학교 때 같은 반이었어. 6학년 때."

"으와아."

"인기 많았어. 착하고 예쁘고 공부도 잘하고. ……지금은 소용없는 이야기지. 죽었으니까."

7교시 끝나고 종례를 기다리는 시간. 아이들의 수군거림이 갈수록 은밀해지고 있다. 버스 두 정거장 거리에 떨어진, 상준고보다 몇 배 행복해 보이던 이웃 학교에서 발생한 비극이 아이들 사이에 침울하게 녹아드는 중이다.

4층에서 종이비행기처럼 훌쩍 몸을 날린 아이, 박주은은 즉사했다. 하필 화단가의 뭉뚝한 바위에 부딪히며 목뼈가 부러졌다. 아이들의 비명 소리에 빠르게 선생님들이 모여들었다. 구급차와 경찰차가 운동장을 가로질러 현장에 들이닥쳤다. 시신 위에 하얀 천이 덮였고, 들것에 옮겨졌고, 구급차를 타고 떠나갔다. 경찰 앞에서 뭔가를 진술하던 국어 선생이 내내 눈물을 흘렸으며 끝내 실신했다.

평소보다 조금 늦게 괴벨스가 나타난다. 아이들이 바퀴벌레처럼 제자리로 흩어진다. 술렁거림이 빠르게 가라앉는다.

괴벨스. 언제부터 어쩌다가 그런 별명이 붙었는지 알 수 없다. 천부적인 언변으로 나치 정권을 세상에 알린 선동가, 괴벨스가 어떻게 생겼는지도 모른다. 그와 담임 사이에 닮은 게 있다면 바로 '괴'자일 것이다. 괴벨스의 '괴'와 성격 괴상한 담임의 '괴'.

교탁에 선 괴벨스는 늘 그렇듯 표정 없는 얼굴이다. 영원고등학교에서 몇 시간 전에 무슨 일이 있었는지 담임은 알고 있을 것이다. 우리 역시 그러하다는 사실 또한 이미 알고 있을 것이다.

"우리 반에도 그런 어리석은 고민을 해본 친구가 혹시 있나? 담임은 무척 궁금하다."

아이들이 대답하지 않는다. 그런 어리석은 고민, 이 뭐냐고 묻지도 않는다.

"목숨은 소중한 것이다. 누구나 예외 없이 그렇다."

마른 나뭇잎처럼 카랑카랑 이어지는 괴벨스의 음성.

"여러분의 생명은 지금 여러분들의 것이면서 동시에 그 이상의 무엇이다. 미래의 여러분이 곤경에 빠진 누군가를 도와주는 존재가 된다면, 홀로 아파하는 누군가를 치유해 주는 존재가 된다면, 지금 여러분의 생명은 바로 그런 사람들을 위한 것이기도 하다."

잠시 말을 끊은 괴벨스가 교실을 한 바퀴 훑는다.

"오늘 이웃 학교에서 발생한 비극적인 사건에 대해서, 다들 들어서 알고 있을 것이다. 여러분의 기분이 좋지 않을 것이다. 담임 역시 같은 나이의 학생들을 지도하고 함께 생활하는 교육자로서 안타까운 마음을 금할 수 없다."

평소와는 사뭇 다른 분위기의 종례다.

"그 학생이 어째서 극단적인 선택을 하고 말았는지, 어쩌다 그렇게 안타까운 마지막을 선택한 것인지 우리는 아직 모른다. 남은 사람들이 그럴듯한 이유를 찾아낼 수도 있고 그렇지 않을 수도 있을 것이다. 여하한 경우건 자신의 목숨을 스스로 저버리는 일이 얼마나 무의미한 행위였는지, 좋건 싫건 우리는 지켜볼 수밖에 없을 것이다. 죽은 사람이 죽음을 통해 선택했던 가치가 시간이 지나고 나면 얼마나 하찮은 것이었는지를 깨닫게 될 것이다."

괴벨스가 다시 한 차례 교실 안을 둘러본다.

"지금 담임이 무슨 이야기를 하는 것인지, 이해들 하겠나?"

◆

　종례 끝나고 아이들이 교실을 탈출하기 시작한다. 차연이 그 무리 속에 섞여 든다. 진구가 곁을 따른다. 복도가 소란하다. 건물 밖으로 나선다.

　5월이다. 아직 화창한 5월 오후다. 기울어 가는 햇살이 교정 한구석을 반짝반짝 물들이고 있다. 교문을 나선다. 횡단보도 앞에서 걸음을 멈춘다.

　"버스 타야 하나."

　"걸어가자. 두 정거장인데."

　"만나기로 확실히 약속한 거지?"

　"통화했어. 시간은 많이 낼 수 없다고 했어."

　신호등이 파란불로 바뀌고 아이들이 우르르 길을 가로지른다.

　"동빈?"

　"신동빈. 기억 안 나?"

　"안 나는데."

　"만나면 알겠지."

　신동빈을 만나러 가는 길이다. 중학교 1학년 때 같은 반이었다고 한다. 진구 말로는 그렇다. 그런데 차연은 걔가 누군지 생각나지 않는다. 이름은 얼핏 귀에 익는 것도 같은데 얼굴은 통 기억이 가물거린다.

신동빈은 영원고등학교에 다닌다. 1학년 3반. 오늘 사건이 있었던 바로 그 반이다. 그 이야기를 직접 들으러 가는 길이다.

말은 많이 들었지만 영원고등학교는 처음이다. 학교에서 집으로 가는 반대 방향이기 때문이다. 지하철 3호선 ××역을 지나 공원을 끼고 큰길을 걷는다. 어느 정도 가다 보니 저편에 붉은 벽돌로 지어진 학교 건물이 눈에 들어온다. 소문대로 멋진 새 건물이다. 한 차례 길을 헤맸음에도 채 20분도 걸리지 않는다.

"아아, 너!"

"한차연 오랜만."

학교 길 건너 알밥 전문점에서 신동빈을 만난다. 차연이 어렵지 않게 그 얼굴을 기억해 낸다. 작은 키 통통한 체격, 검은 얼굴 짙은 눈썹. '똥변'이다. 중학교 때는 그 별명으로 통했다. 동빈이라는 이름으로는 부른 적도 없었다. 똥변이를 만나러 간다고 했으면 금세 기억났을 텐데.

"학원?"

진구가 묻고 똥변이 대답한다.

"6시까지 가야 해."

"시간 별로 없네. 얼른 뭐 시키자."

"사는 거지?"

진구가 순한알밥을, 차연이 매콤알밥을 주문한다. 똥변은 고민 끝에 갈릭치즈알밥을 선택한다. 밥을 사기로 한 진구의 순한알밥이 가장 싼, 똥변이 고른 갈릭치즈가 가장 비싼 메뉴다. 차연이 셀프 코너에 가서 깍두기와 어묵조림, 단무지를 가득가득 퍼 온다.

"교실 분위기 장난이 아니었지. 한 시간 동안 쉬지 않고 울다가 보건실 업혀가는 애들도 있었고. 6교시에 조퇴하는 애들도 많았고."

"경찰 안 왔어?"

"왔어. 세 명이 교실 안에 들어와서 여기저기 들쑤시고 사진도 찍고. 애들에게 이것저것 물어보고."

"넌 어때. 괜찮아?"

"우울하다. 내가 뭔가 잘못해서 그렇게 된 게 아닌가 싶은 기분도 들고."

때마침 뜨거운 돌솥에 담겨 지글거리는 알밥이 나온다. 우울하던 똥변이 자기 몫을 반갑게 받아 들고 열심히 비비기 시작한다. 차연이 박주은을 생각한다.

이제야 비로소 그 이름을 알게 된 아이.

이제는 영영 그 얼굴을 볼 수 없게 된 아이.

"남자친구 있었다며."

"4반 정연호. 엄청난 사이였어. 만날 붙어 다녔어."

"……."

"그런데 연호가 학교를 그만뒀거든. 지난주에 갑자기 그랬어. 아프다고. 무슨 안 좋은 병에 걸렸다고. 그래서 집에서 억지로 휴학을 시켰다고."

"박주은이 그것 때문에 창밖으로 몸을 던졌다는 거야? 남친 때문에?"

"그야 모르지."

똥변이 고개를 갸우뚱, 수저를 허공에 대고 흔든다.

"혹시 임신한 거 아닌가 싶어."

"뭐야?"

"임신하면 막 입덧하고 토하고 그러잖아."

오후 1시 17분. 5교시 국어 시간. 명사화 접미사와 부사형 전성 어미의 개념에 대한 설명이 자분자분 이어지던 교실, 앞에서 세 번째 줄, 오른편 구석 자리의 누군가 벌떡 일어선다.

꺅!

고함을 지르기 시작한다. 몸에 불이 붙은 양 부지런히 교실을 가로지른다. 그러다가 드르륵, 창문을 열고는 훌쩍 뛰어넘는다.

이상이 소문의 대략적인 줄거리다. 그러나 똥변이 직접 목격한 당시 상황은 그와 조금 다르다.

"내 자리가 창가 쪽 다섯 번째거든. 내가 다 봤어. 지금도 눈만 감으면 그 모습이 생생해."

느닷없이 자리에서 벌떡 일어선 여학생, 박주은. 뭔가 몹시 괴로운 모습이다. 하얗게 질린 얼굴. 어디가 아픈 것 같다. 가슴과 복부 사이쯤을 두 손으로 감싸고 두드리고 쥐어뜯는다.

지켜보기가 고통스러울 정도다. 아이들도 선생님도 어리둥절 그 장면을 지켜보는 와중에 왈칵, 구토를 쏟아낸다. 창가 두 번째 자리, 이승렬의 책상 위에 누리끼리한 국물을 한가득 토해낸다. 온몸을 파들파들 떨면서.

"토했다고?"

놀란 차연이 목소리를 높인다.

"응. 잔뜩."

이승렬이 화들짝 놀라 일어선다. 다급하게 일어서려다 책상을 안으며 벌렁 나자빠진다. 우당탕 소리에 애들이 낮은 비명을 흘린다. 그 소음이 박주은의 찢어지는 고함 소리에 묻힌다.

꺄아악!

여태 단 한 번도 들어본 적이 없는 소리다. 저 옛날 익룡의 울음소리가 아마 그러하지 않았을까. 파들파들 어깨를 떨며 박주은이 두어 차례 더 토한다. 그러더니 힘차게 창문을 밀어 열고는 주저 없이 몸을 날린다. 제법 높이가 있는 창문이다. 열린 틈새가 채 두 뼘도 되지 않는다. 주은의 몸이 벌렁 넘어가고 거의 동시에 저편에서 픽, 소리가 들려온다.

놀란 아이들이 창가로 모여들고, 4층 아래를 기웃거리던 누군가 가장 먼저 비명을 지른다.

"그게, 입덧을 하는 중이었다는 거야? 토한 게?"

"몰라. 내 추측이야. 아닐 수도 있고."

어느새 제 몫의 알밤을 다 먹어 치운 동빈이 물잔을 집어

든다.

"그만하자. 이 이야기, 더는 하고 싶지 않아."

차연이 말없이 진구를 돌아본다. 진구가 말없이 차연과 눈을 맞춘다. 머릿속에 먹구름이 몰려온다. 형언하기 힘든 공포가 찾아들고 있다.

정희영.

그 이름이 절로 떠오른다.

○○동 상아고시원 301호, 그가 죽어 나간 방 안 풍경이 절로 떠오른다. 김동하 경장에게 전해 들었을 뿐이지만 하도 인상적인 이야기라 두 눈으로 직접 목격한 듯 뇌리에 깊이 각인된 상상 속 장면.

엎어진 책장이며 부서져 나뒹구는 컴퓨터 모니터며 깨진 유리 조각 등으로 엉망이 된 방 안. 멍 자국과 상처와 손톱 빠진 흔적까지 죽기 전 고통에 몸부림친 흔적이 역력한 시신. 실내 여기저기 잔뜩 토해놓은 토사물 자국.

박주은도 그랬다. 박주은도 그렇게 죽었다. 정희영처럼 고통스러워하다가 속에 있는 것을 한가득 토해냈다. 그러고는 4층 창밖으로 훌쩍 몸을 던졌다. 그렇다면 박주은도 청색 야구점퍼처럼?

검은 무지개.

검은 무지개.

차연이 눈을 감는다. 어지럽다. 온몸에 힘이 쭉 빠진다.

그때다. 전화벨이 울리기 시작한다.

동빈이 자신의 전화기를 확인한다. 그러나 아니다. 거의 동시에 진구가 자신의 전화기를 들여다본다. 역시 아니다. 전화벨이 계속 울려댄다. 차연의 전화기에서 나는 소리다. 발신자를 확인한다. 그리고 깜짝 놀란다.

저장된 이름 석 자를, 차연이 물끄러미 내려다본다. 전화벨이 계속 울리고 있다. 진구와 동빈이 의아한 얼굴이다.

"누구야, 안 받아?"

이건 사건이다. 새로운 사건의 시작이다. 가슴에 알 수 없는 폭풍이 몰아친다. 귓가에 전화기를 가져간다.

"여보세요."

— 아…….

성이연이다. 성이연의 목소리다.

— 잠깐 통화 좀 할 수 있나요?

# 생애 첫 '입맞춤'

6시 5분 전.

동빈과 헤어져서, 진구와도 억지로 헤어져서, 혼자 걷는다. 부지런히 걷는다. 빠르게 걷는다. 마음이 급하다. 발바닥이 땅 위 5센티미터 높이로 둥둥 떠오른다. 설레듯 두렵다. 뱃속이 간질간질 긴장된다.

이건 사건이다. 새로운 사건의 시작이다.

성이연을 만나러 가는 길이다. 지난번 편의점에 찾아갔을 때, 혹시 몰라 전화번호를 교환했었다. 그리고 아까 처음으로 전화가 걸려 왔다. 집 근처에서 만나기로 했다. 진구에게는 이 사실을 알리지 않았다. 알리지 않았을 뿐더러 억지로 떨어뜨려 놓기까지 했다.

왜 갑자기 전화를 했을까.

왜 갑자기 만나자는 것일까.

알 수 없이 걱정스럽고 궁금하다. 얼마 전 김동하 경장으로 부터도 느닷없는 전화를 받은 적이 있지만, 이번 경우는 그와 비교조차 되지 않는다.

"안녕하세요."

— 나 누군지 알겠어요?

"그럼요."

— 기억해 줘서 고마워요. 저어, 아직 학교인가요?

"아니요. 끝났어요. 친구 만나고 있어요."

— 갑자기 전화해서 미안해요. 다른 게 아니라……

왠지 슬픈 목소리. 뭔가 망설이는 목소리.

— 시간 괜찮으면, 나 좀 만나줄 수 있나요. 잠깐이면 되는데.

"예?"

— 갑자기 미안해요. 바쁘지 않으면 잠깐만 얼굴 좀 봐요. 무슨 일인지는 묻지 말아줘요. 전화로 설명하기에는 너무 힘든 이야기예요.

"아……"

— 당황스럽게 해서 미안해요. 나도 지금 너무 당황스러워요. 누군가에게 이렇게 곤란한 전화를 걸게 되리라고는 상상도 한 적 없거든요.

"괜찮으세요? 별일 없는 거죠?"

— 괜찮아요. 아직은 별일 없어요. 하지만 모르겠어요. 앞으로 무슨 끔찍한 일이 닥칠지. 그래서 불안해요.

"진정하세요. 무슨 일인지 모르지만, 일단 진정하세요."

— 노력 중이에요. 고마워요.

"그러면 언제 만, 만나는 게 좋을까요?"

— 지금 당장. 가능하다면.

"아."

— 힘들겠지요? 정말 미안해요.

"……어디서 볼까요."

곧 해가 저물 시간이다. 집 근처 초등학교 앞 삼거리에서 걸음의 속도를 늦춘다. 30분 뒤 이 근방에 와서 문자를 주기로 했다. 그렇게 전화를 끊은 뒤로 딱 23분이 흘렀다.

그런데 입안이 텁텁하다. 찝찝하다. 반쯤 퍼먹다 온 알밥이 문제다. 매운 알밥 양념 냄새가 입안 가득하다. 음식 냄새는 먹을 때나 좋은 법이다. 이 상태로 성이연을 만나고 싶지 않다. 만나서 뽀뽀를 할 건 아니지만 어쨌거나 싫다.

어쩐다. 학교에서 쓰는 치약 칫솔이 가방에 있긴 하다. 그러나 이를 닦을 데가 마땅치 않다. 지하철 화장실까지는 너무 먼 길을 다녀와야 한다.

날이 저물고 있다. 거리가 번잡해지고 있다. 찻길 위의 차들이 빨라지고 있다.

길 건너 이비인후과 병원이 있는 건물 1층 편의점에 들어간다. 조그만 구강청결제를 하나 산다. 뚜껑 열어 한 모금을 머금고 힘차게 '움목움목' 입안을 헹군다. 헹구며 문자를 보낸다.

삼거리 왔어요. 어디 계세요?

도로 턱의 하수구 빗물받이에 그것을 뱉어낸다. 독한 박하향. 입안이 따끔따끔 화하다. 거푸 침을 뱉어낸다. 손등으로 입가를 닦아내는데 핸드폰이 부르르 떨린다.

답 문자를 확인한다.

거기서 봐요. 그 골목에서.

쌍룡아파트 쪽으로 이어지는 도로. 멜론마트 지나 수정약국 안쪽으로 들어선다. 단독주택과 다가구건물이 양편으로 늘어선 길을 100미터쯤 지나면 골목이 끝나며 수련파크빌이 나온다.

오랜만에 이 골목을 걷는다. 집까지 가는 가장 빠른 지름길이지만, 지난번 화요일 밤 이후로는 일부러 다른 길로만 다녔다. 차 한 대가 겨우 지나갈 만큼 좁은 골목. 길바닥에 일방통행 화살표 마크가 새겨졌다. 밤길에는 볼 수 없었던 것이다.

하필 이곳에서 만나자고 한 이유가 뭘까. 무섭지도 않은 것일까. 청색 야구점퍼의 죽음을, 성이연은 혹시 알고 있을까.

"여기요."

왼편 전봇대를 지나, 의류 수거함 안쪽으로 더 좁게 이어지는 골목이다. 누군가 짧게 차연을 부른다.

성이연이다. 담벼락에 등을 기대고 서있다.

목덜미에 오소소 소름이 돋는다. 바로 이 골목이다. 깊은 밤, 느닷없는 비명 소리가 차연의 온 신경을 곤두서게 만든 곳. 주황색 가로등 불빛이 비스듬히 비치는 담 밑, 이상하게 엉겨 붙은 남자와 여자를 목격한 곳.

"오랜만이에요."

성이연이 앞머리를 천천히 쓸어 넘긴다.

차연이 놀란다.

성이연이 창백하다. 심하게 아파 보인다. 심하게 지쳐 보인다. 차연을 만나기 위해 이 골목에서 일주일도 넘게 서있었던 것만 같은 모습이다.

"아니 저…… 괜찮으세요?"

"괜찮아요."

성이연이 소리 없이 웃는다.

옅은 주황색의 꽃무늬 원피스. 반짝반짝 물방울 모양 펜던트가 달린 검은 레이스 초커. 검은 초커에 감싸인 희고 가는 목덜미.

"나와줘서 고마워요. 정말 고마워요."

낮에도 밤에도 오가는 사람 드문 골목길이다. 날은 저물었고 가로등은 아직 켜지지 않았다.

어스름 저녁 빛에 물드는 개와 늑대의 시간.

멀리 서성이는 네발짐승이 개인지 늑대인지 식별하기 어려운 시간.

"당장 쓰러질 것 같아요. 정말로 괜찮은 건가요?"

"평소 같지는 않아요. 사실 조금 이상해요."

"병원에 가봐야 하는 거 아닌가요. 이러다 큰일 날⋯⋯."

"괜찮아요. 이제 괜찮아요. 차연을 만났으니까."

차연의 이름을, 성이연이 그런 식으로 부른다.

기분이 이상하다. 유쾌하지도 불쾌하지도 않다. 다만 이상야릇하다.

"잘 지냈어요? 오늘은 야자 하는 날 아닌가?"

"아니에요. 그런데, 그것보다⋯⋯."

성이연이 담벼락에 다시 등을 기댄다. 하아, 하아. 어깨로 가쁜 숨을 내쉰다.

왠지 불편한 모습이다.

왠지 아파 보이는 모습이다.

"말해주세요. 갑자기 전화하신 이유가 뭔가요? 급하게 나를 보자고 한 이유가."

하아, 하아, 하아.

성이연이 힘겹게 숨을 몰아쉬며 차연을 바라본다. 이상한 눈빛으로 바라본다. 성이연의 키가 제법 크다는 생각을 처음으로 해본다. 저번에도 이렇게 컸었나.

"물어볼 게 있어요."

성이연이 한 걸음 다가온다. 차연이 차마 한 걸음 물러서지 못한다. 골목길이 어둑하고 조용하다. 지나다니는 사람 한 명

없다.

개와 늑대의 시간.

"차연은…… 나를 어떻게 생각하나요."

그렇게 종알거리는 성이연의 입술 모양을 바라본다. 낯설다. 그래 봐야 세 번째 만나는 얼굴이지만, 난생처음 보는 사람 같다.

"친구로서. 사람으로서. 여자로서."

"무슨…… 말씀인가요."

한 걸음 더 다가온다. 손을 뻗지 않아도 닿을 거리다. 성이연은 두렵지 않다. 지금이라는 시간이 두렵다.

"내 말, 어려워요?"

성이연이 한 걸음 더 다가온다. 멀리 오토바이 소리가 들려온다. 저편 큰길을 오토바이가 질주하는 모양이다. 요란한 엔진 소리가 조금씩 멀어지고 있다.

성이연이 차연을 끌어안는다. 깜짝 놀란 차연이 그 품을 뿌리치며 물러선다. 그러려고 한다. 그러나 쉽지 않다. 성이연의 두 손이 차연의 목덜미를 끌어당긴다. 그 얼굴이 가까이 다가온다. 차연이 피하려고 애쓴다. 그러나 쉽지 않다.

성이연의 팔 힘이 엄청나다. 믿을 수 없는 노릇이다. 청색 야구점퍼의 끔찍하도록 평범한 얼굴이 절로 떠오른다. 바로 이 골목에서 엎치락뒤치락 힘겨루기를 하던 장면이 절로 떠오른다. 유튜브에 나도는 CCTV 속 흑백 영상들이 절로 떠오른다. 인적 드문 밤길을 무심히 걷는 행인들. 그들을 향해 벼락같이 몸을 던지는 그림자.

성이연의 입술이 마침내 차연의 입술에 와 닿는다. 차연이 비명을 지르지 못한다. 눈앞이 캄캄해진다. 그 감촉. 그 온도. 그 느낌. 머릿속이 양변기 속처럼 요란하다. 양변기 속처럼 빙글빙글 소용돌이친다. 입술 사이를 뭔가 비집고 들어온다. 물컹하다. 뜨끈하다. 그게 입안에 가득 찬다. 거침없이 식도를 타고 넘어간다. 숨이 컥 막힌다. 혀인가. 이게 혀인가.

"컥!"

그런데 놀라운 일이다. 엄청난 반전이다.

성이연이 느닷없이 차연을 떠민다. 왈칵 밀쳐낸다. 그 바람에 차연이 허우적허우적 뒷걸음질 친다. 벌러덩 엉덩방아를 찧을 뻔한다.

성이연이 소스라치게 놀란 얼굴이다. 크게 치뜬 눈이 불쾌와 공포로 일그러져 있다.

"카악. 퉤! 퉤! 퉤!"

헛구역질을 한다. 진저리를 친다. 가슴팍을 두드리며 땅바닥에 허연 침을 거푸 뱉어낸다. 차연은 한 편의 강렬한 마임 퍼포먼스를 지켜보는 기분이다.

"저기……"

차연이 우물쭈물, 다가가지도 도망가지도 못한다.

"왜 이러시는……"

성이연이 휙, 소리 나도록 고개 돌려 차연을 바라본다. 노려본다. 화난 눈빛이다. 불만 가득한 눈빛이다. 순간 차연의 시야에 성이연의 어깨 뒤 둥글게 무리 진 아우라가 한가득 들어온다.

검은색.

검은색 무지개.

성이연이 휙 돌아선다. 달리기 시작한다. 도망치듯 멀어진다. 또각또각 발소리가 어스름한 골목 저편으로 사라진다.

때마침, 어떤 상징적인 시그널처럼, 주황색 가로등이 보얗게 불을 밝힌다.

차연은 뒤쫓지 않는다. 춥다. 그럴 계절도 그럴 날씨도 아닌데 목덜미와 팔등에 오슬오슬 한기가 돋는다. 입안이 찝찝하다. 성이연이 남기고 간 냄새다. 이상한 냄새다. 싱싱하지 않은 생선의 내장을 떠올리게 하는 비린내가 달콤한 화장품 냄새와 뒤섞였다.

역하다. 토할 것 같다.

알 수 없는 슬픔이 밀려들고 있다.

# 탑골공원

화요일이다.

온종일 머릿속이 흐리멍덩하다. 수업 따위는 머리에 들어올
리 없다. 급식이 무슨 맛인지 느낄 겨를도 없다. 흐리멍덩하게
오후를 맞는다. 어젯밤을 꼬박 새웠다. 밤새 양치질을 일곱 번
도 넘게 하면서 고민하고 궁리했다. 그리고 어정쩡한 결론을
내렸다.

멀지 않은 어딘가에서, 좋지 않은 뭔가가 벌어지는 중이다.

스멀스멀 몸살 기운이 시작되고 있다. 차연만의 오지랖 넓
은 의무감으로 스멀스멀 몸이 달아오르고 있다. 이대로 있을
수는 없다. 어떠한 방법이라도 찾아야 한다. 보이지 않는 위험
이 더 커지기 전에. 돌이킬 수 없는 상황이 닥치기 전에.

그런데 어떻게?

문득 떠오르는 사람들이 있다. 그 사람들을 떠올리고는, 화들짝 놀라고 만다.

별일이군. 세상에 맙소사.

"거기 이름이 뭐라고 했지?"

차연이 진구에게 칭얼거린다.

"성원미용실? 성원이용원? 이발소라고 했나? 성원이 아니라 다른 이름이었나?"

"기억 못 하냐."

"너는 기억해?"

"당연히."

"당연히 뭐. 기억한다는 거야 못 한다는 거야?"

"맞춰봐."

진구는 이제 조금 진정이 된 모양이다. 조금 전만 해도 그렇지 않았다. 어제 오후 그 골목에서 성이연과 만난 일을 털어놓았을 때, 상한 생선 내장 맛 기습 입맞춤에 대해 고백했을 때, 진구의 하얗게 경악한 얼굴은 실로 안쓰러울 정도였다.

"찾아가려고?"

"응."

"도움이 될까?"

"필요할 때 언제라도 찾아오라고 했거든. 뜻밖의 위험이 닥쳐왔을 때. 이해할 수 없는 일들이 계속 이어질 때. 2대8 가르마가 그렇게 말했거든."

"그 말, 믿어도 되는 거야? 뭐 하는 사람들인지도 모르는 판에."

"그 사람들을 믿는 게 아냐. 내 판단을 믿는 거야."

"무슨 판단?"

"뭘 하는 사람들인지 알 수 없지만, 우리가 걱정하는 문제를 우리 이상으로 걱정하고 있으리라는 것."

"어째서 그런 판단을?"

"고정민 변호사의 강연 자리에서 그들을 만났다는 것. 그게 결정적인 증거야."

"그래서 당장 찾아간다고? 그 사람들한테?"

"그럴까 해."

"또 야자 쨀 생각이군."

그랬다. 지난주 목요일에도 몰래 야자를 빠졌다. 김동하 경장을 만나기 위해서였다. 그러고는 집에 들어가자마자 마침 제주도에서 돌아온 아빠에게 걸렸고, 체험학습 핑계로 거짓말까지 했었다. 하지만.

"하지만 어쩔 수 없지. 인류가 당장 멸망할지도 모르는데."

오늘 야자를 빠진다면 벌써 네 번째다. 삼진 아웃제에 걸려 영구 제명되고도 원 스트라이크를 더 먹는 셈이다. 원치 않는 일이다. 차연도 마음 편히 야자 하고 싶다. 인류를 위협하는 무엇인가에 대해 걱정할 필요 없는 환경에서 학교생활만 열심히 하고 싶다. 하지만 상황이 그렇지 않다.

"그러니 어서 말해줘. 멧비둘기 사람들이 찾아오라고 한, 이 발소인지 뭔지 거기 이름이 뭔지."

"조건이 있다."

"뭔데."

"같이 가자."

"너도 야자 째려고?"

"난 아직 한 번밖에 안 빠졌거든."

진구가 손가락을 하나 들어 보였다. 검지 아니라 엄지다.

"인류의 위기 앞에서 친구 혼자 분투하고 있는데, 나라고 가만히 있을 수는 없지."

영어 수업을 끝으로 길고 긴 7교시가, 이어 종례 시간이 끝난다. 교실이 소란해진다. 차연과 진구의 행동이 민첩해진다. 토마토스파게티, 마늘빵, 닭다리 튀김, 파인애플 칵테일, 딸기 맛 아이스크림. 듣기만 해도 아름다운 오늘의 석식은 과감히 생략하기로 한다.

일단은 신속하고 민첩하게 학교를 빠져나가는 일이 중요하다. 다른 이들의 눈에 띄는 일이 최대한 없도록 하는 게 중요하다. 상대적으로 한적한 후문 쪽을 택한 게 그 때문이다.

"가서 어떻게 할 건데. 그 사람들 만나면."

"가보면 알겠지."

"뭐가 어째?"

버스정류장에 도착해 안내판을 확인한다. 서울 쪽으로 가는 광역버스가 8분 후에 도착이다.

"그보다 더 중요한 문제가 있어."

"뭔데."

"과연 그 사람들을 만날 수 있을까, 하는."

◆

종로2가나 3가에서 내렸어야 했는데, 종로1가에서 버스를 내리고 만다. 탑골공원을 찾아가느라 조금 헤맨다. 사람 많고 번잡한 종로 거리에 조금 기가 죽는다. 횡단보도를 건넌다. 이내 목적지 근방에 다다른다. 삼일문 현판을 올려다본다.

"여기가 탑골공원이구나."

"처음이야?"

"너는."

진구가 고개를 갸웃거린다.

"나는, 글쎄, 어렸을 때 한 번 와본 것 같은데."

고려 왕조 때는 흥복사라는 절이, 조선 왕조 때는 세조가 건립한 원각사가 있던 자리. 1919년 3·1 운동 때 만세운동 참가자들이 모여 독립선언문을 낭독한 곳. 1960년 3·15 부정선거에 분노한 시민들이 공원에 세워진 이승만 동상을 끌어내며 대통령의 하야 선언을 촉발시킨 곳.

9088번 빨간 광역버스를 타고 종로까지 오며 스마트폰으로 찾아본 내용이다.

"저 안쪽 골목인가."

"그런 듯."

탑골공원 돌담과 종로2가 지구대 사이로 길이 나있다. 왼편으로 공원 벽돌담이 이어지고 오른편으로는 우체국 너머로 탑골 커피숍 간판이 나온다. 차연과 진구가 그 골목을 걷는다.

트럭 한 대는 넉넉히 지나갈 만하던 길이 점점 좁아진다. 좁아지다가 다시 넓어지면서 새로운 세상이 한가득 펼쳐진다.

비닐 돗자리에 시계와 돋보기와 소형 라디오 등을 늘어놓고 파는 난전이 있고 길가에 둘씩 마주 보고 늘어앉아 장기를 두는 사람들이 있다. 가게 앞에 커다란 솥을 걸어놓고 돼지머리를 삶는 선술집이 있고 포장마차에 옹기종기 모여 서서 술잔을 비우는 사람들이 있다. 까맣게 염색약을 바른 채 이발소 앞에 서서 신문을 보는 사람들이 있고 리어카에 산더미같이 폐지를 쌓아 올리고 곡예 하듯 행인들 사이를 지나가는 사람이 있다.

차연과 진구가 그 풍경에 압도된다. 잘은 모르겠지만 뭔가 엄청나게 이질적이다. 종로 큰길을 걸어오면서 만난, 사람 많고 번잡하던 느낌과는 뭔가 분명히 다르다.

골목 안 사거리에서 오른편으로 30미터쯤 걷다가 첫 번째 골목 초입. 주변의 비슷비슷한 이발소들을 세 군데 거친 끝에 찾아 헤매던 가게를 발견한다. 성우이용원. 공원 돌담과 지구대 사이 좁은 골목으로 들어와서 28분 만이다.

빨강 파랑 하양 삼색등이 빙글빙글 돌아가는 이용원 입구에 서서 가게 외관을 잠시 바라본다. 좁고 허름하고 소박하다. '염색 전문' '이발 5,500원 염색 7,500원'이 창문마다 큼직하게 나붙어 있다. 무척 저렴하다. 차연이 주로 이용하는 동네 미용실의 절반도 되지 않는 가격이다.

과연 여기서 은색 고글과 2대8 가르마를 만날 수 있을까?

"여기 맞겠지?"

차연이 나직이 속삭이고 진구가 나직이 중얼거린다.

"맞겠지. 성우이용원이라는 데가 근처에 또 있지 않다면."

그들이 누구인지, 뭘 하는 사람들인지 알 수 없다. 경찰직 공무원이 아니라는 것밖에는 확실한 게 없다.

"안 들어갈 거야?"

진구가 재촉하고 차연이 창문 안쪽을 열심히 넘겨다본다.

"들어가……도 되겠지?"

"되겠지. 이상한 데도 아니고."

"이상한 데라니."

"그런 데 있잖아. 헐벗은 여자들 나오는."

차연이 용기를 낸다. 나무로 된, 오래되어 반질반질 손때가 묻은 문손잡이를 잡아 연다.

실내 공기가 후끈하고 눅눅하다. 그 속에 비누 냄새, 더운물 냄새, 샴푸 냄새, 석유보일러 연소되는 기름 냄새 등등이 뒤섞여있다. 생각보다 넓다.

이발소 전용 철제의자가 이편에 전면 거울을 마주 본 채 나란히 세 개, 저편에 나란히 두 개가 기역 자로 엇갈리게 놓여있다. 머리를 감는 용도의 하늘색 타일 촘촘히 박힌 세면대가 두 개, 그 옆으로 더운물을 담아두는 대형 들통이 보인다. 출입문 왼편으로는 손님들이 차례를 기다리며 쉴 수 있는 4인용 소파와 탁자가 놓여있다. 탁자 옆으로는 대형 수족관이 있고 수족관 안에는 크고 이상하게 생긴 붕어들이 죽은 것처럼 시종 이리저리 떠다니는 중이다. 수족관 옆으로는 키가 큰 4단 나무 선반이 놓여있는데 제일 윗단에는 밀레의 〈만종〉을 모사한 그림 액자가 비스듬히 세워져 있으며 두 번째 단에 놓인 구식 라디오에서는 연신 재재거리는 소리가 들려온다. 청취자가 보낸 사연을 읽어주고 신청곡도 틀어주는 방송이다.

대충 그와 같은 실내 풍경 속에 차연과 진구 말고도 다섯 명의 사람들이 더 있다.

이발소 의자 세 곳 가운데 맨 왼쪽, 새카맣게 염색약을 바른 뚱뚱한 아저씨가 꾸벅꾸벅 졸고 있다. 맨 오른쪽 의자에는 하얀 턱수염을 멋지게 기른 아저씨가 앉아있다. 흰 보자기를 목에 두른 채 머리를 깎는 중이다. 아, 머리가 깎이는 중이라고 해야 하나?

하얀 턱수염의 머리를 깎던, 구깃구깃 흰 가운을 입은 키 작은 대머리 이발사가 차연과 진구를 향해 묻는다.

"이발?"

대뜸 뱉어내는 질문이 놀라울 정도로 간단명료하다.

"이발하러 온 거는 아니고요."

차연 아니라 진구가 답한다. 이발소 안에 멈칫, 묘한 정적이 이어진다. 라디오에서 옛날 가요 한 소절이 유유히 떠돌고 있다. 4인용 소파에 구겨져 있던 보라색 조끼 아저씨가 뒤적이던 신문을 내려놓으며 참견한다.

"이발 아니면? 염색하려고 왔어? 새치들이 심한가?"

저편에서 마른 수건을 정리하던, 역시 구깃구깃 흰 가운의 백발 남자가 히히 웃는다. 키 작은 대머리 이발사와 하얀 턱수염은 웃지 않는다.

"누구를…… 찾아왔는데요."

이번에도 진구가 나선다. 대머리 이발사가 그제야 부지런하던 가위질을 멈춘다.

"누구를 찾아왔다고?"

"예."

"여기서?"

"예."

"누군데. 작은할아버지? 큰아버지?"

차연이 대답한다.

"멧비둘기요."

그러자 이발사의 표정이 아주 조금 흔들린다.

"허, 그게 무슨."

"멧비둘기를 찾아왔어요."

차연이 말했다.

"여기 오면 만날 수 있다고 들었거든요."

이발소 안이 다시 조용해진다. 라디오에서 옛날 가요가 절절히 이어지고 있다. 타오르는 태양도 날아가는 저 새도 다 모두 다 사랑하리…….

구석 자리에서 마른 수건을 정리하던 백발 남자가 다가온다. 작고 호리호리한 체구다. 차연과 진구를 번갈아 바라본다. 따라오라고 까딱까딱 손가락을 구부리며 앞장선다. 이발소 전용 의자 맨 왼쪽, 새카만 염색약을 이마 위까지 색칠한 채 잠들어 있는 뚱보 아저씨 곁으로 다가간다.

"박 사장, 일어나 봐."

그의 뚱뚱한 어깨를 툭툭 친다.

"잠깐 일어나 봐. 손님들 오셨어."

뚱보 아저씨가 컥, 숨을 들이마시며 몸을 움직인다. 잠이 깬 모양이다. 느릿느릿 힘겹게 의자에서 일어선다. 150킬로그램은 넘을 것 같다. 백발 남자가 이발소 전용 의자 옆구리에 두 손을 가져간다.

웃샤!

팔을 쭉 펼치며 힘차게 떠다민다. 의자가 드르륵, 밀려난다.

그 자리에 직경 2미터 정도의 구멍이 드러난다. 구멍이 아니라 입구다. 지하로 향하는 입구다.

선 채로 얼음이 된 차연과 진구를 향해, 백발 남자가 다시 손가락을 까딱거린다.

"가보자고. 발밑 조심해."

그러고는 입구 아래로 이어지는 계단을 거침없이 밟아 내려간다.

# 지구항공우주방위기구
# 동아시아 제1지부

디딤바닥이 우툴두툴한 철판으로 된 나선계단이다.

좁고 가파르다. 게다가 어둑하다.

발을 헛디디지 않도록 두 손으로 난간을 잡고 걸음을 내디딘다. 백발 남자가 부지런히 계단을 내려가고 차연과 진구가 조심히 뒤를 따른다. 통통 통통 발소리가 어둠 속에 또박또박 이어지고 있다.

"멧비둘기에 대해 좀 알아?"

백발 남자가 중얼거린다.

"평화와 우정의 상징이라고 흔히 말하지. 영화 〈나 홀로 집에 2〉에서 꽤 중요한 소품으로 등장하기도 하지. 케빈과 홈리스 여인이 헤어지는 장면*에서. 하지만 녀석들은 절대로 나약

한 존재가 아니야."

마지막 계단을 내려서자 철문이 나온다.

문 앞에 선 백발 남자가 어딘가에 손바닥을 가져다 댄다. 하얀 빛줄기가 그의 손바닥 모양을 위에서 아래로, 아래에서 위로 스캔한다. 삐익. 신호음과 함께 잠금장치 풀리는 쇳소리가 요란하게 이어진다. 이어 육중한 철문이 벽 안으로 밀려 들어간다. 철문 안은 곧장 승강기와 연결된다. 지하 1층부터 지하 12층까지를 오가는 엘리베이터다.

백발 남자가 지하 8층 버튼을 누른다.

"뼈가 전체 몸무게의 4.3퍼센트, 속이 비어서 가볍지만 엄청나게 단단해. 장기 역시 가장 간단한 형태로 진화했음에도 체온을 42도 이상 유지할 수 있고 그래서 수천 미터의 고공과 극지 상공에서의 비행이 가능하지. 작지만 더없이 강인한 생명체야."

"우리가 궁금한 건 멧비둘기의 생태가 아니라 멧비둘기 배지를 단 사람들이에요. 지금 그분들 만나러 가는 길 맞나요?"

"성미 급하긴. 이제 곧 알겠지."

승강기가 지하 8층에 멈춘다. 밖으로 나선 차연과 진구가 탄성을 터뜨린다.

---

* 영화의 마지막 장면, 케빈은 짧은 우정을 주고받은 그녀에게 던킨 장난감 가게에서 선물 받은 멧비둘기 모형 두 개 중 하나를 건넨다. '이게 뭐냐.'는 여자의 말에 케빈이 대답한다. "멧비둘기예요. 아줌마 하나, 나 하나. 이걸 갖고 있으면 우리는 영원한 친구가 된대요."

와아아.

어마어마하게 넓은 공간이다. 국제공항 대합실 같다. 초대형 돔구장 같다. SF영화 속 초대형 스페이스십 내부 같다.

드넓은 공간을, 드문드문 사람들이 오고 간다. 걷는 사람도 있고 킥보드 같은 운송수단을 타고 이동하는 사람도 있다.

지극히 비현실적인 세상이다.

"이쪽 방향으로 쭉 가면 C-12라고 적힌 부스가 보일 거야. 거기서 기다리고 있으면 돼. 학생들 이름이 어떻게 된다고?"

"저는 한차연. 얘는 정진구."

차연이 덧붙인다.

"그런데 우리, 돌아갈 때는 어떻게 하나요. 이발소 밖으로 나가려면."

"147번 승강기만 기억해. 그리고 이발소가 아니라 이용원이야. 성우이용원."

"아 참."

"가 있어. 난 면회 신청할 테니."

"감사합니다."

"기억해. 멧비둘기를 갖고 있는 한 우리는 영원히 친구가 되는 거야."

"……무슨 말씀인지."

"〈나 홀로 집에 2〉 안 봤군."

◆

지하 8층. 거리 개념이 빠르게 상실되고 있다.

백발 남자가 가리킨 방향으로 3백여 미터를 걷는다. C-10을 지나, C-11을 연달아 지나, 마침내 C-12 부스가 나온다. 스테인리스 밥공기를 엎어놓은 모양이다. 은색 철문 앞에 서자 열쇠도 비밀번호도 홍채 인식 절차도 없이 스르륵 문이 열린다. 실내에는 아무도 없다. 바닥에 고정된 은색 철제 테이블과 은색 철제 의자. 테이블 위의 은색 화병. 화병에 꽂힌 노랑꽃 몇 송이. 단출한 실내다.

진구가 조심스레 한숨을 뱉어낸다.

"엄청나네. 뭐가 뭔지는 모르겠지만."

차연이 실내를 둘러본다.

"난 좀 이상해."

"뭐가."

"여기, 지금, 이 장면들."

"뭐가 이상하냐고."

"기억이 나. 희미하게."

"응?"

"왠지 낯이 익어. 언젠가 와봤던 데 같아. 아주 어렸을 적에. 누군가와 함께, 그 사람 손을 잡고서. 그 장면이 아련하게 떠올라. 그게 언제인지 누구였는지 어떤 날이었는지는 가물가물

하지만."

진구가 차연을 바라본다. 빤히 바라본다.

"낯설다. 너 이럴 때면 정말 낯설다."

◆

20분 정도 지났을 것이다. 문이 열리고 누군가 들어선다. 은색 고글의 키 작은 남자다.

"안녕하세요!"

차연과 진구가 동시에 벌떡 일어선다. 그럴 줄은 몰랐는데, 순간 눈물이 나도록 반갑다. 남자가 차연과 진구를 번갈아 바라본다.

"맙소사. 정말로 너희들이었군. 설마 했더니."

뜨악한 표정이다.

"여긴 웬일이야. 어떻게 알고서?"

"2대8 앞머리 아저씨가 말해줬지요. 안 좋은 일이 생기면 언제라도 찾아오라고. 성우이용원에 와서 멧비둘기 이야기를 하라고."

"하여간 그 친구 쓸데없이 혓바닥이 길어서 문제야."

남자가 한숨을 뱉는다.

"그래 놓고 자기는 쏙 빠져나가고."

"쏙 빠져나가요?"

"지난주에 미국 동부 지사로 돌아갔어. 그래서 요 며칠 나 혼자 바빠 죽는 중이고."

검지를 구부려 정수리를 득득 긁는다.

"무슨 일로 여기까지 찾아왔는지 궁금하다고 해야겠지? 별로 궁금하지는 않지만."

"심각해요. 심각한 문제예요."

"미리 당부해 두지만 여긴 개인 고민을 해결해 주는 데가 아니야."

"개인 고민 아니에요. 인류를 위협하는 위기에 관한 이야기예요."

"말해봐."

차연이 마른침을 삼킨다.

"성이연 씨 아시죠?"

"성이연이라."

은색 고글이 무표정하게 그 이름을 되받아 말한다. 기억이 난다는 것인지 그 반대인지 종잡을 수 없다.

"어제 성이연을 만났어요. 바로 그 골목에서. 성이연이 갑자기 나를 덮쳤어요. 강제로 뽀뽀를 했어요. 엄청난 힘이었어요. 꼼짝을 할 수가 없었어요. 그러다 말고 후다닥 도망쳤어요. 땅바닥에 침을 뱉으면서. 정상적인 상황이 아니었어요."

은색 고글이 은색 고글을 벗는다. 여태 감춰져 있던, 작고 볼품없는 눈매가 드러난다. 피곤에 찌든 눈가를 손등으로 한

참 문지른다. 선글라스를 쓰고 있을 때보다 스무 살은 나이 들어 보인다.

"말해주세요. 도대체 무슨 일이 벌어지고 있는 건가요."

"허허."

"모르겠다는 말은 하지 마세요. 이미 뭔가를 알고 있다는 사실, 우리도 눈치채고 있으니까."

진구가 다소 놀란 얼굴로 차연을 돌아본다.

"청색 야구점퍼, 정희영의 소식도 물론 아실 테죠? 그 사람은 어떻게 된 건가요. 어째서 그런 흉한 모습으로 죽은 건가요. 영원고등학교 1학년 박주은의 죽음은 또 어떻게 된 것인가요. 나도, 나도 이제 그 사람들처럼 되는 건가요. 그 사람들처럼 내장 일부를 토하며 죽는 건가요."

차연도 자기 자신이 새삼 놀랍다. 멧비둘기 남자들에게 이토록 많은 질문들을 이토록 당차게 쏟아낼 수 있으리라고는, 성우이용원에 들어설 때만 해도, 상상조차 못 했던 것이다. 은색 고글이 다시 고글을 쓴다. 그 얼굴이 다시 스무 살 젊어진다.

"그런 질문을, 어째서 내게?"

"뭐든 중요한 대답을 들을 수 있을 테니까요. 아저씨의 정체가 뭔지, 여기가 무슨 일을 하는 곳인지는 알 수 없지만."

"어떻게 단정하지? 알 수 없다면서."

"그건⋯⋯."

김동하 경장과의 대화 한 토막이 문득 떠오른다.

"감으로요. 느낌으로."

"감?"

잠깐 말문이 막히는 모양이다. 긴 한숨을 뱉어낸다. 드르륵 의자를 끌어 책상에 바싹 붙어 앉는다. 진구와 차연 앞에 오른손 검지를 쳐들고는 안쪽으로 까딱까딱 굽힌다. 가까이 와봐라, 는 의미다.

차연과 진구가 시키는 대로 의자에 앉는다. 착한 유치원생들처럼. 은색 고글이 잠깐 생각에 잠긴다. 이야기를 어떻게 시작하면 좋을까 궁리하는 중이다.

"우리와 함께 일하는 과학자들이 제일 혐오하는 인간들이 누군지 알아?"

엉뚱한 질문이다.

"결정적인 순간에 '감'과 '느낌'으로 결정적인 판단을 내리곤 하는 사람들이지. 바로 우리 같은."

"……"

"왜냐하면 그로 인해서 자신들이 평생을 개척해 온, 그럼에도 아직은 어쩌지 못할 과학적 한계를 인정할 수밖에 없는 상황이 반복되니까."

차연과 진구가 서로를 돌아본다.

"지구항공우주방위기구 GADI(Global Aerospace Defense Initiative) 동아시아 제1지부."

새로운 세상이 열리는 순간이다.

"이곳의 정체인가요."

"실체지. 1918년 11월 제1차 세계대전이 끝나던 해에 탄생한, 지금은 전 세계에 116개 지부를 두고 있는 국제비밀단체. 저 폼만 잡는 UN 같은 곳과는 비교하지 말아줘. 짜증 나니까."

"……."

"우주공간에서 대기권으로 날아든 모든 물질을 파악 감시하는 한편 그로 인해 지구 생태계에 미치는 영향이 최소한에 머물도록 가능한 모든 대책을 찾고 실행하는 곳이지. 그게 우리가 하는 일이지."

용기 내어 탑골공원에, 성우이용원에 찾아오기를 이만하면 잘하지 않았는가.

"우주는 무한하고 인류는 극복한다! GADI의 오랜 모토!"

차연이 옆자리 진구를 바라본다. 얼이 빠진 진구의 얼굴이 새삼 못생겨 보인다. 은색 고글이 왼쪽 손바닥을 살짝 구부리더니 뺨에 가져간다. 그리고 나직이 중얼거린다.

"수고하십니다."

혼잣말을 하나 했더니 그게 아니다.

"여기 C-12입니다. 브리핑 화면 좀 올려주세요. 사건번호 2023K2-312번. 보안 등급은 B로. 아니다 A로. 이상입니다."

손바닥에 통화 장치를 이식하거나 그 비슷한 첨단 장비가 동원된 모양이다. 그를 통해 어딘가와 연락을 주고받는 모양이다. 그 동작이 하도 자연스러워서 그다지 신기한 마음도 들지 않는다.

잠시 후, 아무것도 없던 테이블 위가 희번하게 밝아오기 시작한다.

우우웅. 빛의 알갱이들이 반짝인다.

그 숫자들이 급격히 늘어난다. 한 방향으로 천천히 회전한다. 그 속도가 빨라진다. 점이 사라지며 선이 나타난다. 선이 확장되며 면이 넓어진다. 이윽고 어떤 형상들이 눈앞에 나타난다. 그 형상이 놀랍도록 선명해진다. 홀로그램 화면이다.

"지금부터 확인할 것은 현재 GADI에서 진행 중인 주요 작전들, 그 가운데 하나에 관한 이야기야. 보안 등급이 제법 높지. 다시 말해 학생 같은 일반 시민들은 죽었다 깨어나도 접하기 힘든 내용이지. 작전이 성공하건 흐지부지 종료되건 그럴 일은 없겠지만 실패로 끝나건, 이에 대해 눈치조차 못 채고 말 진실이지."

"……."

"그럼에도 지금 이걸 공개하려는 것은 첫째로 학생들이 여기까지 나를 찾아와서 이에 대해 물었기 때문이야. 두 번째로는 차연 학생 때문이지. 이따 자세하게 검사를 해볼 테지만, 자신에게 닥친 위기의 정체가 무엇인지 알아둘 필요가 있을 테니."

"……."

"그러니 부탁인데, 이 시간 이후로, 지금 여기서 보고 들은 내용에 대해서는 누구에게도 아는 척하지 마. 무엇보다 학생들의 안전을 위해서 그렇게 해줘."

탁자 위 30센티미터쯤 둥둥 떠오른 화면이 어느 산악 지형을 3D로 보여준다. 지형도가 빙글빙글 회전하며 한 지역을 향해 확대되고 있다.

현란하다. 화려하다.

"강원도 영월군 중동면 녹전리 목우산. 이른바 신선바위마을로 불리는 동네야. 주민이 열 명도 되지 않는 아주 외진 산골이지. 두 달 전인 2023년 3월 9일 목요일 저녁, 이 마을 어느 지점에 운석이 떨어졌어."

"운석이요?"

"운석이 뭔지는 다들 알고 있겠지?"

"물론이죠."

"하지만 이건 모를 거야. 매년 수천 개씩 우주 공간에서 지구로 날아드는 운석 가운데 극히 일부는, 지구 진입을 시도하는 어느 외계 생명체의 이동 수단일 때도 있다는 것."

차연의 시선이 새삼 은색 고글의 옷 어딘가에 멈춘다.

오른쪽 목깃. 거기 달린 배지. 금속의 멧비둘기 한 쌍.

# GADI

사건번호 2023K2-312번으로 분류된, 영월군에 침투한 '312바이러스'의 최초 감염자는 운석이 떨어진 집의 주인 김석남 씨였다. 호흡기에 의한 감염 이후 일주일 만에 숨을 거두었다. 그 일주일 동안 김석남 씨가 평소와는 완전히 다른 모습이었다, 는 것이 이웃 주민들의 공통된 증언이었다. 원주 사는 큰 손자가 놀러 왔는가 싶을 정도로 행동이 빨라졌고, 말이 많아졌고, 활력이 넘쳤다. 성격마저 변한 것 같았다.

이 기간의 김석남 씨에 의해 적어도 두 명의 추가 감염자가 발생한 것으로 밝혀졌다. 두 명의 2세대 감염자들은 불행하게도 김석남 씨가 거주하는 신선바위마을의 이웃 주민이 아니었다. 감염자의 이동 경로 추적 반경이 몇 배로 넓어졌다.

GADI가 312바이러스에 주목한 것은 운석이 떨어지고 일주일이 지나서였다. 사건번호 2023K2-312 전담 팀이 그제야 꾸려지고 활동이 시작되었다.

바이러스 감염자들은, 현재까지 파악된 바에 따르면, 신체 기능이 오히려 크게 향상되는 증세를 보인다. 평균 성인 남성보다 8배 이상 강한 힘을 발휘했다는 기록도 나왔다. 주목할 것은 감염되고 2주 전후에 대부분 사망에 이르고 만다는 점이다. 감염 직후 시작되는 위와 폐 등 장기의 급격한 변이 현상이 그 원인으로 보인다. 그리고 이는 타인에게 바이러스를 감염시키는 방식과 깊은 관련을 가지고 있는 것으로 파악된다.

"담낭 같은 주머니가 주로 소화기 내벽에 한두 개 자리를 잡고는 빠르게 성장하거든. 초여름 밭의 수박 열매처럼 하루가 다르게 쑥쑥 자라는 거지. 엄청나게 고통스러울 거야. 상상도 할 수 없을 거야."

"그것으로 다른 사람을 감염시키는 건가요."

"최초 감염자 김석남 씨와 2기 이후 감염자들의 결정적인 차이지. 최초는 호흡기 감염. 나머지는 신체 접촉에 의한 감염."

차연이 갑자기 메스꺼워진다. 배 속에 쭈글쭈글한 에일리언 알이 꿈틀대는 기분이다.

"감염 말기로 가면서, 감염자들은 기존의 지각 능력 등에는 큰 변화가 없되 정서적이고 감정적인 측면의 본성이 급격히 상실되는 특징을 보이고 있어. 이성이 흐려지는 대신, 점차로,

어느 강렬한 본능의 지배를 받게 되는 것이지. 타인에게 담낭 주머니 안의 내용물을 배설하고 싶은 본능과 욕구."

"입에서 입으로. 강제로 입을 맞추듯. 그런 거였군요. 청색 야구점퍼도 고정민 변호사도 성이연도…… 모두 감염자였군요. CCTV 속의 자전거 타던 아저씨도. 영원고등학교 박주은도."

"아마도."

"대책은 뭔가요. 대책 같은 게 있, 있는 거 맞죠?"

진구가 더듬거린다.

"백신 같은 거. 아니면 치료제라든가."

"2023K2-312번 사건은 크게 두 가지 대응 전략에 따라 작전이 진행되고 있어. 첫째로 모든 감염자들의 신원을 파악하고 적절한 관리 감독을 통해 감염 확산을 최대한 억제하는 일. 두 번째는 방금 말한 것처럼 다양한 백신과 치료제를 개발하는 일."

테이블 위, 빛의 입자들이 흩어지고 모이고 회전하며 역동적인 홀로그램 영상을 재현하는 중이다.

"첫 번째 작전은 현재 73.6퍼센트에 근접했어. 감염 예상자가 100명이라면 대략 73.6명의 명단이 파악된 상태. 감염자들이 빠르게 증가하는 추세지만 우리는 더 빨라. 머지않아 98퍼센트 이상 신뢰할 수 있는 감염자 지도가 완성되고 보다 효율적인 관리가 가능해질 거야. 중요한 것은."

은색 고글이 잠시 말을 끊고 차연과 진구를 돌아본다.

"GADI의 모든 작전이 그러하듯 감염자 감시 관리 또한 철저히 비밀리에 진행되고 있다는 점이야. 이 사태에 누구도 관심이 없는 것처럼 보이지만, 아무런 조치도 취해지지 않은 듯보이지만, 그건 사실이 아니라는 점이야. 성이연도 물론 우리의 관리 명단에 속한 감염자였어. 파급력 등이 비교적 심각하지 않은 델타급이었지. 관리 감시가 소홀했던 와중에 차연 학생이 그런 일을 당하고 말았군."

갑자기 아빠 생각이 난다.

"하지만 너무 걱정하지 마. 별 일 없을 거야. 설령 그로 인해 감염이 되었다 해도, 차연 학생으로 인해 새로운 감염자가 생기는 일은 없도록 우리가 조치할 거야."

이러다 내게 무슨 일이 생기면, 아빠가 많이 슬퍼할 텐데. 엄마에 이어 나까지 떠나고 나면, 그때는 아빠 혼자 어쩌나.

"두 번째 작전 또한 마찬가지야. 사망한 감염자와 생존자 중 일부를 대상으로 한 실험과 연구가 지금 이 순간에도 계속되고 있어. 세계 최고의 해부학, 생리학, 면역학, 병리학, 약리학 전문가들이 모여 밤낮없이 고생한다는 사실만 알아줘."

"……."

"한 가지 더, 공항 검역대의 열화상 카메라 비슷한 장비가 개발 직전 단계까지 와있어. 수 주일 내에 실용화될 예정이야. 인파 많은 곳에 설치하고 실시간으로 감염자들을 확인해 낼수 있다면, 바이러스 감염 차단의 획기적이고 기술적인 변화가 가능해질 거야."

테이블 위에 현란하게 펼쳐지던 홀로그램 영상들이, 때마침 종료된다.

"그런데, 만약에, 어어, 이번 작전이 실패하면⋯⋯."

진구가 우물거린다.

"급증하는 감염자를 제어 못 하고, 백신이나 치료제의 개발도 지지부진하고, 그렇게 된다면⋯⋯."

"인류는 멸종하겠지. 폐와 위에 외계 바이러스 낭종이 주렁주렁 달린 좀비들이 서로를 감염시키고자 온 세상을 헤매고 다니다가, 결국은 한 명도 남아나지 않겠지."

"맙소사."

"두렵니?"

"아저씨는, 아니 참, 요원님은요?"

"두렵지."

은색 고글이 입가를 찡그린다.

"실패가 두려운 게 아니야. 작전 완수까지의 과정이 뜻밖에 길어지지 않을까, 그게 귀찮고 두려울 뿐이지. 아, 이거 좀 마실래?"

생각난 듯 차연과 진구에게 뭔가 하나씩 건넨다. 봉지라면 크기의, 딱 봉지라면처럼 생긴 물건이다. 차연의 것에는 오렌지와 파인애플 사진이, 진구의 것에는 망고와 수박 사진이 인쇄되어 있다.

"대접할 게 이것밖에 없네. 마셔봐. 경험 삼아서."

"혹시 이거, 우주식량 같은 건가요?"

"맞아. 우주왕복선 속 GADI 요원들에게 보급되는 음료수."

달콤하고 향긋하며 미지근한 음료수에서는 과연 오렌지 맛도 나고 파인애플 맛도 난다. 그러나 신선하다는 느낌은 들지 않는다. 우주식량의 유통기한은 50년도 더 된다는 이야기를 책에서 본 기억이 난다. 입맛이 뚝 떨어진다.

"이런 일은 늘 있어왔어. 무슨 뜻인지 알겠어?"

"……."

"과거에도 그랬고 지금도 마찬가지고 앞으로도 그러할 거야. 인류의 숨은 역사는 늘 우주에서 불시에 날아든 위협들에 의한 고난의 기록이요, 그를 끝내 극복해 낸 승리의 기록이거든."

은색 고글이 차연과 진구를 번갈아 바라본다.

"이 상황이 별거 아니라는 이야기가 아니야. 중요한 것은, 지구생태계를 파괴하고 인류를 멸종시키려는 크고 작은 위협들이 수천 년 전부터 숱하게 이어졌다는 사실이야. 그럴 때마다 결국 해결책을 찾고 시련을 극복했던 경험을 인류가 가지고 있다는 사실이야. 이즈음도 전 세계의 2만 5,000명이 넘는 GADI 요원들이 무수하게 많은 작전에 투입되어 지구와 인류의 운명을 건 싸움을 하고 있어. 312바이러스도 개중의 한 가지 사건일 뿐이야. 그리고 곧 과거의 기록으로 남겨지겠지. 그러기까지 얼마만 한 희생이 따르느냐가 문제겠지만."

차연이 3분의 1쯤 빨아 마신 봉지 음료를 내려놓는다.

"자, 내가 해줄 수 있는 이야기는 여기까지."

"……."

"이제부터 학생들이 해야 할 일을 알려줄게. 첫째, 걱정 말고 일상으로 돌아가. 이따위 악몽은 우리에게 맡기고 각자 자리로 돌아가서 자기 할 일 열심히 해. 꼰대 같은 소리 나도 정말 싫어하지만 바로 그게 인류의 미래를 위한 일이고 우리를 도와주는 일이야."

"……."

"둘째, 당분간 사람 많은 데 가지 마. 아는 사람이건 모르는 사람이건 마찬가지야. 누군가 왠지 이상한 것 같다는 생각이 들면, 도망쳐. 무조건 도망쳐. 감염자들 대부분 괴력과 달리 민첩성은 오히려 떨어지는 특징을 보이고 있거든. 사정거리 밖으로 죽어라 도망치면 강제 뽀뽀는 피할 수 있을 거야. 수십 명의 감염자 속에 둘러싸인 경우라면 그조차 불가능하겠지만."

C-12 부스를 나와, 은색 고글 남자와 함께 지하 11층으로 내려간다. 엘리베이터 앞에 대기한 무인 이동시설을 타고 4분 정도를 달린다. 이윽고 의료센터에 다다른다.

생각보다 좁고 아담하다. 대기 탁자와 의자, 사람이 들어가 누울 수 있는 크기의 캡슐 하나. 그런 구조의 1인 진료 돔이 수십 개 늘어서 있다.

"두 친구 다 검사를 받는 게 좋지 않을까?"

은색 고글의 제안에 진구가 깜짝 놀라 손을 젓는다.

"아뇨. 전 필요 없어요. 성이연과 접촉한 건 내가 아니라 얘예요. 그 이후로 얘랑 나랑 입맞춤 같은 건 절대로 한 적 없고요."

차연이 옷을 벗는다. 교복은 물론 속옷과 양말까지 벗어서 탁자 위에 얌전히 개켜놓는다. 그리고 비눗갑처럼 활짝 입 벌린 캡슐 안에 들어간다. 조심히 드러눕는다. 인체 형태를 따라 굴곡진 금속 재질인데, 따뜻하게 데워져 있다. 그래서 뜻밖에 안락하고 포근한 느낌이다.

은색 고글이 캡슐 옆에 붙은 제어장치를 열심히 만진다.

"20분 정도 걸릴 거야. 통증은 없을 테지만 혹시 불편한 게 있으면 한 손을 쳐들고."

차연이 고개를 끄덕인다. 캡슐 덮개가 천천히 내려와 덮인다. 밖에 선 진구가 자못 비장한 얼굴로 손을 흔든다.

뚜우.

은은한 신호음이 이어진다.

아주 약간 두렵다. 그러나 도망갈 길은 없다. 따뜻하고 훈훈한 온기가 머리부터 발끝까지 알몸을 감싸기 시작한다. 용기 내어 성우이용원을 찾아왔던 목적 가운데 한 가지가 그렇게 성사되고 있다.

까무룩 정신을 잃고 만다.

꿈을 꾼 것 같다. 어떤 내용인지는 전혀 기억나지 않는다.

약속되었던 20분이 지난 모양이다. 뚜우, 신호음에 이어 캡슐 뚜껑이 천천히 열린다. 차연이 눈을 뜬다. 짧은 시간이지만 깊은 잠을 잔 기분이다. 뜻밖에 머리가 개운하다.

캡슐 밖으로 조심히 맨발을 내딛는다. 아까의 반대 순서로 옷을 입는다. 벽면 모니터에 알기 힘든 영문자와 숫자들이 떠 있다. 차연과 진구로서는 단 한 줄도 제대로 이해하기 힘든 의학 용어와 수치들이다. 그 내용을 찬찬히 확인한 은색 고글이 차연을 돌아본다. 승리의 브이 자를 만들어 보인다.

"좋은 소식과 이상한 소식이 하나씩 있다. 뭐부터 들을래?"

승리의 브이가 아니라 숫자 2를 표시했던 모양이다. 진구가 되묻는다.

"좋은 소식이라면, 차연이가 감염되지 않았다는 것이겠군요."

은색 고글이 고개를 끄덕인다.

"감염 확률이 4.2퍼센트 이하로 나왔어. 충분히 안심해도 좋은 수치야."

"아아."

진구가 기도하듯 두 손을 맞잡는다. 그러나 차연은 여전히 뭔가 꺼림칙하다.

"그게…… 이상한 소식 아닌가요? 성이연과 분명히 입술…… 신체 접촉이 있었거든요. 꼼짝없이 당했다 싶었는데."

"감염자의 행동이 서툴렀을 수도 있고. 감기 걸린 사람과 뽀뽀를 한다고 전부 다 감기에 옮는 건 아니니까. 어쨌거나

312바이러스가 체내에 침투하였다는 징후는 거의 발견되지 않았어."

"이상한 소식은, 그럼 뭔가요."

그렇게 묻는 진구를, 은색 고글이 돌아본다.

"학생은, 음, 아주 특이한 친구를 둔 것 같다."

"저도 그렇게 생각하고 있어요."

"뇌파 등 두뇌 활동에 대한 몇 가지 검사 결과가 나왔는데, 이게 아주 이상해. 정상인의 몇 배로 발달한 뇌라고 할까. 특별하다고. 미래 인류의 뇌라는 설명이 더 적절할까."

차연은 단박에 부끄럽다. 난처하다. 캡슐 앞에 서서 홀로 팬티를 벗을 때보다도 곤혹스럽다. 남과 다르다는 것. 차연만의 해묵은 자괴감과 열등감에 다시 사로잡히고 만다.

"아이큐가 높다든지 기억력이 아주 좋다든지 그런 두뇌를 말하는 게 아니야. 뭐라고 설명하면 좋을까……. 염력이라고 들어봤지? 염력, 투시력, 예지력, 텔레파시 등등."

"오오."

뭐라 더 설명하려던 남자가 쉿, 오른손 검지를 입가에 가져간다.

"미안해. 잠깐 실례."

몸을 반쯤 틀더니 왼쪽 손바닥을 구부려 다시 입과 귀 사이에 가져간다. 통화를 시작한다.

"말씀하세요. 예……. 누구? 아아……. 거기서……. 역시 그

렁군. 잘 알았어요. 그래요. 바로 움직여 주세요. 당장 쫓아갈 테니까."

길지 않게 통화가 끝난다. 구부린 왼쪽 손바닥을 뺨에서 가볍게 떼어내면서.

"오늘은 이만. 갑자기 일이 생겼네."

은색 고글은 진지하다. 처음부터 끝까지 한순간도 빼놓지 않고 진지하며 엄숙하다.

"돌아가는 방법 알지? 조심히 가. 아까 당부한 내용 잊지 말고. 무슨 일이 생기면, 아주 중요하고 급한 경우라면, 그때 또 찾아오고."

차연과 진구가 더없이 아쉽다. 엄청난 스케일의 블록버스터 영화에 흥미진진 빠져들다가, 가장 중요한 장면에서 일어나 영화관을 나와야 하는 기분이다. 그 심정을 눈치 챈 것일까. 은색 고글이 변명처럼 실토한다.

"고정민이 죽었어. 고정민 변호사."

"아."

차연이 손바닥으로 이마를 짚는다.

"한 시간 전의 일이야. 우리가 먼저 발견했으니 그나마 다행. 그 죽음을 아는 이가 적으면 적을수록 좋으니까. 그런데 쉽지는 않겠지. 나름 유명인이니까."

빨간 방. 바닥도 천장도 벽도 빨간색. 얼마 전 꿈에서 만난 고정민을 떠올린다. 차연의 뺨에 와 닿던 그녀의 손가락을, 크게 벌어지는 입과 그 속에서 뻗어 나오던 수십 가닥의 촉수를 떠올린다.

가까이 와. 새로운 세상을 보여줄게.

카아아.

"어쨌거나 조심들 하는 게 좋겠어. 사망자가 급증하고 있어. 이건 감염자 또한 급하게 늘어난다는 의미거든."

# 4장

# 끔찍한 일요일

# 발각

알 수 없이 불길하고 또한 불안하다. 312바이러스와는 뭔가 또 다른, 대단히 좋지 않은 일이 멀지 않은 곳에서 조만간 닥쳐올 것만 같은 느낌이다. 도망갈 길 따위는 없을 것만 같아 불안하고 불길하다. 아니나 다를까 좋지 않은 예감은 늘 그렇듯 빠르게 현실이 되어 찾아들었다.

6교시 끝난 직후다.

책상에 엎어져 잠들 준비를 하는데 누군가 톡, 어깨를 친다. 반장 정욱이다.

"왜."

"지금 오래."

"어디로?"

"상담실."

"누가."

정욱이 배시시 웃는다.

"누굴까?"

괴벨스의 호출이다. 교무실 아니라 상담실이다.

알 수 없이 불안하고 불길하더라니, 안 좋은 예감은 늘 이렇게나 틀린 적이 없다. 제기랄.

"화난 얼굴이었어?"

"평소 그대로."

"망했네."

"난 분명히 전달했다?"

7교시 시작된 학교 안은 조용하다.

조용한 복도를 차연 혼자 걷는다. 갑자기 세상에 나 혼자뿐인 것 같다. 눈물이 찔끔 나올 것 같다. 담임이 왜 갑자기 부르는 것인지 알 수 없다. 어쨌거나 망한 것 같다. 왠지 모르지만 엄청나게 깨질 것 같다.

아니다. 혼날 일이 한두 가지 아니긴 하다. 양심에 손을 얹고 생각하면 그렇다. 지난 몇 주 동안 하고 다닌 짓들을 되돌아보면 그렇다. 괴벨스는 모두 알고 있는 것 아닐까. 차연의 지난 행적들을 여태 아무 말 없이 지켜보고 있었던 것 아닐까.

"한차연."

근심 걱정을 한가득 짊어지고 시무룩이 복도를 걷는데 누군가 차연을 부른다. 생각에 파묻힌 차연이 그걸 못 듣고 지나친다.

누군가의 목소리가 재차 차연을 부른다.

"어이 한차연!"

그제야 걸음을 멈추고 뒤를 돌아본다.

"어, 안녕하세요."

"어디 가. 수업 시작한 지 언젠데."

"상담실요."

"응?"

"담임선생님이 부르셔서."

"자식."

수학 담당 전주영. 젊고, 꽤 잘생겼고, 쿨하고, 재미없는 농담은 하지 않고, 무엇보다 선생님 같지 않은 성격 덕분에 아이들 사이에서 그나마 호감형으로 통하는 선생이다. 차연 또한 수학이라는 과목은 좋을 리 없지만, 과히 싫지 않은 선생이다.

"왜, 무슨 사고를 쳤는데?"

"사고 친 건 아니고……."

"그러게 잘 좀 하지. 가봐 녀석아. 다시는 안 그러겠다고 싹싹 빌어."

전주영이 차연의 어깨를 툭 치고는 성큼성큼 멀어진다. 그 뒷모습을 잠깐 바라본다.

저 선생님, 쿨한 줄 알았는데 아닌가?

◆

상담실 앞.

한 차례 숨을 고른다. 한숨이 저절로 나온다. 상담실이라니. 고등학교 들어와 처음이다. 굴욕이다. 치욕이다.

검지를 고이 꺾어 세우고 문을 두 차례 두드린다.

똑똑.

"예."

조심히 문을 열고 들어선다.

말로만 들었던 상담실은, 생각보다 알록달록 아기자기하다. 그래서 더욱 거부감이 치민다. 출입문 가까이 키 큰 화분이 두 개 서있다. 하나는 둥근 잎이 여러 겹인 고무나무, 또 하나는 기둥이 제법 굵게 자란 파키라 화분이다. 화분들 옆으로 6인용 나무 테이블과 빨갛고 파란 천을 덧댄 나무 의자 여섯 개가 놓여있다. 그 옆으로 의자 없이 동그란 철제 테이블이 울릉도 옆 독도처럼 떨어져 있다. 출입문 맞은편 벽에는 창이 나있는데 지금은 회색 블라인드가 쳐졌다. 블라인드 아래에 커다란 철제 책상이, 그 앞에 앉으면 출입문 쪽을 바라볼 수 있는 방향으로 놓여있다. 철제 책상 왼편에 키 큰 나무 책장 하나가, 그 곁에 키 작은 플라스틱 캐비닛이 있다. 캐비닛에서 기역 자로 꺾여, 또 하나의 책상이 벽을 마주 보고 놓여있다.

벽을 향한 채 놓인 또 하나의 책상에 지금 괴벨스가 앉아

있다. 괴벨스는 노트북에 시선을 고정한 채 뭔가 열심히 작업 중이다.

차연을 쳐다보지도 않고 괴벨스가 말한다.

"앉아."

차연이 쭈뼛쭈뼛 자리에 앉는다. 6인용 나무 테이블의 왼편 세 번째 구석 자리, 빨간 천이 덧대진 의자다. 상담실에는 아무도 없다. 괴벨스와 차연뿐이다. 달각달각. 노트북 자판을 두드리는 소리만이 나직하게 이어지고 있다.

이윽고 괴벨스가 자리에서 일어선다. 노트북을 덮고는 책상에서 돌아 나온다. 차연의 맞은편, 파란색 의자에 앉는다.

"여, 오랜만이다?"

희한한 인사다. 뭔가 심상치 않은 인사다.

"요새 어때. 잘 지내냐."

"예, 뭐 그냥."

"공부는. 수업 따라갈 만해?"

"……예."

"뭐 고민 같은 건 없고?"

"없어요."

거짓말은 처음에는 부정되고 다음에는 의심받지만 되풀이하면 결국 모두가 믿게 된다. 선동은 한 문장으로 가능하지만 그것을 반박하려면 수십 장의 증거와 문서들이 필요하다. 그리고 그것을 반박하려고 할 때 사람들은 이미 선동되어 있다.

분노와 증오는 대중을 열광시키는 가장 강력한 힘이다……. 나치 정권의 타고난 선동가 괴벨스 또는 그의 추종자들이 설파했다는 오싹한 어록들.

"요새 힘들지 않아? 공부하랴 교지편집부 활동하랴."

"……예?"

"우리 학교에 웹교지가 있었다는 걸 이번에 처음 알았네."

눈앞이 캄캄해진다. 아침부터 내내 알 수 없이 불길하고 불안하더라니, 결국 이런 거였나.

"너 사칭이란 말이 뭔지 아냐."

괴벨스가 침착하다.

"이름, 직업, 지위, 나이, 주소 따위를 거짓으로 이야기해 남을 속이는 일이지. 일종의 범죄 행위."

"……."

"형법 제118조를 보면 '공무원의 자격을 사칭하여 그 직권을 행사한 자는 3년 이하의 징역 또는 700만 원 이하의 벌금에 처한다'는 내용이 있다. 이게 바로 공무원자격사칭죄다. 자신의 신분을 거짓으로 속인다는 게 그렇게 몹쓸 범죄에 해당할 수 있다는 거야."

망했다. 완전 망했다. 이건 요만큼도 예상 못 한 경우다.

고개가 절로 수그러든다.

"지난주인가? 고정민이라는 사람으로부터 연락이 왔다. 본인이 아니라 매니저라고 했나 비서라고 했나. 교지편집부의 한차연 학생과 통화를 하고 싶다고. 저번에 인터뷰할 때 연락처를 못 받아서, 그래서 학교로 전화한 거라고. 웹진에 실을 만한 자료들을 이메일로 보내려 한다고."

유구무언.

입은 있으나 할 말은 없음.

"당장 너를 불러서 뭐가 어떻게 된 일인지 캐물을까 하다가 하도 황당해서, 정말 우리 학교에 교지 편집부가 있는 건지 나 모르게 학생들끼리 웹진 같은 걸 만들었는지 헷갈리기도 했지. 게다가 당장에 급한 일 처리할 게 몇 개 있어서 거기 신경 쓰다가, 그러다가 잠깐 잊었지."

"……"

"어제 오후에 인터넷을 뒤적이다가 조금 놀랐다. 다시 그 사람 이름을 접했거든. 고정민 변호사 말이야. 변호사가 아니라 거의 연예인이던데? 며칠 전에 홀연히 잠적했다는 거야. 방송 활동들도 급작스럽게 중단하고 변호사 일도 다 내려놓고. 극비리에 재벌 3세와 결혼을 했다는 루머도 있고. 정부와 관련 있는 어떤 사건에 깊이 연루되어 다급하게 신변을 정리했다는 루머도 있고."

태연하게 이어지는 괴벨스의 추궁.

"어쨌거나 그래서, 아, 어떤 기억이 다시 떠올랐지. 우리 반 어느 녀석이 학교 밖을 쏘다니며 교지편집부를 사칭했다는, 믿기 힘든 이야기가."

차연이 테이블 건너 얼굴을 힐끔 쳐다보았다가 얼른 눈을 내리간다. 잠깐 사이, 괴벨스의 어깨 뒤로 둥글게 펼쳐진 빛의 아우라를 목격하고 만다.

붉은빛과 보랏빛이 이글거리는 속에 간간이 번지는 노랑과 남색. 잔뜩 화가 나있다. 그 화를 애써 참아 누르는 기색이 역력하다. 아우라가 아니어도 충분히 짐작할 수 있는 일이다.

"말해봐."

"……."

"너 맞아? 한차연 네가 그 여자를 찾아갔어? 확실해?"

"……."

"왜 그랬어. 어째서 그런 말도 안 되는 짓을. 도대체 뭐 때문에."

"죄송합니다."

"말해보라고. 거짓말까지 해가면서 남의 대학 강연회까지 쫓아간 이유가 뭔지. 유명인이라서? 예뻐서?"

썩 만족스럽지는 않지만, 이 상황에서 제법 유용할지도 모를 변명 하나가 슬그머니 떠오른다.

'예뻐서?'가 뜻밖의 힌트다.

"그냥…… 한번 보고 싶어서요. 가까이서."

"그냥 한번?"

"어떤 사람인지. TV에서 보면 되게 똑똑하고 말도 잘하고 예쁜데 실제로도 그런지……."

딱!

둔탁한 통증에 차연이 찔끔 목을 움츠린다. 괴벨스의 분노한 지시봉이 정수리에 세차게 내리꽂힌 것이다.

"정신 빠진 자식!"

얼얼하다. 묵직한 통증이 길게 이어진다.

"중학생이야? 초등학생이야? 바보야? 애들만도 못한 장난을!"

아픈 부위를 손끝으로 매만진다. 혹이 볼록 솟아올랐다.

"고등학교 생활이 장난 같아? 저 하고 싶은 대로 아무 짓이나 하고 다녀도 되는 거야?"

"……죄송합니다."

"장난도 정도가 있고 거짓말도 정도가 있지. 학교 이름을 버젓이 내세워 가며 사칭을? 동네방네 학교 망신 줄 일 있어? 다른 사람도 아니라 방송인에다 변호사라는 사람을 상대로?"

고정민의 마지막은 어떠했을까.

"이제 곧 2학기야. 입학이 엊그제 같지? 조금 있으면 얼렁뚱땅 2학년 된다고. 그러고 나면 1년이 또 얼마나 빨리 가는지 알아? 인마, 고2가 끝이야. 알아?"

다른 감염자들이 그랬던 것처럼 온몸의 관절을 비틀며 괴로워하다 끝내 내장을 토하며 죽어갔을까. 고정민에 의해 강제로 312바이러스가 전파된 감염자들은 몇 명이나 될까. 그들은 지금 어느 거리를 활보하는 중일까.

"담임이 말했어, 안 했어? 응? 1, 2학년 탱자탱자 놀다가 고3 돼서 부랴부랴 수능 준비한다고 설치지 말라고. 그래 봐야 소용없다고. 점수 절대로 안 나온다고."

제2차 세계대전 당시 천부적인 달변으로 베를린을 단숨에 나치의 손아귀에 쥐여준 선동가. 그러나 승승장구하던 독일의 전세가 점차 기울고, 괴벨스를 비롯한 몇몇 나치 간부들은 독일 벙커에 끝까지 남아 히틀러를 보좌했다. 그들 가운데 가장 마지막까지 그 자리를 지킨 이가 괴벨스였다. 독일 패망을 며칠 앞둔 1945년 5월 1일, 그의 말년은 끝내 비극적인 종말을 맞이했다. 히틀러가 자살한 다음 날이던 그날, 자신의 아내와 여섯 명의 아이들을 먼저 죽이고는 그 역시 권총 자살을 선택하고 만 것이다.

"니 생각만 해? 이제 가족 생각도 해야 하지 않아? 아들 한 명 있는 게 고등학생 되었다고 아버지가 든든하게 생각하실 거 아냐. 남들만큼은 효도하면서 살아야 할 거 아냐. 안 그래?"

눈물이 찔끔 나려다 만다. 이 판국에 뭔가 억울한 생각도 든다.

가족 이야기는 왜 꺼낸담. 나 좋자고 그런 게 아닌데. 세상을 위해서 그랬던 건데.

"벌점 10점이야. 그렇게 알아."

차연이 알기로 가장 큰 벌점이다. 봉사활동 스무 시간이 필요한 점수다. 그나마 다행이다. 이 정도에서 끝나준다면.

그러나, 안타깝게도, 그 정도로 끝이 아니었다.

"그리고 너, 최근에 자율학습 몇 번 빠졌어?"

"죄송합니다."

"자식이 묻는 말부터 대답해야지, 죄송은……."

괴벨스가 다시 지시봉을 쳐들고, 화들짝 놀란 차연이 목을 움츠린다.

"죽을래? 혼날래? 담임이 알고 있는 것만 세 번이야 너."

어라, 네 번인데?

"자율에 맡겼더니 하여튼 이 녀석들 완전 멋대로 개판이라니까. 어이가 없어서."

"……."

"말해봐, 야자 세 번 빠지면 어떻게 된다?"

"……삼진 아웃이요."

"잘 알고 있네. 당장 내일부터 야자 출입 금지다. 그렇게 알아."

헉. 야자 출입 금지라니.

안 된다. 절대 안 될 말이다.

"아 그건."

공부 때문은 아니다. 솔직히 공부는 지금 차연의 관심사가 아니다. 세상이 이 지경인데 그깟 공부가 문제인가. 물론 평소에도 공부에 아주 열심인 편은 아니었다. 성적도 그다지 좋지 않았다. 그러나 부끄럽지 않았다. 반 아이들이 32명이니 1등이 있으면 32등도 있기 마련이었다. 게다가 성적표를 보면 차연 뒤로도 늘 10명 정도가 더 있었다.

하지만, 어쨌거나 야자는 다르다. 야자와 공부는 다르다. 야자는 꼭 해야 한다.

"한 번만 용서해 주세요."

울상이 된 차연이 두 손을 싹싹 빈다. 책상 위에 두 손바닥을 내밀고 샤샥샤샥 잠자리 날개 소리를 내며 마주 비빈다.

"제가 잘못했어요. 목숨만 살려주세요."

"누가 죽인데?"

"한 번만 봐주세요, 선생님. 앞으로 잘할게요. 완전 성실하게 자율학습 참여할게요."

"성실은 얼어 죽을. 눈치나 보면서 어떻게든 슬슬 빠질 궁리하느라 바쁜 주제에. 됐어. 가봐."

"아니에요. 이제 절대 그럴 일 없을 거예요. 맹세해요. 아니면 제가 손에 장을 지질게요."

"인마, 너 장을 지진다는 게 뭔지나 알아?"

"야자 꼭 해야 해요, 선생님. 제발요."

괴벨스가 잠시 머뭇거린다.

어깨 뒤 아우라가 아지랑이처럼 흔들리는 중이다.

"그래야 할 이유를 말해봐."

"왜냐하면."

싹싹 빌던 손을 멈춘다.

"아빠 때문에요."

"뭐야?"

"아빠랑 약속했거든요. 1등을 하건 꼴찌를 하건 상관없으니 야자는 꼭 하라고. 아빠가 바라는 건 그거밖에 없다고."

"······."

"제발요. 완전 잘할게요, 선생님. 제발 야자 하게 해주세요. 한 번만 봐주세요. 예?"

야자 빼먹은 횟수를 괴벨스가 잘못 알고 있다는 점. 그야말로 불행 중의 생각지 않은 다행이었다.

# 구토

심각한 우울과 무기력 증세가 전염병처럼 번지고 있다.

집단 우울과 무기력 증세에 지쳐 허덕이는 아이들. 우울과 무기력뿐 아니다. 느닷없이 호흡부전을 호소하거나, 앉아있기도 힘들 만큼 현기증이 난다거나, 배가 미친 듯 아프다면서 조퇴를 신청하는 아이들도 눈에 띄게 늘어나고 있다. 드물게는 팔다리에 두드러기 같은 게 잔뜩 났다며, 병원에 가봐야 할 것 같다며 울상을 짓는 아이들까지. 그런데 예의 부위를 확인해보면 정말로 울룩불룩 벌겋게 부어오른 피부의 이상 증세가 분명한 것이었다.

특정한 어느 학년 어느 교실에서만 발생하는 현상이 아니었다. 특정한 몇몇 아이들 사이에서만 나타나는 증상이 아니었다.

정상적인 수업 진행이 거의 불가능한 상황이었다. 집단 히스테리, 라는 단어가 언급되었다. 집단 심인성 장애. 신경학적 질병이나 여타의 의학적 방식으로는 설명이 어려운, 한 집단 내 다수가 통제 불능 상태의 신체적 증상을 동시다발적으로 호소하는 현상. 박주은의 돌연한 죽음으로 인한 직간접 경험과 그로 인한 심적 충격이 학생들 사이에 대단히 심각한 영향을 미쳤으며 계속적으로 영향을 받고 있다는 것. 수업 시간에 돌연 종이비행기가 되어 교실 창밖으로 사뿐 몸을 날리던 장면을 눈앞에서 목격한 아이들은 물론이요, 입에서 귀로 사건을 전해 들은 아이들 모두에게까지 그 어두운 그림자가 드리우고 있다는 것. 치유되지 않은 상처가 밖에서 안으로 계속 곪아 가리라는 것. 전문가 아니더라도 쉬 추측 가능한 공통의 예측이었다.

사태가 걷잡을 수 없게 번져나가면서 학교장 재량으로 나흘간 휴교가 시작되었다. 오늘이 이틀째다. 영원고등학교 이야기다.

"가출한 애들도 있대."

"전학 신청한 애들도 한둘이 아니라며."

"마음 약한 애들은 자다가도 학교 생각만 하면 괴롭겠지."

"PTSD가 그렇게 무서운 거야."

"외상 후 스트레스 장애?"

"좀 안다 너."

"정연호인지 누군지, 아직 안 나타났다는데."

"누구?"

"박주은 남친 있잖아."

"맞아. 둘이 만날 붙어 다녔는데 어느 날 갑자기 학교 그만두면서 연락이 딱 끊기고, 그래서 박주은이 충격을 받았고."

"박주은의 죽음에 어느 정도 책임이 있다는 이야기잖아. 그런데 장례식장에도 안 왔다고?"

불길한 얼굴로 수군거리는 아이들. 상준고등학교 1학년 4반 이야기다.

한때는 새로 생겨서 시설도 좋고 사립학교에 남녀공학이라 분위기도 좋으며 심지어 교복도 훨씬 예쁘고 멋지다며 영원고등학교 학생들을 내심 부러워하던 아이들 사이에, 어느덧, 그곳에서 불어온 집단 히스테리의 원인균이 은밀히 퍼져나가는 중이다.

'정연호라는 애, 이미 죽었겠군.'

차연이 생각한다.

정연호가 박주은에게 312바이러스를 옮겼든지 반대로 박주은이 정연호에게 옮겼든지 둘 중 하나였겠군. 정황상 정연호가 먼저 아니었을까. 그나저나 영원고등학교에서 감염된 학생이 정연호와 박주은 두 사람만은 아닐 텐데. 상준고등학교의 경우는 또 어떠할까. 다른 학교들은?

맙소사, 맙소사.

답답하다. 생각만으로도 미칠 듯 가슴이 답답하다. 다시 뱃속 간질간질 오지랖 병이 일기 시작한다. GADI 요원들은 이 사태를 어떻게 바라보고 있을까. 그들만 믿고 있으면 되는 것일까. 이 시점에 내가 나서서 도움을 줄 일은 어디 없을까.

점심시간. 누군가 차연을 찾아온다.

내년 중순까지 한 달 수입 50만 원 진입을 목표로 하는 유튜브 크리에이터, 충우.

"안녕."

"하이."

"이상한TV 잘 돼?"

"〈괴상한충우TV〉. 그걸 못 외우냐."

"어, 미안."

"다음 달이면 구독자 3만 돌파 예정."

"대박."

"보여줄 게 있어."

"새로 올린 거?"

"아직 작업 전이야. 말하자면 원본 영상파일. 차연이 네가 엄청 관심 있어 할 것 같아서."

"뭔데?"

"일단 봐. 본 다음에 판단해."

충우가 의자를 끌고 와 차연 앞에 앉는다. 핸드폰 화면을 손가락으로 바삐 긁더니 그것을 차연 앞에 내민다.

흑백 화면. 조악한 화질. 높은 곳에서 내려다본 시야.

CCTV에 찍힌 영상이다.

"이건 또 어디서 난 건데."

"몰라."

"모른다고?"

"알아도 몰라. 제보자 신변 보호."

"지랄한다."

"지난번 그 사건 이후로 경찰 형들을 몇 명 알게 되었거든. 거기까지만 말할게."

플레이 버튼을 누른다. 1분 38초 분량의 동영상이다.

밤거리. 가로등 불빛이 환한 편의점.

편의점 간판이 선명하고, 그 앞을 오고 가는 행인들이 적지 않다. 어느 공원 풍경 같다. 나무 아래 쉼터가 있고 벤치에 앉아 쉬는 사람들도 보인다. 화면 중앙에서 조금 오른편, 세 사람이 서있다. 남자 한 명 여자 두 명, 교복 입은 학생들이다. 고등학생들 같다. 1학년은 아니고 3학년도 아니고 2학년 같다. 느낌이 그렇다.

세 학생이 마주 서서 대화를 나누는 중이다.

잠시 후, 25초경, 화면 왼편 하단 구석에서 누군가 나타난다. 누군가 서성인다. 서성이며 편의점 앞 광장을 비스듬히 가로지른다. 아저씨다. 양복을 입은, 가죽가방을 양어깨에 멘 아저씨다. 취했다. 몹시 취했다. 화면으로부터 등을 돌리고 있어 얼굴은 안 보이지만 느낌이 그렇다. 이리 주춤 저리 멈칫, 불안한 걸음걸이에서 지독한 술 냄새가 풍기는 것 같다.

아저씨가 학생들 앞에 멈춰 선다. 뭐라 말을 건넨다. 그러는 것 같다. 학생들이 어리둥절 의아한 얼굴로 뭐라 대꾸한다. 그러던 찰나, 아저씨가 그들 중 한 명을 향해 버럭 몸을 날린다. 오른쪽에 있던 여학생이 목표물이다. 덥석 끌어안고는 거침없이 입을 맞춘다. 꼼짝없이 당한 여학생이 화들짝 놀라 저항한다. 곁에 선 여학생이 얼굴을 감싸 쥐고 풀쩍풀쩍 뛴다. 화면상으로 가장 정면에 선 남학생이 부랴부랴 양복 입은 남자를 떼어내려 애쓴다. 그러나 쉽지 않다. 여기까지는 비슷하다. 여태 접해온 '밤거리의 돌연한 강제 입맞춤' 동영상들과 크게 다르지 않다. 전체적인 화면 구성과 줄거리와 그 분위기까지, 같은 연출가 같은 카메라 감독이 제작한 영상 같다.

그런데 놀라운 반전이 시작된다.

동영상 56초부터 시작되는 장면이다.

품 안에서 발버둥 치던 여학생을, 양복 남자가 와락 밀쳐낸다. 강제로 끌어안고 입을 맞춘 지 2초 또는 3초가 지나서다.

"어라?"

차연이 웅얼거린다. 목덜미에 오소소, 굵은 소름이 돋는다.

여학생을 세차게 밀어낸 남자가 제자리를 방방 뛴다. 방방 뛰며 괴로워한다. 가슴을 두드리며 괴로워한다. 바닥에 구토를 쏟아낸다. 허연 것을 꾸역꾸역 토해낸다.

남자에게 떠밀려 엉덩방아를 찧은 여학생도, 그 곁으로 다가가 부축을 하려던 여학생도, 어쩔 줄 모르고 서있던 남학생도, 모두 놀라서 얼음이 되고 만다. 지나가다 발걸음을 멈추었던 행인 몇 명 역시 비슷한 반응이다. 구토를 쏟아내던 양복 남자가 휘청휘청 자리를 뜬다. 볼품없는 몰골로 도망친다.

그 뒷모습을 향해 누군가 손가락질을 한다. 누군가 어이없다는 듯 피식거린다. 누군가 들고 있던 종이컵을 그에게 집어 던진다. 누군가 전화기를 집어 들고 신고를 한다.

1분 38초의 동영상이 그렇게 종료된다.

"뭐 보는 거야?"

누군가 껴든다. 진구다. 충우와 차연 사이로 파고든다.

놀란 차연이 아무 말도 못 한다.

"같이 보자."

충우의 전화기를 빼앗아 든 진구가 다시 동영상을 재생시킨다.

밤거리. 가로등 불빛 환한 편의점 앞. 교복을 입은 학생들.

잠시 후 편의점 앞 광장을 비스듬히 가로지르는 사람.

"새로 올린 거?"

좀 전의 차연과 거의 비슷하게 진구가 묻는다.

좀 전과 충우와 거의 비슷하게 충우가 대답한다.

"아직 작업 전이야. 원본 파일."

술 취한 남자가 학생들에게 접근하고, 학생들이 어리둥절하고, 여학생을 향해 버럭 몸을 날리고, 모두 어쩔 줄을 모르고, 그러다가 여학생을 밀쳐내며 제자리를 폴짝폴짝 뛰며 괴로워하고, 바닥에 구토를 쏟아내고, 허우적거리며 도망치기 시작한다.

"와 씨, 이거 뭐야."

짧은 동영상이 끝나고, 진구가 차연을 돌아본다. 차연만큼이나 놀란 얼굴이다.

"이거…… 성이연이 너한테 강제로…… 그러다가 밀쳐내고…… 바로 그 장면 아냐?"

"……맞아."

얼음이 된 차연이 겨우 고개를 끄덕인다. 힘없이 웅얼거린다.

"똑같아."

# 교통사고

일요일 오후다. 오후 5시 조금 지나 아빠에게서 전화가 왔다. 저녁 먹기 전에 돌아오겠다며 1시쯤 외출했던 아빠다.

— 놀라지 마.

아빠의 첫마디다. 소리 죽인 목소리다. 그래서 차연은, 아빠가 또 재미없는 농담을 시작하겠구나, 생각한다.

— 지금 병원이야. 미안하지만 너 좀 와줘야겠다.

"병원에 왜."

— 교통사고야. 팔이 부러졌어.

"응?"

— 심각한 건 아니고, 어쨌거나 며칠 입원해야 할 것 같거든.

"뭐야, 지금 장난치는 거?"

— 그랬으면 좋겠네. 길게 통화하기 힘들다. 너 잠깐 와줘야 해. 아이고 아야.

"아빠……."

— 집에 있는 물건 몇 가지 챙겨와. 속옷이랑 비누랑. 지금 받아 적어볼래?

한강외과병원 301호.

병원 특유의 분위기라는 게 있다면 그 분위기가 아주 강렬한 병원이다. 응급실에서 4인용 병실로 자리를 옮긴 아빠를 만난다. 부러진 팔 주변에 임시로 부목을 댄 아빠가 다른 쪽 손을 흔든다.

"잘 찾아왔네."

"괜찮아?"

"보다시피."

다른 침상의 환자와 보호자, 문병객들이 슬그머니 고개 돌려 이편을 힐끔거린다.

"뭐야, 갑자기 무슨 일이야."

"별거 아냐."

"별거 아니긴……."

"재수가 없었어. 그래도 이만하면 다행이지."

왈칵 눈물이 나려고 한다.

팔 부러지는 거야 아빠 말처럼 사실 별거 아닐지 모른다. 축구하다가 다리 부러진 애들도 봤고 운동장 계단에서 잘못 굴러서 갈비뼈 부러진 애들도 봤다. 병원 신세를 져야 하는 세상의 수많은 이유들에 비하면 아주 경미한 일임이 분명하다. 그럼에도 느닷없이 병상에 누운 아빠를 보니 가슴이 먹먹하다. 산다는 게 때로는 참 장난보다도 장난 같은 노릇이다. 저녁 먹기 전에 돌아오겠다고 집을 나섰다가 갑자기 죽는 사람들도 세상에는 있을 것이다.

눈물이 나려는 것을 겨우 참는다.

"아프지 않아?"

"진통제 맞아서 괜찮아."

"수술해야 하는 거 아닌가."

"내일 오전으로 잡혔어. 큰 수술은 아니고."

"나 참……."

아빠가 입은 푸른 줄무늬 환자복을 보니 거듭 말문이 막힌다. 세상 모든 환자복은, 그걸 입은 사람을 병약해 보이도록 만드는 효과가 있는 모양이다.

"속옷이랑 가져오라는 거 챙겨왔니."

"여기."

"수고했다. 참 너, 저녁 먹었어?"

밤 8시 가까운 시간이다. 배는 고프지 않다.

"아빠는."

"난 아까 병원 밥 나온 거 먹었어."

"아드님이세요?"

옆 병상을 지키던 보호자 아주머니가 다가온다.

"아, 예."

아빠가 밝은 얼굴로 고개를 끄덕인다. 차연이 꾸벅 고개 숙여 인사한다. 몸매도 얼굴도 동글동글한 아주머니다.

"아이고 든든하시겠다. 저기 학생, 이거 먹어봐요."

딸기가 한 무더기 담긴 은박접시를 내민다.

"어서 받아요."

"……잘 먹겠습니다."

접시를 건넨 아주머니가 본격적으로 말을 붙여온다.

"고등학생?"

"예."

"몇 학년이에요?"

"1학년이요."

"중학생 같네. 솜털이 보송보송."

이럴 땐 감사합니다, 해야 할지. 별말씀을요, 해야 좋을지.

"많이 놀랐지요? 아빠 다쳤대서."

"……예 조금."

"이만하면 다행이라고 생각해요. 이런 말 하기는 그렇지만, 사고로 죽은 사람도 있다는데."

"아."

1055번 빨간색 광역버스다.

다른 차와 충돌한 게 아니다.

버스 혼자 급하게 방향을 틀다가 비스듬하게 가로수를 들이받았다. 시 외곽도로였고 시속 80킬로미터로 달리던 중이었다. 충격을 받은 차체가 옆으로 쓰러져 누웠고 그 상태로 10미터가량을 질질 미끄러졌다. 운전기사가 크게 다치고 승객 한 명이 창문 밖으로 튀어나가며 즉사했다. 버스 안에 모두 13명이 타고 있었는데 아빠까지 다섯 사람이 크고 작은 부상을 입고 인근 병원에 후송되었다. 큰 사고였다. 오른팔에 복합 골절상을 입은 아빠의 경우는 그나마 다행이라는 아주머니의 말을 납득할 수 있었다.

"왜 그랬을까. 졸음운전? 음주운전?"

차연이 아빠에게 묻고, 아빠가 뭐라고 하기 전에 아주머니가 껴든다.

"싸움이 붙었대요. 운전기사하고 죽은 승객하고."

"싸움이요?"

"버스가 달리는 상황인데 갑자기 두 사람이 엉겨 붙어서 치고받고. 그러다가 차가 뒤집힌 거지 뭐."

아주머니가 돌보는 창가 자리의 환자는 아주머니의 친동생이다. 아빠와 같은 1055번 버스를 타고 가다가 다쳐서 같은 병원 같은 병실에 입원했다. 얼굴에 타박상이 심하고 골반에 금이 갔다고 한다. 지금은 고이 잠들어 있다.

"잘 가던 차가 갑자기 휘청 기울더래요. 냉큼 고개를 들어 보니 운전석의 버스기사랑 어느 승객이랑 엉겨 붙어서 몸싸움을 벌이고 있었다나. 그러다 쾅 소리가 나면서 버스가 휘까닥 뒤집히고 타이어 찢어지는 소리가 나고. 사람들이 비명을 지르며 여기저기 날아다니고."

사고 당시의 상황을 잠든 동생이 그렇게 설명했던 모양이다. 버스기사 폭행 사건에 대한 뉴스들을 차연도 들은 적 있다. 술 취한 승객이 운행 중인 운전기사에게 시비를 걸고 마구 주먹을 휘둘러서 많은 승객을 위험에 빠뜨렸다는 등등의 이야기들.

"운전기사를 왜……. 무슨 일이 있었던 걸까요?"

"글쎄. 내려달라는 정류장에서 차를 안 세웠던지, 술 처먹고 괜히 시비를 걸었는지."

병실에 의사와 간호사가 들어선다. 아주머니가 자신의 침상으로 돌아간다. 머리칼 하얗게 센 의사가 아빠에게 다가온다. 상태를 물어보고, 내일의 수술 내용과 시간 등에 대해 짧게 이야기를 나눈다. 짧은 회진을 마친 의사와 간호사가 물러선다.

아빠가 말한다.

"너 이제 가봐."

"가라고?"

"가야지. 왜, 밤새워 간호할래?"

"그래도……."

"아빠는 괜찮아. 넌 내일 학교도 가야 하고."

"혼자 있을 수 있어?"

"당연하지. 이 정도 가지고."

아빠가 먼저 병상에서 몸을 일으킨다. 일으키면서 아그그 그, 작게 신음한다.

회진 돌던 간호사가 쪼로로 다가온다.

"환자분 어디 가세요?"

"잠깐 나갔다 올게요."

"그렇게 움직이시면 안 좋은데."

아빠와 차연이 병원 복도를 나란히 걷는다. 복도는 깊은 밤 처럼 조용하다. 방마다 환하게 불이 켜진, 그러나 아무도 없는 빈집 같다.

갑자기 기분이 이상하다.

아빠와 이렇게 나란히 걸었던 게 언제더라?

"그래도 아들이 있어서 다행이네."

"무슨 소리야."

"세상에 아무도 없이 나 혼자였다면 어쩔 뻔했냐. 이렇게 갑자기 사고가 났을 때, 장롱에서 속옷이랑 양말 챙겨오라고 부탁할 사람도 없었더라면."

뜻밖의 병원 신세를 지게 되었건만 아빠는 그다지 기분이 나빠 보이지 않는다. 다음부터는 속옷 양말 안 갖다 줄 거니까 절대 이런 일 당하지 마. 차연이 그렇게 투덜거리려다 만다.

"말도 안 돼. 허허 참."

아빠가 혼잣말을 한다.

"뭐가 말도 안 되는데."

"사고 나던 순간."

"응?"

"내가 처음부터 똑똑히 지켜봤거든. 방금 전에 그 아줌마 앞에서는 아무 말 안 했지만."

"……."

"버스가 한창 달리는 중이었거든. 누가 벌떡 일어서는 거야. 앞에서 세 번째 창가 자리에 앉은 사람이었어. 젊은 남자. 좌석 밖 통로에 나와 서더니 위태위태 운전석으로 다가가더라고."

"……."

"이상했어. 자유로를 신나게 달리는 중이었거든. 왜 저러는 걸까. 어디가 아픈가. 화장실이 급한가. 버스를 잘못 타서 길을 묻는 것일까. 다음 정류장까지 꽤 오래 가야 하는데. 잘 모르겠지만 운전기사와 말다툼을 주고받는, 그런 상황은 아니었어. 그건 분명히 아니었어."

아빠와 차연, 두 사람이 엘리베이터 앞에 멈춰 선다.

"남자가 운전기사를 가만히 내려다보더라고. 한 3초 정도? 술 취한 것 같지는 않았어. 어딘지 좀 불편한 표정이었어. 저 사람 지금 뭐 하나 싶었지."

엘리베이터가 열린다. 차연에 이어 아빠가 들어선다.

"그러다가 갑자기…… 운전대 쪽으로 냅다 상체를 들이미는 거야. 미친 사람처럼. 그러고는 운전기사의 목덜미를 와락 끌어안더니."

"아."

"뭘 하는지 자세히는 보지 못했어. 그 순간에 차가 휘청 기울었거든. 그러다가 어딘가와 부딪치며 유리창이 깨지고 순식간에 와당탕 아수라장이 된 거야. 사람들이 우르르 굴러가고 엎어지고……."

"……."

"바로 그 사람 혼자 죽고 말았지. 차 밖으로 튕겨 나가면서. 하여간 세상에 미친놈들이 너무 많아."

"……."

"흉기를 들고 거리를 쏘다니며 묻지마 살인을 하는 놈들이 없나. 세 살도 안 된 자식을 굶기고 때려죽이는 놈들이 없나."

"……."

"아빠나 너나, 제발 조심조심 살자. 조심한다고 그런 위험들을 완벽하게 피할 수 있을지는 모르겠지만."

병원 로비 앞.

다친 팔에 부목을 대고 선 아빠가 반대편 손을 팔랑팔랑 흔들어 보인다.

"그럼 들어가."

"잘 자, 아빠. 수술 잘 받고."

"그래."

"……."

왠지 발이 떨어지지 않는다. 아빠가 그런 차연을 지켜보고 있다.

"저녁 어떻게 하냐."

"배 안 고픈데."

"돈 있지? 집에 가다가 저녁 사 먹고 들어가. 나중에 아빠가 줄게."

지하철을 타고, 다시 마을버스를 갈아타고 집으로 돌아가는 길. 온갖 불길하고 뒤숭숭한 생각들이 꼬리에 꼬리를 물고 이어진다.

지금으로부터 대략 일곱 시간 전이다. 1055번 버스의 사고 직전 순간을 동영상 파일 재생시키듯 선명히 그려볼 수 있다. 뉴스 속보에까지 등장한, 죽은 사람 한 명을 포함해 모두 여섯 명의 사상자를 낸 휴일 교통사고의 원인을 충분히 짐작해 볼 수 있다.

이 일을 어쩌면 좋을까.

버스 운전기사를 느닷없이 덮쳤다는 젊은 남자. 누군지 알 수 없지만 감염자였음에 분명하다. 말기에 이른 312바이러스 감염자가 틀림없다. 소화기에 물혹처럼 자리 잡은 바이러스 덩어리를 다른 누군가의 입안에 배설하지 않고는 견딜 수 없는 본능만 남겨진, 사고가 아니었대도 며칠 후에는 어딘가에 숨어들어 속에 있는 것을 토해내며 흉하게 죽어갈 운명이었을 것이다.

오싹 소름이 끼친다.

312바이러스가 급기야 차연의 가족을 위험에 빠뜨렸다.

이건 실제 상황이다. 유튜브와 CCTV를 통해서 만나는 먼 곳의 이야기가 더 이상 아니다.

지금 이 시간, 얼마나 더 많은 감염자들이 거리를 떠돌고 있을까.

이 일을 어쩌면 좋을까.

# 끔찍한 일요일

끔찍한 일요일이다. 평생 기억에 남을 일요일이다.

무엇보다 끔찍한 것은 이 끔찍한 일요일이 아직 끝나지 않았다는 사실이다. 이 끔찍한 일요일을 평생 기억에 남겨줄 마지막 장면이 그날 오후 9시 10분경에 시작된다. 바로 그 시간, 수련파크빌 B동 공동현관문 근처에서 누군가 마침 귀가하던 차연을 맞이한다. 병원에서 돌아오는 길이다. 아빠 당부대로 중간에 어디서 저녁을 사 먹고 갈까 하다가, 기분도 좋지 않고 혼자 밥을 먹으면 더 우울해질 것 같아서, 집에 가서 라면이나 끓여 먹을까 궁리하면서.

"한차연."

카드키로 공동현관문을 열고 들어서는 참이다. 누군가의 목소리에 걸음을 멈춘다.

뒤를 돌아본다. 두 사람이 다가온다. 어른이다. 덩치 큰 어른 두 명이다. 한 사람은 낯이 익고 한 사람은 그렇지 않다.

"오랜만이야. 잘 지냈지?"

낯이 익는 쪽이 안부 인사를 건네 온다. 김동하 경장이다.

순찰복 차림. 티타늄 합금 로봇을 꼭 빼닮은 얼굴.

"안녕하세요."

"어디 다녀오는 길?"

"예."

"다행이네."

"……뭐가요?"

"뭐 좀 물어볼 게 있어서, 그래서 잠깐 들렀거든. 일요일 이 시간이면 집에 있을 줄 알고 찾아왔는데 집에 아무도 없기에, 이렇게 허탕을 치나 싶었거든. 마침 만나게 되어서 다행이라는 거지."

김동하 경장이 조금 이상하다. 표정과 말투가 어쩐지 자연스럽지 못하다. 어쩐지 어색하다. 옆에 있는 사람 때문이다. 동행한 옆 사람의 존재를 은근히 신경 쓰는 눈치다.

"학생."

옆에 선 사람이 차연을 부른다. 김동하 경장보다 키는 10센티미터 정도 작아 보인다. 나이는 열 살 정도 많아 보인다. 계급은 한참 높아 보인다.

"성이연과 아는 사이라던데."

금테 안경의 색감이 날카롭다. 안경알 너머 눈매가 날카롭다. 그 음성이 날카롭다. 전체적인 표정이 날카롭다. 날카롭고 신경질적이다.

"아는 사이라기보다, 안 좋은 사건이 있었어요. 늦은 밤에, 저쪽 골목길에서."

"……그 이야기는 들었고."

날카로운 남자가 날카롭게 묻는다.

"성이연을 마지막으로 만난 게 언제지?"

어려운 질문이 아니다. 복잡한 질문도 아니다. 그런데 말문이 막힌다. '마지막으로'라니. 그것은 차연이 생각하기에 더없이 미심쩍고 부자연스러운 질문이다. 어째서 그런가 하면, 차연과 성이연은 그런 질문을 들을만한 사이가 피차 아니기 때문이다.

여태 딱 세 번 성이연을 만났다.

처음은 지난달 화요일, 밤늦은 시간의 멜론마트 안쪽 좁은 골목길에서. 두 번째는 성이연이 일하는 편의점에 찾아가서. 세 번째는 며칠 전 다시 그 골목길에서.

첫 번째 만남에 대해서는 알고 있는 사람들이 적지 않다. 요컨대 김동하 경장 역시 그날 사건 현장을 함께 한 인물이다. 문제는 두 번째와 세 번째다. 지극히 개인적인 두 차례 만남에 대해 알고 있는 사람은 세상에 딱 세 명뿐. 차연과 성이연, 그리고 진구. 성이연이나 진구가 다른 누군가에게 이 사실을 이야기하지 않았다면 그러하다.

아, GADI의 남자도 포함 시켜야 하나?

"그 사건이 있던 날…… 골목길에서 한 번 만난 게 전부인데요."

차연이 그렇게 대꾸하려다가 만다. 머릿속이 복잡해진다. 날카로운 남자는 무엇을 얼마나 더 알고 있는 것일까. 아니면 지금 단순히 유도 신문을 해보는 것일까.

"경찰한테 거짓말하면 안 되는 거 알지? 왜냐하면 거짓말을 해봐야 절대 통하지 않으니까."

차연이 짧은 순간 깊은 고민에 빠진다.

"어려운 질문 아니잖아. 성이연을 마지막으로 본 게 언제냐고."

성이연과의 두 번째 세 번째 만남에 대해 끝내 말하지 않는다면?

두 번을 더 만나야 했던 정황에 대해, 특히 세 번째 만남에서 맞닥뜨린 기괴한 장면에 대해서 일일이 설명하지 않아도 된다.

하지만 차연이 끝내 말하지 않은 사실들을 눈빛 날카로운 형사가 이미 알고 있는 상태라면, 그에 대해서 추궁 받는다면, 그때는 더없이 곤란한 입장에 처하고 말 것이다. 도망갈 구멍이 없을 것이다. 나아가 며칠 전 그 골목에서 성이연을 잠깐 만난 게 세 번째이자 마지막이었다는 차연의 주장마저, 절대

믿으려 하지 않을 것이다. 이후에 또 언제 어디서 성이연을 만났는지 만나서 무엇을 했는지 집요하게 캐물을 것이다. 문제는 그런 식으로 골치 아파질 것이다.

저녁이 깊어간다. 평생 기억에 남을 끔찍한 일요일이 몇 시간 남지 않았다.

느닷없이 배가 고프다. 어서 이 사람들과 헤어져서 집에 들어가고 싶다. 라면을 한 냄비 끓여서 찬밥을 말아먹고 싶다.

"성이연이 죽었어. 어제 오후에 시신이 발견됐어."

김동하 경장이 대뜸 설명한다. 거의 동시에, 눈빛 날카로운 남자가 더욱 날카로운 눈빛으로 김동하 경장을 노려본다. 심문 중 쓸데없는 정보를 흘린 것에 신경이 곤두선 모양이다. 그나저나 성이연이? 아아.

"저번에 정희영 때와 여러모로 정황이 비슷해."

청색 야구점퍼. 상아고시원 301호에서 발견된 그의 죽음은 아직 해결되지 않은 의문점 몇 가지를 남겼다. 외부에서 침입한 흔적을 전혀 찾아볼 수 없었다는 점. 상식적으로 납득하기 힘든 부검의 결과를 떠나 정황상 타살의 가능성은 찾아보기 힘들다는 점. 마찬가지 이유로 자살의 가능성 역시 생각하기 어렵다는 점.

"성이연의 주변 인물들을 부지런히 만나는 중이야. 학생도 그중 한 명이고."

날카로운 남자가 실토한다.

"주변 인물이라는 표현에 겁먹을 필요 없어. 우리 식 표현이니까."

현관문이 열리고 누군가 나타난다. 건너편 402호 아줌마다. 음식물 쓰레기를 버리러 나온 모양이다. 아는 얼굴이다. 평소 가벼운 인사를 나누는 사이다. 어른들과 서있는 차연을 아줌마가 분명히 봤다. 그러나 못 본 채 건물 오른편으로 걸음을 옮긴다. 음식물 쓰레기통을 열고, 가져온 것을 탈탈 털어 넣고, 이편에는 시선을 주지 않은 채 집 안으로 들어간다.

괴롭다. 402호 아줌마의 노골적인 외면조차 몹시 괴롭다.

"죽은 이의 주변 인물을 통해서 생전의 그가 어떤 사람이었는지를 파악해 내는 것이 우리 같은 사람들의 주된 업무지. 우울증이 있었는지, 성격이 명랑했는지 자유분방한 편이었는지, 봄가을이면 꽃가루 알레르기 때문에 힘들어하지는 않았는지, 버킷리스트 속 여행지로 꿈꾸는 곳이 혹시 있었는지. 환공포증이나 첨단공포증 같은 게 심하지 않았는지, 최근에 뭔가 평소 같지 않은 말이나 행동을 한 적이 있는지. 그렇게 접근해 가다 보면 결국 단서가 잡히기 마련이거든. 죽음의 단서. 피살의 단서."

밤 10시가 가까웠을 것이다.

길고 끔찍한 일요일이다.

"그런데 주변 인물이라고 할 사람들이, 찾아보니 그다지 많지 않더군. 일하던 편의점의 사장과 동료 근무자. 올해 초까지

원룸에서 함께 살았던 선배 언니. 강원도에서 아스파라거스 농사를 짓는 친오빠와 올케언니. 한 달에 서너 번 전화 통화를 주고받고 1년에 한두 번 만나는 고등학교 동창 한 명."

지난 월요일, 멜론마트 안쪽 좁은 골목. 성이연은 심하게 창백했다. 심하게 아파 보였다. 심하게 지쳐 보였다.

옅은 주황색의 꽃무늬 원피스. 반짝이는 물방울무늬 펜던트가 달린 검은 레이스 초커. 희고 가는 목덜미. 어스름 저녁 빛이 물드는 개와 늑대의 시간. 그리고 하아, 하아, 끊길 듯 힘겹던 숨소리.

"만나볼 만한 사람들을 대부분 만나봤지만 생전의 성이연에게 가까이 다가갈 만한 단서가 별로 없었어. 당황스러웠지. 여태 이런 경우는 거의 없었거든."

날카로운 남자의 얼굴 위에 피로와 권태가 날카롭게 번져 있다.

"그래서 학생을 찾아온 거야. 주변 인물이라기엔 조금 무리가 있지만, 그래도 혹시나 하는 마음에, 여기 김동하 경장을 앞세우고."

"......"

"내 소개가 늦었네. 최재진 경위야. 그리고 오해 마. 학생을 곤란하게 만들려고 하는 건 아니니까."

그날 그 시간 이후 성이연은 어떤 시간을 보냈을까. 강제 입맞춤을 시도하던 대상, 차연을 세차게 떠밀고는 진저리를 치

며 길바닥에 침을 뱉으며 도망쳐 간 이후, 어떤 식으로 자신의
종말을 맞이했을까.

"지난 월요일에 만났어요."

차연이 담대하고자 노력한다.

두 번째 만남에 대해서는 생략했지만 거짓말은 아니다. 마
지막으로 만난 게 언제라는 질문에 한해서만큼은 그러하다.

"그날 오후에 느닷없이 전화가 왔어요. 잠깐 만날 수 있겠
냐고 하더군요. 할 말이 있다면서. 그래서 학교 끝나고 약속
장소로 찾아갔어요. 처음에 만났던 그 골목으로."

"월요일이라."

날카로운 남자가 크게 세 번 고개를 주억거린다. 월요일이
라는 단어로부터 아주 중요한 단서의 그림자라도 발견했다는
듯이.

"10분? 잠깐 만났어요. 잘 지내느냐고 물었고 잘 지낸다고
대답했어요. 별 이야기는 없었어요. 지난번에 도와줘서 정말 고
마웠다고, 인사도 제대로 못 해서 미안했다고 했어요. 그래서
꼭 한 번 다시 만나고 싶었다면서. ……왠지 좀 아파 보였어요.
몸이 안 좋아 보였어요. 어쨌거나, 그러고는 금방 헤어졌어요."

이번에는 김동하 경장이 크게 고개를 끄덕인다.

"그게 다였어요. 뭔가 더 할 이야기가 있는 것 같았지만, 어
어, 그 이상 별다른 말은 없었어요. 그렇게 10분 정도 함께 있
다 헤어졌어요. 그게 마지막이었어요."

차연이 담대해지고자 노력한다. 담대하게, 그날의 중요한 사건은 쏙 빼놓고 이야기하지 않는다.

이 역시 거짓말은 아니다. 마지막으로 만난 게 언제였냐는 질문에 한해서만큼은.

"그랬구나. 지난 월요일. 그 골목에서. 10분 정도."

날카로운 남자가 중얼거린다.

"이상하군. 갑자기 왜 학생을 보자고 한 것일까. 혹시 돈 같은 것을 빌려 달라고 했다던가. 숨을 곳이 필요하다고 했다던 가."

"전혀요. 그래서…… 조금 의아했지만, 물어보지는 않았어요."

"물어보지는 않았다. 그랬구나."

날카로운 인상과 달리 그다지 날카로운 두뇌를 가진 사람 같지는 않아 보인다고 차연이 생각한다. 새삼 GADI의 멧비둘기 사람들이 떠오른다. 은색 고글 역시, 이미 성이연의 죽음을 알고 있을 것이다.

"정희영의 죽음과 성이연의 죽음 사이에 어떤 식으로건 연관 관계가 있지 않을까. 현재까지의 추측이야. 학생에게 더 자세한 내용을 밝히기는 어렵지만 최근 들어 산발적으로 발생하고 있는 몇몇 독특한 형태의 실종, 사망 사건들과 연관 지어서 위의 사건들을 분석하는 중이지."

날카로운 남자가 점퍼 안주머니에서 뭔가를 꺼낸다. 라이터

와 담뱃갑이다. 점퍼 안쪽, 검은색 어깨걸이 가죽끈이 차연의 눈에 들어온다. 권총 주머니다.

"따라서 앞으로의 수사 역시도 그러한 방향으로 진행되어 갈 예정이야. 긴 시간 조사에 협조해 준 답례로 귀띔해 주는 거야. 그렇게만 알아둬."

담배를 입술 새에 끼운 남자가 라이터에 불을 붙인다. 그러려다 멈추고 주변을 두리번거린다.

"가만, 여기서 담배 피우면 뭐라고 하나?"

"그런데 참 이상하지."

김동하 경장이 공연히 혼잣말을 한다.

"성이연의 시신이 왜 하필 거기서 발견되었을까."

혼잣말 같지 않은 혼잣말이다. 뭔가를 슬그머니 말해주려는 것만 같은 혼잣말이다.

차연이 우물우물 묻는다.

"어디서…… 발견되었는데요?"

"학교."

"학교?"

"너희 학교. 뒷산 올라가는 길 수풀에서."

"……."

김동하 경장이 긴 숨을 들이마신다.

"상준고 다니잖아. 맞지?"

224

# 소문들

화요일 오후 1시, 광화문 광장에서 첫 번째 시위가 시작되었다.

이순신 동상 아래 한데 모인 시민들이 피켓을 흔들며 짧은 구호를 반복적으로 외쳤다. 유모차를 몰고 나온 여성들, 교복 입은 학생들, 점심시간에 잠깐 짬을 내어 참여한 3~40대 회사원들까지. 자발적으로 모여든 인원은 대략 400여 명. 아주 많은 숫자는 아니었다. 그러나 소문 무성하던 '살인 바이러스'를 정식으로 언급한 시민들의 첫 번째 단체행동이라는 점에서 그 의미가 분명했다.

어느 날 갑자기 사라지는 사람들.

느닷없이 일상에서 사라지고 연락이 끊기며 실종자로 남겨지는 사람들.

그러다가 끝내 주검으로 발견되는 사람들.

해마다 어김없이 발생하는 실종 사건이지만, 그 숫자가 최근 2~3개월 사이에 급격히 증가하는 추세다. 평소보다 두 배 많은 실종 신고가 접수되고 있으며 평소보다 두 배 많은 사망자 발견 신고가 접수되고 있다. 그 증가율이 갈수록 커지고 있다. 급기야 〈서울 경기 실종자 급증, 최근 한 달간 2배 증가〉라는 헤드라인의 인터넷뉴스 두어 꼭지가 몇몇 포털사이트 검색란의 상위권에 오래도록 머물기도 했다.

그런가 하면 최근 들어 SNS와 유튜브 등에 '괴바이러스'에 관한 다양한 소문이 급속도로 확산하고 있다. 직접 경험하거나 간접적으로 보고 들은 누군가의 증언들. 평소 건강하던 직장 동료가, 학교 친구가, 먼 친척이, 같은 동 아파트에 사는 이웃주민이 갑자기 기이한 병세를 호소하다가 끝내 숨을 거두고 만 사연들. CCTV 등에 우연히 찍힌 뒤 인터넷과 유튜브에 포장되어 공개되는 몇몇 동영상들. 이 모두가 불길하지만 근거가 아주 없지는 않은 음모론을 널리 확산시키는 요소들이었다. 술에 취한 듯 약에 취한 듯 불안한 걸음걸이로 밤거리를 헤매다가 낯선 이들을 상대로 이해하기 힘든 공격성을 드러내는, 그 같은 영상들에는 어김없이 '괴바이러스' '입맞춤 바이러스' 등의 해시태그가 붙곤 했다.

가히 국가 비상사태라고 말하는 사람들도 있었다. 정부는 하루빨리 모든 정보들을 공개하고 국민들 스스로가 스스로의 안전을 지킬 수 있는 길을 열어줘야 한다고 말하는 사람들도 있었다. 아울러 국가적인 공조 체제를 속히 구축하고 현실적인 대책을 세우지 않았다가는 머지않아 엄청난 규모의 재앙이 온 세계에 닥칠지 모른다고 말하는 사람들도 있었다. 원인이 확실하게 파악되기 전까지, 당장 초등학교는 물론 중고등학교도 원격수업을 실시하고 직장인들의 재택근무를 권장해야 한다고 말하는 사람들도 있었다. 그렇게 말하는 사람들이 점점 많아지고 있었다. 그들의 목소리가 점점 커지고 있었다.

　뒤숭숭한 나날이었다.

　불안한 날들이었다.

# 연분홍 액체

"왔니."

"어, 아빠."

학교 끝나고 집에 잠깐 들렀다가 한강외과병원을 찾는다.

301호. 아빠가 깁스한 오른팔을 어정쩡 들어 보인다.

"괜찮아?"

"멀쩡해. 잘 때 쪼금 욱신거리긴 하지만."

수술은 어제 오전에 끝났다. 뼛조각 두 개를 제거하고 철심을 세 군데 박는, 간단치 않은 수술이었다. 4인실. 아빠가 차지한 병상의 대각선 창가 자리에 환자와 보호자 한 명이 있다. 환자는 체구 왜소한 할아버지고 보호자는 할아버지와 달리 넉넉한 체구의 아주머니다. 은박접시에 딸기를 담아 주었던 그 아주머니와 환자는 보이지 않는다.

"다시 학교 들어가야 한다고?"

차연이 챙겨온 물건들을 병상 서랍장에 내려놓는다.

"일곱 시 반까지 간다고 했어."

화요일. 야자가 있는 날이다. 그런데 아빠의 병실에 가져다 줘야 할 물건들이 몇 가지 있었다. 담임에게 찾아가서 구구절 절 사정을 말하고 허락을 구했다. 다른 때 같으면 안 그랬겠지 만, 상담실에 불려 가 잔뜩 깨지고 싹싹 빌고 한 지 얼마 되지 않은 상황이었다.

괴벨스는 못마땅한 안색이었다. 그러나 사정이 사정인 만큼 승낙하지 않을 수 없었다. 그러면서 두 가지 조건을 달았다.

병원 갔다가 야자 2교시 전까지 돌아올 것.

자기한테 와서 확인 받을 것.

"그럼 시간도 별로 없네. 너 저녁 안 먹었지?"

"응."

마침 병실 문이 열리고 환자식 이동카트가 멈춰 선다. 하얀 모자를 쓴 직원이 아빠를 호명하고, 차연이 나서서 식판을 받 아온다.

"샘물분식 다녀왔니?"

"여기."

"오키. 이거랑 같이 먹자."

아빠가 챙겨오라고 한 물건은 양말 두 켤레와 상하의 속옷

두 벌, 집에서 매일 입는 쑥색 니트 카디건 한 벌, 노트북과 전용 충전기, 쓰다 남은 발톱무좀약, 책 한 권, 무선 헤드폰과 전용 충전기, 그리고 집 근처 샘물분식표 떡볶이와 순대. 3일째 되는 병원 밥 지겹다며 사 오라고 한 음식이다.

침상에 간이식탁을 올리고 병원식 식판을, 샘물분식에서 들고 온 비닐봉지를 내려놓는다. 신을 벗고 침상에 올라온 차연이 아빠와 마주 보고 앉는다.

기름에 튀기듯 구운 고등어 두 토막, 양상추 파프리카 샐러드, 두부조림, 감자채볶음, 콩나물국. 이상 병원 석식.

튀김 1인분을 버무린 떡볶이 1인분, 순대 허파와 간 빼고 1인분, 단무지 조금. 이상 아빠의 주문으로 샘물분식에서 사온 것. 문병객이 사 가지고 왔던 포도주스와 망고주스 한 병씩.

이상한 조합의 저녁 식사가 시작된다.

"맵다."

서툰 왼손 젓가락질로 열심히 떡볶이를 집어 먹던 아빠가 후후, 숨을 뱉는다.

"싱거운 병원 밥만 몇 끼 먹다 보니 입이 순해졌나 봐. 이상하게 매워."

차연이 종이컵에 생수를 따라서 아빠에게 건넨다.

"안 불편해?"

"뭐가."

"왼손."

"불편해. 그래도 발로 젓가락질하는 것보다는 낫겠지."

고등어 살점을 발라서 아빠 쪽 식판에 올려준다. 밥 위에 그것을 올린 아빠가 수저로 떠서 한 입 크게 삼킨다.

"내가 저번에 말 안 했지?"

아빠가 생각난 듯 우물거린다.

"무슨 말."

"저번에, 사고 났을 때."

"……."

"차 안이 송두리째 뒤집혀서 난리가 났을 때 말이야. 뿌연 연기가 자욱하고 귀는 먹먹하고 여기저기서 신음 소리는 들려오고. 잠깐 정신을 차려보니 뒤집힌 의자 바닥에 이렇게 꼬꾸라진 상태더라고. 겨우겨우 몸을 일으키려고 하는데, 이상하지. 도통 움직이지 않는 거야."

"……."

"어서 빠져나가야지 생각은 하면서도 자꾸만 정신이 흐려지고. 기절할 것만 같고. 아니, 그러다가 잠깐 기절을 했었던 것도 같고."

끔찍한 순간을 이야기하면서도 아빠는 밝은 표정 맑은 목소리다.

"그러던 와중이었어. 누군가 어깨를 치는 거야. 이렇게 톡톡. 톡톡."

왼손을 들어 차연의 어깨를 톡톡, 톡톡 두드린다.

"다친 승객이 도와달라고 하는 건가 생각했어. 아니면 119구급대원이 차 안에 진입한 건가도 생각했지. 그런데 아니었어."

"그럼 누구?"

"놀라지 마. 웃지도 말고."

"누구였는데."

"엄마였어. 네 엄마."

"……"

"내가 깜짝 놀라서 외쳤어. '어, 여보!' 그러려는데 말이 입에서 나오지를 않았어. 목구멍이 꽉 막히고 혓바닥이 얼어붙은 것 같았어. 그때 네 엄마가 말했어."

"……"

"'빨리 일어나요. 많이 다치지도 않았네. 엄살 피우지 말고 어서.'"

"……."

"정신이 번쩍 들더라. 그래서 눈을 떴어. 이를 악물고 겨우 몸을 일으켰어. 그때부터 부러진 팔이 무섭게 아파져 오더라니까. 아그그그."

"아빠."

"알아. 진짜가 아니라는 거. 환상이라는 거. 하지만 이렇게 툭툭, 툭툭 어깨를 건드리던 감촉은 아직까지도 생생해. 환상이건 아니건 그게 뭐가 중요할까. 그 순간에 엄마가 나타나지 않았더라면 내내 기절해 있었을걸. 나중에는 119구급대원들이 들이닥쳤겠지만."

잠깐 기절한 사이에 엄마의 환상을 만났다고 좋아하는 아빠. 그 순간을 회상하며 야릇한 표정을 짓는 아빠. 차연이 다섯 살 때 일상에서 갑자기 사라지고 만 엄마를 아직도 잊지 못하는 아빠.

차연은 아빠에게 무슨 잔소리라도 하고 싶다. 하지만 꾹 참는다. 이상한 조합의 저녁 식사가 끝나고 차연이 바빠진다.

식판을 반납하고, 다 쓴 나무젓가락과 비닐봉지와 휴지와 음료수병 등을 치우고, 간이식탁을 물티슈로 닦아서 접어 넣고, 아빠가 내놓은 헌 속옷과 양말을 챙겨 가방에 넣는다. 학교로 돌아가서 야자 2교시를 마친 다음 집에 돌아가서는 그것들을 세탁기에 넣어야 한다. 깜빡 잊었다가는 가방 안에 헌 빨래를 며칠씩 넣고 다니게 된다.

그새 화장실에 다녀온 아빠가 입가를 찡그리고 있다. 얼음물을 마시고 치아가 시린 사람처럼.

"이거 뭐냐?"

손에 들린 것을 본다. 구강청결제다. 작은 플라스틱 병 안에 연분홍색 투명한 액체가 가득 담겨 찰랑거린다.

아빠가 챙겨오라고 한 물건 중에 하나다. 왼손으로 이 닦는 것도 영 불편하고, 병원에 누워만 있으니 입안이 계속 텁텁하다면서.

"가져오라며."

"집에 있던 거 아니지? 그건 초록색이었는데."

"거의 다 써서."

"산 거야?"

"오늘 산 거는 아니고……. 이상해? 맛없어?"

"구강청결제가 음료수냐. 맛이 없긴."

"히히."

"그런데 이건 너무 이상하다. 꼬마 애들 불량식품 같아. 싸구려 음료수 맛."

"음료수 아니라며."

"그렇긴 한데, 그래도 좀 심해. 가×린이나 리스×린 같은 게 좋은데."

차연이 아빠에게서 플라스틱 병을 받아 든다.

"알았어. 나중에 그런 걸로 사 올게."

"됐다. 곧 퇴원할 텐데."

이것저것 챙긴 가방을 어깨에 멘다. 병실 문을 연다.

"갈게."

"조심히 가. 학교?"

"응."

"야자 끝나고 집에 도착하면 전화 꼭 해."

◆

　서두른 끝에 2교시 시작 시간에 아슬아슬 맞춰 학교에 돌아올 수 있었다.

　부랴부랴 교사 휴게실에 찾아간다. 그러나 야자 복귀를 보고받아야 할 괴벨스는 자리에 없다. 알고 보니 야간근무도 아닌 모양이다. 열심히 달려온 차연이 왠지 허탈하고 짜증 난다.

　"알았다. 내가 내일 너희 담임선생님께 전달할게. 한차연 2교시 맞춰서 야자 입실했다고."

　휴게실의 국어 나한종 선생에게 사정 이야기를 하고 그 같은 다짐을 받을 수 있었다.

　"가봐. 자습 열심히 해."

　"예."

　"가서 애들에게 전해."

　"뭐라고요?"

　"30분 뒤에 순찰 돌 거라고. 자는 놈들, 핸드폰 만지는 놈들, 딴 짓 하는 놈들, 걸리면 가만 안 둔다고."

◆

　화요일 야자 2교시.

　교실에 15명 정도 되는 아이들이 남아있다. 저녁 8시가 넘었다. 교실 안은 대체로 조용하다.

개중에 3분의 1은 책을 펼치는 대신 베고 누워 깊은 잠에 빠져들었다. 차연이 영어 교재를 펼친다. 《매일 3단계 영어독해 전국연합학평 기출》. 5월이 가까웠는데 아직도 2장 앞부분이다. 2021년 9월 학력평가 20번 문제다. 밑줄을 그어가며 지문을 읽는다. 'It is easy to judge people based on their actions. We are often taught to put more in action than words…….' 다시 밑줄을 그어가며 지문을 읽는다. 그러나 도통 머리에 들어오지 않는다. 아까부터 계속 한 문장에 막혀 오락가락 헤매는 중이다. 이 판국에 공부가 술술 잘되면 그게 더 이상하겠지.

영어책을 옆으로 치운다. 핸드폰을 꺼내 든다. 거기 저장된 동영상 파일을 재생한다.

CCTV에 포착된 밤거리의 어느 순간들. 〈괴상한충우TV〉 채널에 얼마 전에 업로드 된 동영상.

"어이 학생, 전화기 안 내려놔?"

등 뒤에서 누군가 잔소리한다. 진구다.

"이 시국에 공부가 되냐."

"그거 또 보는 거야?"

"복습 중."

"참 열심이네."

"뭐든 열심히 해야지. 공부건 뭐건. 세상을 살리려면."

"성우이용원에서는 무슨 소식 없었냐."

"있을 리가. 별다른 소식이 있다 해도, 그걸 나한테까지 친절하게 전해줄 리가."

야자 끝날 때까지 30분이 남아있다. 잠도 오지 않는다. 오늘따라 조용한 교실 분위기가 도통 적응 안 된다.

혼자 병실을 지키고 있을 아빠를 생각한다. 떡볶이국물에 순대를 찍어 먹다가 사고 당시 비몽사몽 엄마를 만났다고 털어놓던 그 야릇한 표정을 생각한다. 가방 앞주머니를 열고 예의 물건을 꺼내 든다. 덴티샤워 체리 맛. 135밀리리터 동글납작한 플라스틱 병. 연분홍색 액체가 찰랑찰랑.

영원고등학교 앞에서 똥변 신동빈을 만나던 날이다. 진구와 셋이서 알밥을 먹었고, 박주은이 죽던 5교시의 장면들에 대해 이야기 들었고, 그 와중에 전혀 예상 못 한 성이연의 전화를 받고는 깜짝 놀랐다. 그리고는 초등학교 앞 삼거리, 이비인후과 병원이 있는 2층 건물 1층 편의점에서 이 물건을 샀다. 입안에 매운 알밥 양념 냄새가 가득했으며 그 상태로 성이연을 만나고 싶지 않았다. 그리고…….

다시 핸드폰을 들여다본다.

잠시 멈추었던 동영상을 재생시킨다.

밤거리. 가로등이 환한 편의점 앞. 마주 서서 대화를 나누는 남녀 고등학생들. 이윽고 화면 왼편 하단에서 등장하는 인물. 몹시 취한 걸음으로 학생들에게 다가와서, 뭐라 웅얼거리다가 오른쪽에 선 여학생에게 벼락같이 몸을 날리는 장면. 목표물이 된 여학생이 세차게 저항하고, 잠시 후 반전. 발버둥 치던 여학생을 와락 밀쳐내고는 괴로워하는 양복 남자. 바닥에 구토를 쏟아내더니 버르적버르적 도망치는 뒷모습.

답답하다.

가슴이 답답하다. 머리가 답답하다. 온몸이 답답하다.

뭔가 잡힐 듯 잡히지 않는다. 뭔가 중간에 꽉 막힌 느낌이다.

하지만 그게 무엇인지 여전히 알 수 없다.

답답하고 또 답답하다.

# 나쁜 꿈

집에 돌아오니 10시 17분.

피곤하고, 저녁을 대충 먹어서 그런지 배도 고프고, 또한 괜히 무섭다. 밤늦게 집에 혼자 있는 게, 혼자 잠자리에 들고 다음 날 알람 소리에 혼자 깨어나는 게 하루 이틀 일은 아니다.

그런데 이상하다. 오늘따라 텅 빈 집 안이 말도 안 되게 넓고 낯설다. 말도 안 되게 무섭고 그래서 괜히 서럽다.

방 두 곳과 화장실과 거실과 다용도실의 불을 모두 켠다.

TV 볼륨을 크게 올린다.

늦은 시간인 데다 조금 귀찮긴 하지만 아무것도 안 먹기엔 뭔가 섭섭하다. 라면은 지겹고 그래서 냉동실을 뒤적인다. 딱딱하게 얼어붙은 식빵을 한 장 꺼낸다. 넓은 그릇에 달걀 한

알을 깨 넣고, 우유를 조금 붓고 소금과 설탕을 조금씩 넣는다. 달걀물을 휘휘 섞어 젓고 거기 식빵을 담가 앞뒤로 적셔준다. 프라이팬을 가스레인지에 올리고 기름을 조금 두른다. 달걀물 담뿍 머금은 식빵을 프라이팬에 굽는다. 뚝딱 만들어낸 차연표 프렌치토스트를 접시에 담아 TV 앞으로 간다. 케이블 채널에서 눈에 익은 영화가 방송 중이다.

답답하다.

여전히 가슴이 답답하다.

여전히 머리가 답답하다.

여전히 온몸이 답답하다.

뭔가 잡힐 듯 여전히 잡히지 않는 기분이다. 여전히 뭔가 중간에 꽉 막혀있는 느낌이다. 하지만 그게 무엇인지 여전히 알 수 없다.

전화가 온다.

"어, 아빠."

— 어디?

"집."

— 야자 끝나고 온 거야?

"조금 전에."

— 전화해 달라고 했잖아.

"미안. 깜빡했어."

— 뭐 해.

"식빵."

— 식빵?

"토스트 해 먹는 중."

— 그래 먹어. 먹고 이 닦고. 어서 자.

"아빠도."

— 내일 학교 늦지 말고.

"응."

자리에 눕는다.

불을 끄자 거짓말처럼 머릿속이 맑아온다.

졸음이 쏟아지지만 잠은 오지 않는다. 희한한 노릇이다. 좀처럼 잠이 오지 않을 것 같다. 이러다 밤을 꼬박 새우는 것 아닌지 걱정스럽다.

핸드폰을 집어 든다. 한참을 뒤적이다가 내려놓는다. 어두운 천장을 향해 똑바로 눕는다. 눈을 감고 숫자를 센다. 백부터 일까지. 천천히. 백. 구십구. 구십팔 구십칠……. 참 이상한 날이네. 육십사 육십삼 육십이 육십일……. 이럴 줄 알았으면 병원에서 아빠와 함께 밤을 보내는 건데. 거기라면 오히려 지금보다 더 마음 편했을 텐데. 칠십오 칠십사 칠십삼 칠십이 칠십일…….

진구에게 전화를 해볼까. 같이 자자고 할까.

머릿속은 점점 밝아만 오고 있다.

이불을 젖히고 일어나 앉는다.

이렇게 누워서 뒤척거리느니, 차라리 몸을 움직이자.

집 근처라도 한 바퀴 산책하는 게 낫겠어.



◆



골목길이다.

차 한 대가 겨우 다닐 만큼 좁은 길이다. 자정이 지난 시간
이다.

길 양편에 다세대주택들이 바투 붙어 늘어섰고, 창문들은
대부분 불이 꺼져있다. 그 길을 천천히 걷는다. 저벅저벅 자신
의 발소리를 귀에 새기며 아주 느리게 골목길을 걷는다. 전봇
대 아래 주차해 둔 승용차를 지나 골목의 가장 깊은 지점까지
들어선다.

이 길, 참 오랜만이구나.

"……저기요."

초록색 의류 수거함 안쪽으로 더 좁은 골목이 이어지는 어
름이다. 누군가 주저주저 나직이 속삭인다.

차연이 걸음을 멈춘다. 더 좁고 어두운 골목 안을 기웃거
린다.

아무도 없다. 아니다. 잘 보이지 않는다.

"저기, 나예요."

좁고 어두운 골목 안으로 한 걸음, 또 한 걸음 다가간다. 저

편에서 작은 그림자가 조금씩 움직인다. 이편으로 다가온다. 천천히.

"어?"

차연이 놀란다.

"오랜만이에요."

성이연이 앞머리를 쓸어 넘긴다.

주황색 가로등이 그녀의 옆얼굴을 비스듬히 밝혀준다.

어딘지 창백하다. 어딘지 아파 보인다. 어딘지 지쳐 보인다. 어딘지 힘들어 보인다. 이 골목에서 일주일 넘게 머물며 누군가를 기다린 것만 같은 모습이다.

"저어, 괜찮으세요?"

"물론이죠."

"되게 안 좋아 보여요. 마치……."

"견딜만해요."

옅은 주황색의 꽃무늬 원피스. 반짝이는 물방울무늬 펜던트가 달린 검은 레이스 초커. 초커에 감싸인, 희고 가는 목덜미.

"그동안, 참 많은 일들이 있었지요. 알고 있나요?"

성이연이 하얀 앞니를 드러내며 소리 없이 웃는다.

"세상이 변하고 있어요. 지금 이 시간에도 보이지 않는 곳들로부터 놀라운 변화가 진행 중이에요. 얼마나 신비로운 일인지."

담벼락에 등을 기댄다. 고개를 쳐들고 하아, 하아 어깨로 숨을 내쉰다.

하아, 하아, 힘겹게 숨을 내쉬던 성이연이 차연을 바라본다. 오래오래 바라본다. 성이연의 키가 제법 크다는 생각을 처음으로 해본다.

"물어볼 게 있어요."

성이연이 한 걸음 다가온다. 차연이 차마 한 걸음 물러서지 못한다.

골목길은 좁고 조용하다.

"차연은…… 어떻게 생각하나요."

그렇게 말하느라 오물거리는 성이연의 입술 모양이 아찔하다.

"나를, 어떻게 생각하나요."

한 걸음 더 다가온다. 손을 뻗지 않아도 닿을 거리다.

"친구로서. 사람으로서. 여자로서."

"무슨…… 말씀인지."

"그 말이 어려워요?"

"……."

더 가까이 다가온다. 세차게 차연을 끌어안는다. 깜짝 놀란 차연이 그 품을 뿌리치며 물러선다. 그러려고 애쓴다.

하지만 불가능하다.

성이연의 눈빛이 차갑게 불타오른다. 성이연의 두 손이 목덜미를 끌어당긴다. 성이연의 얼굴이 가까이 다가온다. 그 힘이 엄청나다. 믿을 수 없는 노릇이다. 좁고 인적 드문 골목길. 차연이 비명도 지르지 못한다. 성이연의 입술을 끝내 피하지 못한다. 그 감촉. 그 온도. 그 느낌. 질끈 눈을 감고 만다. 입술 사이를 비집고 뭔가 물컹한 것이 들어온다. 그것이 입안에 가득 찬다. 거침없이 식도를 타고 넘어간다. 숨이 막힌다.

"컥!"

그런데 놀라운 일이다. 뜻밖의 반전이다. 성이연이 느닷없이 차연을 밀쳐낸다. 그 바람에 차연이 허우적허우적 뒷걸음질 친다. 벌러덩 엉덩방아를 찧을 뻔한다.

성이연의 얼굴이 잔뜩 일그러져 있다.

"카악 퉤! 퉤!"

헛구역질을 한다. 가슴을 두드리며 진저리를 친다. 땅바닥에 거푸 침을 뱉어낸다.

거듭 당황해 어쩔 줄을 모르던 차연이, 순간 자신의 손에 쥐어진 것을 들여다본다. 동글납작한 플라스틱 병. 연분홍색 액체가 3분의 2쯤 담겨 찰랑거린다.

덴티샤워 체리 맛이다.

이게, 맙소사, 언제 내 손에?

성이연이 차연을 노려본다. 차연의 손에 들린 물건을 노려본다.

"맛이 이상해!"

퉤. 다시 힘차게 침을 뱉어낸다.

"꼬마 애들 불량식품 같아! 싸구려 음료수 맛이 난다고!"

◆

눈을 뜬다.

침대 위다. 누운 채 어둠 속을 가만히 바라본다. 불 꺼진 방 안 풍경이 희미하게 드러난다.

다시 눈을 감는다.

꿈을 꾸었다. 또다시 꿈에 속고 말았다. 빨간 방보다 더 지독한 꿈이다.

새벽이다.

새벽 4시 32분.

# 5장
# 뜻밖의 작고 약한 희망

# 결석 통보

급기야 아침이 밝아온다. 7시 10분.

급기야 결심을 굳힌다.

새벽 내내 이어진 고민을 끝마친다.

급기야 날아갈 듯 마음이 가벼워진다.

쉽지 않은 선택이다. 열일곱 살 인생을 통틀어 가장 큰 결정이다. 모두를 위해 더는 피할 수 없는 판단이다. 후회는 하지 않을 것이다. 이로 인해 어떠한 상황들을 맞게 된다 해도.

새벽 내내 잠을 설쳤지만 머릿속은 어느 아침보다 명징하다.

부지런히 씻고 나갈 준비를 한다. 비장한 얼굴로 교복을 챙겨 입는다. 학교에는 가지 않을 것이지만 가방까지 멘다. 4층에서 1층까지 계단을 성큼성큼 걸어 내려간다. 동시에 어떤 생각에 깊이 빠져든다. 어떤 문장을 골똘히 궁리한다.

공동현관문을 지나 거리로 나선다. 핸드폰을 꺼내 든다. 깊이 생각하고 골똘히 궁리한 문장을 핸드폰으로 작성한다. 작성했다 지우고 또 썼다가 고친다. 좀처럼 마음에 들지 않는다. 모두 지우고 다시 비슷한 문장을 만든다.

'담임'이라는 이름으로 저장된 전화번호를 향해 보내는 문자다.

선생님 죄송합니다. 어젯밤부터 갑자기 열이 나고 머리가 아프더니 오늘 아침은 도저히 일어나기가 힘드네요. 환절기 감기가 심하게 걸린 것 같아요. 아무래도 정상적으로 등교하기는 힘들 것 같습니다. 한차연 올림.

'오늘 아침'을 '오늘'이라고 고쳤다가 '어젯밤'과 제법 대구가 되는 듯하여 다시 '오늘 아침'으로 바꾼다. 그냥 '감기'는 왠지 밋밋해서 '환절기'라는 단어를 덧붙여 본다. 요즘 같은 계절이 환절기인지 아닌지는 잘 모르겠다. '그래서 학교에 못 갈 것 같습니다'로 시작한 문장은 결국 '아무래도 정상적으로 등교하기는 힘들 것 같습니다'라고 정리되었는데 여전히 마음에 들지 않는다.

에라 모르겠다. 핸드폰 백일장에 참가한 것은 아니니까.

두 번을 더 읽어보고 문자 보내기 버튼을 누른다. 한 차례

심호흡을 한다. 뜻밖에 기분 담담하다. 이제 강을 건넜으며 주사위는 던져졌다. 돌아갈 길은 이제 없다.

큰길로 나선다. 횡단보도 앞에 선다.

아침이다.

사람들이 부지런히 걷는다. 차량들이 부지런히 질주한다. 다들 바쁘다. 모든 게 왠지 새롭게 보인다. 왠지 다르게 보인다. TV를 보는 게 아니라 TV를 끄고 새카만 모니터 화면에 비친 자신을 보는 기분이랄까. 그 와중에 상준고 교복을 입은 학생들이 여기저기 눈에 띈다. 느닷없이 비장해진다.

학교는 너희들이 지켜라. 나는 세상을 지키련다.

길 건너 편의점에 들른다. 구강청결제를 찾는다. 없다.

가×린은 있다. 리스×린도 있다. 그러나 찾는 브랜드는 보이지 않는다. 학교 가는 방향으로 더 걷는다. 동물병원이 있는 길모퉁이, 아까보다 조금 더 작은 편의점이 보인다. 여기에도 찾는 물건은 없다. 차연이 조금 당황한다. 시작부터 생각 못한 암초를 만난 기분이다.

발걸음을 돌린다. 여태 걸어온 길을 되짚어 돌아간다. 10분 가까이 걷는다. 날이 좋다. 화창한 아침이다.

초등학교 사거리 근처로 돌아온다. 이비인후과 병원 건물 1층 편의점을 찾아간다. 그러나 없다. 그때 그 제품이 놓여있던 그 자리에, 별생각 없이 무심코 그 물건을 집어 들었던 바로 그 자리에 다른 상품들만 가득하다.

"그런 건 못 본 것 같은데. 여기서 샀다고요?"

점원 아줌마는 브랜드 이름조차 기억 못 하는 눈치다. 벌써 세 번째로 허탕을 치고 거리로 나선다. 조바심이 인다.

안 되는데. 시작부터 이러면 안 되는데.

지하철역 근처. 화장품과 건강용품 전문 체인점이 있다. 제법 큰 가게다. 여기라면 구할 수 있지 않을까.

24시간 영업하는 편의점과 달리 이제야 오픈 준비가 한창이다. 차연이 들어서자 초록 유니폼을 입은 직원이 미안한 얼굴로 웃는다.

"죄송하지만 15분 정도 기다리셔야 해요."

"15분요?"

"아직 전산 연결이 되지 않아서요. 그동안 매장 둘러보시는 건 상관없고."

그러나 15분이나 기다릴 필요가 없다. 여러 종류의 구강청결제 제품이 진열되어 있었지만, 개중 유명한 가×린과 리스×린을 비롯해 다른 상표의 구강청결제도 한두 개 있었지만, 찾는 것은 보이지 않는다.

"그 제품은 들어오지 않아요."

초록 유니폼 직원이 이번에는 웃지 않는다.

"이번 주까지 리스×린 원플러스원 세일 중인데."

가게를 나와 큰길에서 조금 서성인다. 난감하다. 어쩔 것인가.

잠시 궁리 끝에 빠르게 생각을 정리한다. 이러고 있을 시간이 없다. 일단은 서울로 나가는 9088번 빨간 광역버스를 타기로 한다. 어쨌거나 이편이 우선이다. 어쨌거나 9088번이 아니고서는 오늘 임무의 문턱에도 접근 못 할 것이다.

게다가 서울이라면 다를 것이다. 찾는 물건을 손쉽게 구할 수 있을 것이다. 손쉽게 구하지는 못한대도 물건을 찾아볼 가게는 훨씬 더 많이 만날 수 있을 것이다.

출근 시간을 조금 넘긴 광역버스 안은 빈자리가 드문드문 눈에 띌 정도다.

뒷자리에 앉아 핸드폰으로 시간을 확인한다. 어느새 1교시 수업이 끝나갈 즈음이다.

이 시간에 교복 입고 가방 메고 서울로 가는 버스 안이라니, 뱃속이 찌르르하다. 기분은 과히 나쁘지 않다. 핸드폰을 확인한다. 새로 온 문자는 없다. 아까 차연이 구구절절 써 보낸 문자는 읽은 것으로 확인된다. 그러나 그에 대한 어떤 답 문자도 오지 않고 있다.


감기 걸렸을 때는 휴식이 최고라고 한다. 몸조리 잘하고, 약 꼭 챙겨 먹고, 내일은 건강한 모습으로 다시 만날 수 있었으면 좋겠다. 언제라도 다시 연락하렴.

담임이.

그처럼 다정한 문장은 바라지도 않는다.

병원 가서 진단서 챙겨 와. 그거 없으면 무단결근 처리된다.

적어도 그 정도 답장은 오지 않을까 싶었다. 그런데 두 시간 가까이 감감무소식이다.

마음이 점점 불편해진다.

괴벨스는 무슨 생각일까. 깜빡 잊었을까. 바빠서 답 문자를 보낼 겨를이 없는 것일까. 아니면 화가 났을까. 내 꾀병을 훤히 들여다보는 중일까.

저번처럼 실수하지 않고 종로3가 정류장에서 내린다. 눈에 띄는 편의점 두 곳을 차례로 들른다. 연속으로 허탕을 친 채돌아 나온다. 세 번째로 찾아간 곳은 공인중개사 건물 모퉁이의 작은, 아주 오래되어 보이는 약국이다. 마침내 원하는 물건을 만난다. 덴티샤워 마일드 체리 맛. 그것도 1,000밀리리터 대용량이다.

"그게 좋은가?"

검은 마스크를 쓴 할아버지 약사는 종류 다양한 구강청결제 중에서 하필 콕 찍어서 덴티샤워를, 그것도 체리 맛을 찾는 이유가 궁금한 눈치다. 들어보지도 못한 덴티샤워 체리 맛 구강청결제를 받아 들고 기뻐하는 차연의 반응이 의아한 눈치였다.

"모르겠어요. 심부름 받았거든요."

뭐라고 더 캐묻지는 않는다. 캐묻는다 해도 속 시원한 대답은 듣지 못했을 것이다. 왜냐하면 차연도 모르기 때문이다.

312바이러스 감염자에게 치명적으로 작용하는 물질이 덴티샤워 체리 맛에만 들어있는 성분 가운데 하나일지. 덴티샤워뿐 아니라 가×린 오리지널이나 리스×린 쿨민트 등등 대부분의 구강청결제에도 그 성분이 들어있을지. 그 물질이 과연 312바이러스의 위협으로부터 우리를 지켜내는 데 유의미한 도움을 줄 수 있을 것인지.

㈜덴티 메디. www.dentimedi.com. 물리/화학/생물학 연구개발, 수출입/무역/전자상거래 등 물리, 화학 및 생물학 연구개발업체. 중소기업. 대표자 박상훈. 설립일 2015년 10월 19일. 매출액 10억 미만 (2018.12. GAAP 개별). 종업원 18명(2019.4.) 평균 연봉⋯⋯.


지난 새벽, 인터넷에서 '덴티샤워'를 제조 판매하는 업체를 찾아보았다. 회사가 운영하는 홈페이지도 찾아보았다. 기능성 칫솔과 치약, 구강청결제, 구강관리용품 등 자사 제품을 소개하고 온라인 주문을 돕는 웹사이트였다. 다양한 종류의 상품들 속에서 예의 덴티샤워 마일드 체리 맛을 찾아볼 수 있었다.

새벽은 길었다. 길고 길었다. 꿈속의 끔찍한 장면들이 깨고 나서도 여전히 생생했다. 생생하게 남아 차연을 혼란케 했다.

칫솔질만으로는 부족하다?

매일 간편하게, 단 30초만으로, 입안 충치 원인균을 효과적으로 제거!!

뮤탄스균은 식사 후 남아있는 음식물로부터 생성된 뒤 입속에 머물며 치아를 부식시키고 치아 틈새로 충치를 빠르게 옮기는 충치의 가장 큰 원인균입니다. 덴티샤워 사용 후 30초면 이러한 충치 원인균의 99.9%를 살균할 수 있습니다. 덴티샤워만의 세틸피리디늄염화물수화물 성분이 구강 내 유해균을 파괴하여 프라그 생성과 치은염을 예방하고, 플로오르화나트륨 성분은 치아에 불소막을 형성하여 충치균에 의한 부식을⋯⋯.


3교시가 막 시작될 시간이다.

괴벨스는 아직 답 문자를 보내오지 않고 있다.

탑골공원 후문 근처를 아주 잠깐 헤맨 끝에 지난번의 기억을 되살린다. 어렵지 않게 성우이용원을 찾아간다. '염색 전문' '이발 4,500원'이 큼직하게 나붙은 출입문을 당겨 연다. 이발소 특유의 비누 냄새, 더운물 냄새, 석유보일러가 연소되는 냄새.

"어서 오세요."

이른 시간이라서 그런지 실내는 지난번보다 한산하다.

세 개 나란히 놓인 이발소 의자 맨 왼편에, 지난번 그 모습 그대로, 이마까지 새카맣게 염색약을 바른 뚱뚱한 아저씨가 앉아서 졸고 있다. 손님이라고는 그가 유일하다. 서랍을 정리하던 구깃구깃 흰 가운의 대머리 이발사가 차연을 향해 천천히 돌아선다. 느릿느릿 묻는다.

"이발?"

"이발하러 온 거 아니에요. 염색하러 온 것도 아니고."

준비했던 대사를 읊는다.

"멧비둘기를 찾아왔어요."

"누구를?"

"멧비둘기요."

대머리 이발사가 눈을 껌뻑인다.

"아하, 저번에 왔던 그 학생이구나. 두 친구가 왔던. 맞지?"

"예."

크고 이상하게 생긴 붕어들이 장난감처럼 떠다니는 수족관 옆으로 선반이 서있고 거기 놓인 라디오에서 옛날 가요가 낭창낭창 흐르는 중이다. 너에게로 또다시, 돌아오기까지가, 왜 이리 힘들었을까, 이제 나는 알았어, 내가 죽는 날까지…….

저편 빨래 건조대에 젖은 수건들을 가지런히 펼쳐 널던, 왜소한 체구의 백발 이발사가 차연을 알아본다.

"허, 또 무슨 볼일이?"

일감을 내려놓고 다가온다. 머리가 하얗게 세었지만 붉은 안색이 더없이 건강해 보인다.

"놀러 온 거 아니에요. 개인적으로 뭘 부탁하러 온 것도 아니에요. 312바이러스를 막는 데 큰 도움이 될, 그럴지도 모를 이야기에요. 그래서 학교도 빠지고 오는 길이에요."

백발 남자가 고개를 끄덕인다.

"알았어. 어쨌거나 찾아온 사람 돌려보내는 데는 아니니."

따라오라고 까딱까딱 손짓을 하며 앞장선다.

이발소 전용의자 맨 왼쪽, 까만 염색약을 이마 위까지 칠하고 잠들어 있는 뚱보 아저씨에게 다가간다.

"박 사장. 어이 박 사장!"

그의 어깨를 툭툭 친다.

"잠깐 일어나 봐. 손님 오셨어."

뚱보 박 사장이 컥, 숨을 들이마시며 잠에서 깨어난다.

꿈틀꿈틀 몸을 뒤척인다. 비대한 체구를 힘겹게 씰룩이며 의자에서 일어선다. 배경도 인물도 방식도, 모든 게 저번과 거의 똑같다. 한 편의 이상한 연극을 두 번째로 감상하는 기분이다.

백발 이발사가 의자 등받이에 두 손을 가져간다. 힘차게 떠다밀자 의자가 저편으로 드르륵, 밀려난다. 그 자리에 직경 2미터 정도의 구멍이 드러난다. 지하로 향하는 입구다. 입구 아래로 철제 계단이 새카맣게 이어지고 있다.

"가보자고. 저번에 와봤으니 알지?"

# 접수번호 4123

국제공항 대합실. 초대형 돔구장. 수백 명의 이주민 가족을 싣고 미지의 식민지 행성으로 향하는 스페이스십.

길을 헤매다가 잃기에 딱 좋은 비현실적 공간.

걷는다. 혼자 되어 한참을 걷는다. 15분가량 쉬지 않고 걷는다.

마침내 백발 남자가 일러준 D-08 부스에 도착한다.

부스의 은색 철문 안으로 들어선다. 실내에는 아무도 없다. 지난번 C-12 부스와는 다르다. 입구 맞은편에 초대형 창문이 달려있다. 창밖으로 깊고 푸르른 숲속 풍경이 아찔하게 펼쳐져 있다. 지하 8층에 이런 규모의 인공 숲이라니. 잠깐 넋을 잃고 만다.

잠시 후, 숲속 풍경이 서서히 희미해지더니 다른 장면으로 바뀐다. 이번에는 햇살 작열하는 오후의 해변이다. 한여름 바다 냄새가 코를 찌르는 것 같다. 창문이 아니라 스크린이다. 창밖 풍경이 아니라 스크린에 재생되는 동영상이다. 아찔하도록 정교하고 선명한 화면이다.

4교시가 끝나갈 시간이다.

은색 고글 남자를 기다린다.

학교는 지금쯤 급식 준비가 한창일 것이다. 안동식 찜닭, 오징어짬뽕국, 부추전, 수수 잡곡밥, 멜론 맛 아이스바. 중간고사 시험 범위는 몰라도 일주일 치 급식 메뉴는 대충 기억할 수 있다. 배가 고프다. 오늘의 메뉴를 잠깐 떠올리니 더욱 그러하다.

괴벨스에게서는 아직 어떠한 문자도 오지 않고 있다.

알 수 없는 일이다. 그래서 마음이 도통 편치 않다. 무단결석 처리가 걱정되는 건 아니다. 학생부에 무단결석 기록이 남으면 대학 입학이나 훗날 취업에도 안 좋은 영향을 미칠 수 있다지만 지금 그런 것은 문제가 아니다.

괴벨스는 화가 많이 난 것일까.

햇살 작열하는 바닷가 백사장 풍경이 희미해지더니 이제 창밖은 늦가을 공원의 낭만적인 정취가 시야 한가득 펼쳐진다. 낙엽 길을 따라 걷는 사람들. 바람 불고, 노란 낙엽이 우수수 떨어지고, 다시 스산한 가을바람이 불어오는 나무 벤치.

은색 고글은 나타나지 않고 있다. 지난번보다 더 늦어지고 있다. 학교는 어느덧 점심시간이 끝나고 5교시에 들어갈 즈음이다. 아무도 없는 D-08 부스에서 오지 않는 사람을 하염없이 기다리는 중이다. 답답한 노릇이지만 이해할 수 있다. 지구상에서 가장 바쁜 사람들이니까.

그런 생각으로 배고픈 것도 따분한 것도 참는다. 참고 또 참는다. 그럼에도 시간이 흐를수록 뭔가 잘못된 것 아닌가 하는 의심은 어쩔 수 없다.

중간에 어떠한 착오가 발생한 것 아닐까.

그리하여 결코 나타나지 않을 사람을 막연히 기다리고 있는 것 아닐까. 앞으로 두 시간이 지나도 이틀이 지나도 상황은 지금과 마찬가지 아닐까.

시간의 속도가 점점 느려지고 있다.

창문에 겨울의 까마득한 설산 풍경이 이어지고, 어느덧 봄이 찾아오고, 다시 여름의 해변으로 바뀌고 있다.

슬그머니 부스 밖으로 나온다. 도움을 청할 누군가를 찾아 주변을 둘러본다. 그러나 보이는 것은 국제공항 대합실 같고 돔구장 같은 공간, 황량하도록 드넓을 뿐이다.

1층 성우이용원으로 돌아가 봐야 하려나. 백발 이발사에게 자초지종을 따져 물어야 하려나.

그때였다. 누군가 다가온다. 차연을 향해서, 머뭇거림 없이 곧장.

"혹시 한차연 학생인가요?"

여성이다. 키가 엄청나게 크다. 190센티미터는 넘을 것 같다.

"예······."

"안녕하세요. 98D-7346이 보내서 온 사람입니다."

"98D?"

"양해 바랍니다. 매달 바뀌는 직원 번호로만 서로를 호칭하거든요. 누군가 찾아오신 거 맞죠?"

"예. 은색 고글 쓴 분."

"그분이 98D-7346이세요. 저는 그분의 부탁으로 대신 학생을 만나러 온 44C-0283이고요."

새삼 여자를 올려다본다.

반들거리는 폴리염화비닐 소재의 검은색 반짝이는 투피스. 분홍색 단발머리. 새하얀 얼굴과 붉은 입술. 엄청나게 큰 키.

"98D-7346은 지금 지부에 안 계십니다. 면회 허가를 받고 이곳으로 오려던 참에 긴급한 상황이 발생했거든요. 당장 서둘러 출동해야 할 사안이었고. 그래서 부랴부랴 이곳을 떠난 게 45분 전의 일이지요."

"아······."

"제가 98D-7346으로부터 연락을 받은 건 17분 전이었어요. 본인 대신 면회객을 만나달라는 부탁이었어요. 사정을 설명하고, 무슨 일로 찾아왔는지 충분히 이야기 들은 다음에 돌려보내라는."

여자의 비닐 옷깃에, 어김없이 멧비둘기 배지가 사뿐 내려앉았다.

"어쨌거나 죄송하게 됐어요. 이해 부탁드려요."

얼떨떨하다. 얼떨떨한 와중에, 여자가 누군가와 비슷하다는 생각을 한다. 누군가와 닮았다는 생각을 한다. 인상이 그렇다. 그런데 그게 누구인지 기억이 날 듯 나지 않는다. 답답한 노릇이다.

"실례가 되지 않는다면 무슨 용건으로 98D-7346을 찾아온 것인지 여쭐 수 있을까요?"

공장에서 갓 출고된 듯 밝고 환하고 싱싱한 얼굴. 중성적인 저음.

"제 선에서 가능한 내용이라면 바로 해결해 드릴 수도 있을 거예요. 편히 말씀해 보세요."

차연의 머릿속이 북적북적 복잡해진다.

믿어도 되는 것일까. 누군지 모를 여자를 믿고 모든 것을 털어놓아도 상관없는 것일까.

"다른 게 아니라…… 312바이러스에 대한 내용인데요."

하긴 그렇지. 누군지 모르기는 은색 고글도 마찬가지.

"확실한 건 아니지만, 그래도 한 번쯤 검증해 볼 가치가 있지 않을까 싶어서요."

메고 있던 가방을 벗는다. 지퍼를 열고 그 안에 묵직하게 담긴 물건을 꺼내 든다. 분홍색 단발머리가 빨아 마실 기세로 차연을 내려다보고 있다.

덴티샤워 마일드 체리 맛.

아빠 표현으로 싸구려 음료수 맛이 난다는 그 제품. 마개의 비닐도 뜯지 않은 1,000밀리리터. 무려 두 병.

"이게 뭔가요?"

분홍색 단발머리가 눈을 세모로 뜬다.

"구강청결제에요."

"그런 것 같네요."

"구하느라고 애 좀 먹었어요. 아침부터 편의점과 약국을 열 군데는 돌아다닌 것 같아요."

"고생하셨네요. 그런데 이걸 왜……."

여자와 닮은 누군가가 누구였는지, 그제야 환히 기억이 난다.

성이연. 그 인상을 꼭 빼닮았다.

"감염자들이 이 제품을, 이 냄새를 아주 싫어하는 것 같아요."

"응?"

"황당한 소리 같지만 그렇게 판단한 근거가 있어요. 제 경험이 바로 그거예요."

"아……."

여자가 난감한, 뭔가 당황한 표정이다. 눈을 빠르게 깜빡인다.

"죄송하지만 이건, 음, 제 선에서 해결해 드릴 사안은 아닌 것 같군요."

차연의 주장을 충분히 신뢰하는 얼굴이 아니다. 하긴 누구라도 그 비슷한 반응이었을 것이다.

"하여간, 예, 잘 알았습니다. 시간 되는 대로 98D-7346에게 전달할게요. 됐죠?"

# 불길한 전화

탑골공원 뒷골목을 빠져나온다.

세 시간 만이다. 기진맥진 온몸에 힘이 빠진다. 세 시간 아니라 3일 동안 깊고 험한 밀림 속을 헤매고 다닌 기분이다. 정신을 차려보니 가까스로 구조되어 응급 침상 위에 누워있는, 그런 기분이다.

4시 18분. 학교는 수업이 모두 끝나고 종례마저 끝나갈 시간이다.

무단결석이 빈틈없이 완성되고 있다. 은색 고글 남자는 끝내 만나지 못했다. 대신에 분홍색 단발머리에게 해야 할 이야기, 하고 싶은 이야기를 모두 다 전했다. 아울러 힘들게 구한 덴티샤워 체리 맛 두 병을 아낌없이 전달했다. 탑골공원에 다시 찾아온 목적을 비슷하게나마 달성한 셈이다. 그럼에도 어딘지 찜찜하다. 학생의 도움으로 312바이러스 백신이 획기적으로 개발 성공하기를 나 역시 바란다는 진심인지 뭔지 모를 분홍색 단발머리의 격려까지 들었건만 어딘지 개운치 않다.

괴벨스로부터는 아직 아무런 답장도 오지 않고 있다. 진구로부터 장문의 문자 두 개, 부재중 전화 세 통 온 것이 전부다.

곤혹스러운 노릇이다. 마음이 불편하다. 복합적으로 불편하다. 이 복합적인 불편을 해소할 방법은 세상 어디에도 없을 것 같다.

오후가 깊어가고 있다. 횡단보도를 건너 종로1가 방향으로 걷는다.

이제 뭘 할까. 집에 갈까. 가서 잠이나 잘까. 아빠 병원에 가볼까. 일단 뭘 좀 먹을까. 아, 돈이 없네. 텐티샤워 사는 데 다 써버렸지.

그런데 뭔가 어수선하다.

거리 분위기가 뭔가 어수선하다.

YMCA 건물 근방에서 그 이유가 밝혀진다.

사람들이 모여있다. 사람들이 천천히 이동하고 있다. 시위 군중이다.

피켓을 들고 깃발을 든 사람들이 일제히 구호를 합창하며 한 방향으로 걷는 중이다.

경찰이 터준 차선 하나를 따라 종로1가 쪽으로 행진하는 중이다. 줄이 제법 길다. 저편 선두가 잘 보이지 않는다. 1,000명은 넘지 않을까. 걷는 방향이 같으므로, 차연이 자연스럽게 그들을 뒤따른다. 사람들의 구호 소리가 귀에 쏙쏙 들어온다.

"실종사건 규명하라!"

"사망사건 공개하라!"

"국민들은 불안하다!"

"보건정부 응답하라!"

광화문 광장에서 첫 시위가 벌어진 게 어제 오후다.

이른바 '살인 바이러스'에 대한 정부의 입장 발표와 대책 마련을 촉구하는 모임들이 몇몇 지방 도시들에서도 산발적으로 이어졌다. 시위대와 경찰이 충돌하며 다치거나 연행된 사람들도 발생했다고 한다. 사회적 불안감이 빠른 속도로 확산하는 속에서, 곧 국무총리 담화가 있을 것이라는 이야기도 들려왔다.

주변의 누군가 어느 날 갑자기 정체 모를 질병에 감염되고, 일상생활이 불가능할 지경으로 악화되고, 속수무책으로 병원을 전전하다가 끝내 목숨을 잃고, 가까이에서 그 모습을 지켜보거나 멀리서 전해 들은 이들이 SNS에 그 이야기를 퍼트렸다. 인터넷과 핸드폰을 통해서 비슷한 사연들을 접한 더 많은 사람들이 이에 반응하는 한편 자신이 알고 있는 비슷한 이야기들을 덧붙였다. 주변의 누군가, 어느 날 갑자기 사라지고, 연락이 끊기고, 그러다가 도시 뒷골목에서 주검으로 발견되곤

하는 사건에 대해서.

불길한 반응들이 소리 없는 연쇄반응을 일으키며 번져 갔다. 살인바이러스가 무엇인지, 어떻게 불러야 하는지, 어쩌다 이 지경까지 이르렀는지 확실히 아는 이들은 없었다. 하지만 그것에 대해서 전혀 들어보지 않은 이들 역시 거의 없었다. 지난 몇 달 사이에 돌이킬 수 없는 현실이 되고 만 상황이었다.

'이 기세라면 6개월도 못 가서 대한민국 국민 3분의 1이 살인 바이러스에 감염되고 말 것'이라는 이야기까지 나돌았다. '정부는 하루빨리 방역을 위한 격리시설을 설치하고 감염 전파를 최우선으로 억제해야 한다'는 주장들이 SNS 공간마다 심심치 않게 공유되었고 논의되었다. 누군가는 곧 시작될 국가적인 통제 조치에 맞서 자기 자신과 가족을 지키는 방법들을 구체적으로 소개하기도 했다. 생수와 고열량 비스킷 같은 비상식량, 방염 마스크, 손전등과 라디오와 건전지, 비상약품 등 재난 시에 필수적인 재난대비 용품들의 목록을 나열한 게시물들도 눈에 띄었다.

수만 명의 팔로워를 가진 어느 영화 전문가는 자신의 SNS에 〈지구촌 최악의 재난 상황을 다룬 SF영화들〉에 대한 칼럼을 나눠 싣기도 했다. 조만간 일상에 닥칠지도 모를 극한의 비상사태에 대응하는 다양한 방법들을 참고 자료로서 학습하고 널리 공유하자는 의미에서였다.

외계인의 돌연한 침공에 맞서, 세상을 뒤덮은 좀비 바이러스 감염자들의 습격에 맞서, 지구 전체가 빙하로 뒤덮이는 급격한 기상이변에 맞서, 엄청난 속도로 지구를 향해 돌진하는 초대형 운석의 공격에 맞서 세상을 구하고 인류를 지켜내는 주인공들.

피할 수 없는 위기의 징조를 미리 눈치채고 누구보다 빠르게 자신들의 운명을 개척하고 나선 그들은 혼자서 또는 몇몇의 소수 집단으로 행동했다. 대저택의 지하 창고, 폐쇄된 연구소, 강철판으로 중무장한 캠핑카 등을 아지트 삼아 필요한 경우에만 중무장을 하고 외출하되 해가 지기 전에는 거처로 돌아와서 외부의 침입이 가능한 모든 곳을 봉쇄하고 취침 시에도 경계를 게을리하지 않았다. 또한 저마다의 전문 지식을 십분 활용, 외계인 또는 좀비 떼의 위협을 획기적으로 물리칠 수 있는 무기와 백신 개발을 위한 연구를 매일 게을리하지 않았다. 세상의 종말 속에 용케 살아남았을 또 다른 생존 인류들과 계속적으로 소통을 시도하는 한편 반대로 수시로 접근을 시도하는 그들을 향한 감시를 늦추지 않았다. 멸망한 세상 속에서 '나' 또는 '우리' 이외의 인간들이란, 설사 그들이 좀비나 흉포한 식인종으로 변신하지 않았다더라도 일단은 적으로 간주하는 것이 옳았다. 지극히 귀해진 물자 특히 식량을 약탈하는 무리들일 가능성이 높았으므로.

차연은 괴로웠다. 더불어 안타까웠다.

이 모든 상황들을 들여다보면 볼수록 예의 오지랖 증세가 도지며 누군가의 고통스러운 울음소리가, 도움을 청하는 신음소리가 귓가에 들려오는 것 같았다.

주어진 능력을 어서 발휘하지 않고 뭐 하느냐는 원망의 목소리가 들려오는 것만 같았다.

사람들의 우려와 걱정은 과장되었으되 허구의 것이 아니었다. 사람들의 불안과 공포는 막연하되 거짓된 것이 아니었다.

이를테면 그것은 대지진이나 홍수 같은 천재이변을 앞두고 떼 지어 서식지를 탈출하는 들쥐의 본능적 집단행동과 같은 위기의식이었다. 그러나 들쥐처럼 서식지에서 벗어나 벼랑 아래로 몸을 던질 방법도 용기도 없다는 점에서 상황은 오히려 더 심각했다.

정체불명 괴바이러스와 그에 얽힌 온갖 소문들은 아이들 사이에도 어두운 그림자처럼 전파되고 있었다. 요즘은 모였다 하면 그 이야기였다.

보이지 않는 위협과 증상과 전염에 대한 이야기들.

괴바이러스에 감염되면 영화 속 좀비 비슷한 괴물로 변할 수 있다고 믿는 아이들도 있었다. 가족들 모두 감염되어 자신을 공격해 올 상황까지 이르면, 그 이전에 주방의 가스호스를 끊고 불을 질러 함께 생의 최후를 맞겠다는 비장한 각오를 밝히는 아이도 있었다. 모르긴 몰라도 정부에서 모종의 작전을 준비 중일 텐데, 사실 우리는 그 이후를 더 두려워해야 한다고 주장하는 아이들도 있었다. 폭도로 변한 이웃들, 계엄군으로 변한 경찰들, 물자 배급과 이동이 철저히 통제된 세상에서 살아가는 것의 고통에 대해 늘어놓는 아이들도 있었다.

"그래도 나는 믿어. 마블 유니버스의 쉴드나 맨 인 블랙 시리즈의 MIB 같은 초국가적 단체가 어딘가에 분명히 존재할 거야."

장래희망이 시나리오 작가인 SF영화 마니아 준영이는 비교적 낙관적이었다.

"그런 존재들이 지금도 어딘가에서 인류를 위한 반격을 준비 중일 거야. 이 위험천만한 우주에서 지구와 인류가 여태 살아남아 있는, 상태는 엉망이지만 아직 존재하고 있는 이유가 뭐겠어?"

이 모든 상황들을 대면할 때마다, 차연은 속이 타들어 가는 기분이었다.

나서서 뭐라도 해야 할 것 같았다.

고통받으며 죽어가는 사람들을 위해서 뭐라도 하지 않으면 안 될 것 같았다.

그러나 마음뿐, 도대체 어디서부터 시작해야 할지 감조차 잡을 수 없었다.


이런 일은 늘 있어왔어. 과거에도 그랬고 지금도 마찬가지고 앞으로도 그러할 거야. 인류의 숨은 역사는 늘 우주에서 불시에 날아든 위협들에 의한 고난의 기록이요, 그를 끝내 극복해

낸 승리의 기록이거든.

GADI에 처음 찾아갔을 때 들었던 이야기다.

이 상황이 별거 아니라는 이야기가 아니야. 중요한 것은, 지구생태계를 파괴하고 인류를 멸종시키려는 크고 작은 위협들이 수천 년 전부터 숱하게 이어졌다는 사실이야. 그럴 때마다 결국 해결책을 찾고 시련을 극복했던 경험을 인류가 가지고 있다는 사실이야. 312바이러스도 개중의 한 가지 사건일 뿐이야. 그리고 곧 과거의 기록으로 남겨지겠지. 그러기까지 얼마만 한 희생이 따르느냐가 문제겠지만.

그들을 믿고 싶다. 그들의 말을 믿고 싶다.

이 상황에서 한 가닥 희망을 걸어볼 대상은 어쨌거나 정부도 경찰도 군대도 아니다. GADI 요원들도 어제오늘 도심지 곳곳에서 벌어진 시위 소식을 알고 있을 것이다. 이즈음 SNS며 개인 인터넷방송 등을 통해 급격히 확산되는 사람들의 불안과 위기의식에 대해 알고 있을 것이다.

그들의 대책은 무엇일까.

걱정 말고 일상으로 돌아가. 이따위 악몽은 우리에게 맡기고 각자 자리로 돌아가서 자기 할 일 열심히 해. 꼰대 같은 소리

나도 정말 싫어하지만 바로 그게 인류의 미래를 위한 일이고 우리를 도와주는 일이야.

그들을 믿고 싶다. 그들의 당부를 믿고 싶다.

그러나 쉽지 않다.

믿음이란 의도하고 노력한다고 절로 생기지 않는다. 믿음이란 큰 용기 또는 작은 근거들이 필요한 마음이다. 그러나 지금 이 시점에는 그 두 가지 모두 기대하기 힘들다.

"비상사태 선포하라!"

"국민들은 불안하다!"

"보건정부 응답하라!"

같은 방향으로 함께 걷는 사람들.

같은 구호를 함께 외치는 사람들.

같은 마음을 함께 키워가는 사람들.

이 행진은 어디까지 이어지는 것일까. 이 외침은 언제까지 이어지는 것일까. 차연이 그들 사이로 껴들지 못한다. 그들로부터 등을 돌리지도 못한다. 그때 허벅지에 뭔가가 느껴진다. 주머니 속 뭔가가 부르르, 작게 떨고 있다.

핸드폰이다. 전화가 오는 중이다.

성우이용원에 들어서기 전, 영화관에서 그렇게 하듯 전화 알림을 벨소리에서 진동으로 해두었다. 그걸 까맣게 잊고 있었다. 어찌 보면 다행스러운 일이다. 지금처럼 주변이 몹시 소

란하고 시끄러운 상황에서라면 설령 전화벨이 울렸다 해도 그
소리를 놓치고 말았을 것이다.

핸드폰을 꺼내 든다. 발신자를 확인한다.

헉, 숨이 멎고 만다. 단숨에 얼음이 되고 만다.

담임.

저장된 이름은 그러하다. 이건 정말이지 뜻밖이다. 생각도
못 한 일이다.

괴벨스에게 전화가 오다니, 아파서 결석하겠다는 문자를 내
내 '씹혔던' 것보다 백배는 당황스러운 상황이다. 하도 당황한
나머지 전화를 받지 말아야 하나 고민하는 것조차 잊고 만다.
'독한 감기약을 먹고 잠들어서 전화를 못 받았다'는 변명이 나
중에 충분히 통하리라는 사실조차 못 떠올리고 만다.

"여보세요."

— ······한차연.

"예 선생님."

"실종사건 규명하라!"

"사망사건 공개하라!"

핸드폰을 얼굴에 찰싹 붙이고 다른 손을 오므려 핸드폰 위
에 덮는다. 손바닥에 전화기를 이식한 GADI 요원들을 흉내
내듯.

— 감기 걸렸다고? 몸은 좀 어때.

"아 예, 뭐. 좀 나아졌어요."

그러나 손바닥으로는 주변에 쏟아지는 소음과 구호 소리를 조금도 막을 수 없다. 부지런히 자리에서 벗어난다.

시위대로부터 등을 돌리고 빠르게 걷는다. 건물 1층에 자리한 카페로 냅다 들어간다. 두꺼운 유리문이 닫히며 거리의 소란이 감쪽같이 사라진다. 하지만 요란하게 틀어놓은 음악 소리가 문제다.

— 어딘데 이렇게 시끄러워.

"그게……."

— 지금 밖이구나?

"아, 잠깐 집 앞에……."

진퇴양난. 진땀이 삐질.

— 잠깐 집 앞? 아닌 것 같은데. 뭔가 되게 소란스러운데.

안 받아야 했던 전화다. 그랬더라도 나중에 변명이 충분히 가능했을 전화다. 당장 통화 종료 버튼을 누르고 싶다.

하지만 그럴 수는 없다.

순간 거의 모든 것이 엉망으로 흐트러지고 만다.

— 아프다고 결석한 주제에 어딜 그렇게 싸돌아다녀.

"아, 잠깐 볼일이 있어서."

— 다 거짓말 아냐? 감기 걸렸다는 거, 순 꾀병 아냐?

"아니…… 아니에……요."

— 아니긴 뭘 아냐. 이 녀석, 선생님이 얼마나 걱정을 했는데.

뭔가 이상하다는 생각이, 그때 처음으로 들기 시작한다.

— 너 안 되겠다. 당장 학교로 와.

"학교요?"

— 선생님 오늘 당직이야. 8시까지 상담실로 와. 알았어?

실내에 흐르는 음악 소리가 경쾌하기 그지없다.

미칠 노릇이다.

"저기 선생님…… 내일 뵈면 안 될…….."

— 이 녀석아, 무슨 말이 그렇게 많아. 내일 안 돼. 오늘 봐.

"어어……."

— 상담실 8시. 오케이? 이따 보자.

"여보세요. 여보세요?"

전화가 끊긴다.

제 역할을 마치고 입을 꾹 다문 핸드폰을 멍히 내려다본다.
카페를 나선다. 종로1가는 여전히 소란스럽다.

시위행진의 끄트머리가 저편으로 사라지고 있다. 저편 광화
문 쪽으로 넘실넘실 멀어져 가고 있다. 그들의 구호 소리가 덩
달아 사라져 가고 있다.

바람이 불고 있다. 찬바람은 아니지만 오소소 소름이 끼치
고 있다.

무섭다. 뭔가 끔찍하다.

괴벨스가 이상하다. 이상한 정도가 아니다. 전화 속 괴벨스
는 괴벨스되 괴벨스가 아니다.

전혀 다른 누구다.

누구인지는 알 수 없지만 단언컨대 평소의 괴벨스는 아니다.

단언할 수 있는 첫 번째 이유, 사용하는 어휘들이 평소와 전혀 달랐다. '선생님이 얼마나 걱정을 했는데'라니? '이 녀석아, 무슨 말이 그렇게 많아'라니? '이 새끼야'가 아니라 '이 녀석아'라니? 그것은 괴벨스의 언어가 아니다.

두 번째, 음성 또한 평소와는 전혀 달랐다. 기이할 정도로 상냥하고 또한 다정했다. 평소처럼 쌀쌀맞은, 뭔가 빈정거리는 듯한 말투와는 큰 차이가 있었다. 이건 4반뿐 아니라 괴벨스의 수업을 들어본 학생들이라면 대부분 동의할 내용이다. 꾀병을 이야기하면서도 화를 내기는커녕 언성 한 번 높이지 않았다는 것. 평소라면 상상도 할 수 없는 상황이다.

마지막으로 세 번째, 전화를 걸어왔다는 것 자체가 어불성설이었다. 요컨대 전화 속 괴벨스가 평소와 다름없는 괴벨스라면, 손수 차연에게 전화를 걸어와서 안부를 묻는 낯간지러운 짓 따위는 절대 하지 않았을 것이다. 이야말로 가장 결정적인 이유다.

어쩔 것인가.

머릿속이 복잡해지고 있다.

그렇다면 어쩔 것인가.

전화 속 괴벨스가 괴벨스건 괴벨스 아니건, 학교 상담실로 찾아오라는 지시를 무시할 수는 없는 일이다. 독감을 핑계로 무단결석까지 했다가 거짓말이 5분의 4가량 들통난 입장에서는 더욱 그러하다.

왜 갑자기 학교로 오라고 한 것일까. 하필 야자도 없는 수요일 저녁 8시에. 학교가 텅 비어있을 텐데.

차연이 걸음을 멈춘다.

차연의 생각이 멈춘다.

시위대의 모습이 더 이상 보이지 않는다. 힘차게 외치던 구호 소리가 귓가에 들릴 듯 말 듯하다. 지금쯤 광화문광장에 많은 사람들이 모여있을 것이다. 괴바이러스에 대한 불안과 공포가, 정부의 안일한 대처로 인한 불만과 분노가 사람들 사이에 들불처럼 번져 흐르고 있을 것이다.

괴벨스, 감염된 것일까.

기억에 남을 정도로 끔찍했던 지난 일요일을 떠올린다.

느닷없는 교통사고로 병원에 입원한 아빠를 만나고 집에 돌아오던 길, 공동현관문 앞에서 김동하 경장과 눈빛 날카로운 남자를 만났다.

그들로부터 성이연의 죽음을 전해 들었다. 시신이 상준고 뒷산 초입에서 발견되었다고 했다.

괴벨스, 혹시 감염되었을까. 평소 같지 않던 전화 속 목소리는 그래서였을까.

복잡한 종로1가, 길 한복판에 한참을 멈춰 서있다. 8시까지는 세 시간 정도가 남아있다. 충분히 넉넉하고 괴로운 시간이다.

어쩔 것인가.

느닷없는 한기가 엄습한다.

이 판국에 배까지 고프다. 온종일 아무것도 먹지 못했다. 덴티샤워 대용량을 두 병이나 사느라, 그래서 수중에 뭐 사 먹을 돈도 남지 않았다. 신세 처량, 몇 시간 뒤면 얼마나 끔찍한 위협이 목을 조여 올지 모르는 상황.

전화 걸어 도움을 청할 사람이, 그제야 한 명 떠오른다.

# 작고 가벼운 분무기

"엄청 먹네."

샘물분식. 학교 정문 건너편의 분식점이다.

상담실 약속 시간까지 25분이 남았다. 차연이 대접을 들어 남은 국물과 건더기를 홀짝 비운다.

"종일 굶었거든."

떡라면과 참치김밥, 순대 1인분이 담겼던 그릇들이 깨끗하게 비워졌다. 단 5분 만에 차연이 해치운 음식들이다.

"거지처럼 굶고 다니나."

"돈이 똑 떨어졌다니까."

"거지 맞네."

"한바탕 싸우려면 든든히 먹어둬야지."

"한바탕? 괴벨스랑 싸울 거야? 정말?"

"싸운다는 게 꼭 주먹싸움만을 이야기하는 건 아니니까."

"……."

"글쎄 모르겠네, 뭐 경우에 따라서는."

"안 가면 안 돼?"

진구가 진심으로 걱정 어린 얼굴이다.

"아파서, 감기가 도져서 도저히 움직이기 힘들겠다고 해. 통화하기 무서우면 문자해. 한 번 거짓말이나 두 번 거짓말이나. 아니면 그냥 씹어. 전화기 꺼놓고."

"피한다고 피할 수 있는 문제가 아니라고."

"어째서."

"오늘 저녁을 피한다고 해도 결국에는 만나게 될 위험이니까. 오늘이 아니라면 내일. 내가 아니라면 다른 누군가. 그러니 피할 수 없는 거지."

"오오, 한차 좀 멋지네?"

"에라이."

"그런데 괴벨스, 감염된 건 맞아? 확실해?"

"몰라. 느낌이 그래."

"맙소사."

"사 오라는 거 사 왔어?"

"여기."

흰색 반투명한 플라스틱 분무기.

내용물이 담겨있지 않은 빈 용기다. 한 손에 들어갈 만큼 작고 가볍다.

"이거 맞아?"

"딱 이거야. 어디서 샀냐."

"화장품 가게에서. 이거 찾느라 엄청나게 헤맸다."

"고마워. 너밖에 없다."

"고맙다니 다행이네."

진구는 시무룩한 얼굴이다.

"이걸 사용할 일이 되도록 없었으면 좋겠어. 설령 사용할 만한 순간이 왔다 해도, 최대한 참았으면 좋겠어. 당장에 죽을 위기 상황이 아니라면."

"노력해 볼게. 그런데 어째서?"

"확실치 않잖아. 모든 게 불확실하잖아."

"……."

"그게 정말로 감염자에게 효과가 있는 것인지. 그리고 괴벨스가 정말로 감염자인지. 괴벨스가 감염자이고 그게 감염자에게 효과가 있다 해도, 체내에서 어떤 화학반응을 일으키는 것인지. 그 결과로 오히려 더 큰 위험을 초래하게 되는 것은 혹시 아닌지."

"동감이야."

차연이 덩달아 시무룩해진다.

"조심해야지. 최악의 위기 상황이 아니라면."

"……."

"그래도 이 상황에서 믿을 건 이거 하나뿐이잖아. 안 그래?"

차연이 분무기의 모가지를 돌린다. 이어 머리 부분과 몸체인 용기 부분을 분리한다.

식탁 위에 용기를 세워놓고 가방에서 뒤적뒤적 뭔가를 꺼낸다. 덴티샤워 체리 맛. 135밀리리터 동글납작한 플라스틱 병에 연분홍색 액체가 반쯤 남아 찰랑거린다.

마지막으로 성이연을 만나던 날, 입안 가득한 알밥 냄새를 지우고자 초등학교 사거리 근처 편의점에서 구입해서 한 모금 사용한 그것이다. 지난 일요일 병원에서 아빠로부터 싸구려 음료수 맛이 난다는 핀잔을 들었던 그것이다. 그때 버릴까 하다가 가방에 무심코 집어넣었던 그것이다. 아까 GADI에서 분홍색 단발머리에게 1,000밀리리터 대용량 두 병을 건네면서 마저 줘버릴까 했던, 쓰던 것을 내밀기가 좀 그래서 말았던, 바로 그것이다.

이 정도면 70밀리리터 정도는 될까. 양이 아쉽다. 무척 아쉽다.

"지금부터 말 시키지 마. 건드리지도 마. 엄청나게 민감한 작업이니까."

차연의 경고에 진구가 고개를 끄덕끄덕.

"잘해. 실수하지 말고."

덴티샤워의 플라스틱 병뚜껑을 연다.

분무기의 용기 입구에 병 입구를 가져간다. 맞부딪칠 만큼 가까이, 그러나 부딪치지는 않게 조심히. 병을 살며시 기울여 내용물을 천천히 따라 붓는다. 쪼르르르. 흘리지 않게 조심조심. 특유의 화한 냄새가 코끝을 자극한다.

다 부었다.

빈 병을 멀리 치운다.

분무기 머리를 집어 들고 호스부터 조심히 용기에 끼워 넣는다. 나사 부분을 돌려 잠근다. 진구가 그 작업을 숨죽여 지켜보고 있다.

폭탄 해체하듯 민감한 작업이 마침내 끝난다.

차연이 후우, 한숨을 뱉어낸다.

곁에서 숨죽여 지켜보던 진구도 나직하게 숨을 들이마신다.

덴티샤워 체리 맛 분무기를 교복 상의 주머니에 집어넣는다. 쏙 들어간다. 끄트머리가 조금 튀어나오긴 했지만.

"준비 끝."

차연이 가방을 메고 일어선다. 진구가 따라 일어선다.

샘물분식을 나와 학교 쪽으로 천천히 걷는다. 해 저문 시간이다.

"더는 안 말릴게. 네가 고민하고 판단하고 선택한 거니까."

"……."

"하지만 잘해라. 제발 잘해. 지금 네 발길을 잡지 못한 거, 평생 후회하지 않도록."

"……같이 갈래?"

"됐네."

진구가 두 손을 반짝 쳐든다.

"하루에 두 번씩이나 학교를? 괴벨스 만나러?"

어느새 학교 앞이다.

고개 들어 정문 올라가는 언덕길을 바라본다.

매일 오고가던 그 길이 오늘따라 더 험난해 보인다. 더 가팔라 보인다. 더 낯설어 보인다. 푸르른 어둠이 내려앉은 하늘. 멀리 가로등이 흐릿하게 사위를 밝히고 있다. 상. 준. 학교 이름이 한 글자씩 걸린 초록 철문이, 매일 만나는 풍경이 몇 배로 낯설고 음산하다. 사진으로 보던 북유럽 어느 나라 어느 마을, 기괴한 전설을 간직한 고성 입구 같다.

차연이 손을 내밀어 악수를 청한다.

진구가 담담히 그 손을 잡는다. 굳게 잡아 흔든다.

"혹시 내가 잘못되면, 그땐 진구 네가 뒷일을 맡아줘."

"농담하지 마."

"농담 아니야. 아버지에게도 잘 말씀드리고, 빠른 시일 내에 성우이용원을 다시 찾아가서……."

아빠와는 끝내 통화를 나누지 않았다. 쓸데없는 걱정을 안겨주기 싫었다. 길게 거짓말을 늘어놓을 자신도, 기이하게 뒤틀린 상황을 요령껏 설명할 용기도 없었다.

"그럼 나, 간다."

# 6장

## 옥상

# 상담실의 괴물

야자 없는 저녁, 교문은 굳게 잠겼다.

그 옆으로 작은 철문이 열려있다. 그 안으로 조심히 들어선다. 등 뒤에서 경비실 창문이 드르륵 열리더니 상당히 불친절한 목소리가 튀어나온다.

"어떻게 왔어?"

차연이 조금 놀란다.

"아, 저 1학년 4반 학생인데요."

"이 시간에 왜."

"괴벨스가, 아 박창일 선생님이 상담실로 오라고, 8시까지 오라고 하셔서요."

"박창일 선생?"

"4반 담임선생님이요. 오늘 당직이시라고."

경비실 안의 어두운 눈동자가 차연을 유심히 관찰한다.

"일단 뭐라고 말을 해야지, 그냥 막 들어가면 어떻게 해?"

"죄송합니다."

창밖으로 낡은 서류철이 고개를 내민다.

"출입 기록부에 서명하고 가."

7시 48분. 늦은 밤이라고는 할 수 없는 시간.

그러나 학교 안은 전혀 다른 세상이다. 놀랍도록 고요하고 적막하다. 사람 없는 학교가 이토록 다른 모습이었던가 싶어진다.

성실관에 들어선다.

1층 복도에 어스름하게 불이 켜져있다. 그러나 오가는 사람 그림자조차 보이지 않는다. 이토록 고요하고 적막한 복도에서 누군가를 또는 무엇인가를 문득 마주친다면 그게 더 소름 끼치는 장면일지 모른다. 텅 빈 정적. 무섭다. 갑자기 무섭다. 이런 상황에서 별 도움이 되지 않을 이야기 토막들이 스멀스멀 목덜미를 기어오른다.

외진 시골 마을 어느 오래된 고등학교에 밤 11시만 지나면 쿵, 쿵, 쿵, 쿵 이상한 소리가 들린다는 이야기. 이상한 소리의 정체를 찾아 용감한 학생 세 명이 그 시간에 몰래 학교에 숨어들었다가 심장마비로 두 명이 죽고 말았다는 이야기. 알고 보니 10년 전에 옥상에서 거꾸로 떨어져서 죽은 여학생의 유령이 그 시간만 되면 나타나는데, 추락사하던 순간처럼 물구나무서기를 한 채 머리로 쿵, 쿵, 쿵, 쿵 바닥을 들이받으며 복도를 돌아다니더라는 이야기. 사물함 구석에 쪼그려 숨은 학생들이 쿵, 쿵, 쿵, 쿵 소리 낭자한 복도를 살피다가 물구나무서기 한 여학생 유령과 거꾸로 눈이 마주치며 두 명 모두 놀라 죽고 말았다는 이야기.

괴담 속 끔찍한 장면들이 자꾸만 눈앞에 어른거린다. 쿵, 쿵, 쿵, 쿵. 눈과 눈이 마주치는 순간의 끔찍한 장면이 자꾸만 그려진다.

울상이 된 차연 앞에, 저편에, 더욱 끔찍한 장면이 나타난다.

화장실 지나서 두 번째 문. 상담실을 알리는 문패. 불이 켜져있다. 처음이 아니다. 벌써 두 번째다.

한숨이 나온다. 툭하면 상담실 출입이라니.

지난번에는 느닷없이 고정민 변호사의 이름을 접하며 그만 심장이 멎는 줄 알았다. 사칭죄에 관해 열띤 훈계를 들으면서는 고개를 들 수 없었다. 과연 오늘은 무슨 예상 못 한 질타가 시작될 것인가. 과연 어떤 일 때문에 재차 심장이 멎고 말 것인가. 이번에는 벌점 10점 이상의 어떤 가혹한 처벌이 기다리고 있을까.

문 앞에 멈춰 선다. 8시 2분 전. 늦지는 않았다.

한 차례 숨을 고른다. 느닷없는 외로움이 엄습한다.

나 혼자야. 이 광활한 우주에, 지금 나 혼자뿐이야. 하지만 괜찮아. 충분히 이겨낼 수 있어. 내 곁에는 언제나 내가 있으니까.

검지를 구부려 문에 가져간다. 똑똑. 짧은 답변이 돌아온다.

"예."

조심히 문을 연다.

교실의 반 정도 되는 공간. 출입문 가까이 키 큰 화분이 두 개 서있다. 하나는 나무처럼 기둥이 제법 굵고, 또 하나는 여러 겹 웃자란 이파리가 넓고 길다. 화분들 옆으로 6인용 나무 테이블이 빨갛고 파란 천을 덧댄 나무 의자들을 거느린 채 실내 한가운데를 차지했고, 그 옆으로 의자 없이 동그란 철제 책상이 울릉도 옆 독도처럼 떨어져 있다.

출입문 맞은편 벽에 창이 나있지만 지금은 회색 블라인드가 처져있으며 블라인드 아래에 커다란 철제 책상이, 거기 앉으면 이편을 바라볼 수 있는 방향으로 놓여있다. 그 책상 왼편에 책장과 캐비닛이, 그 곁에 파티션으로 양옆이 가로막힌 또 하나의 책상이 기역 자로 놓여있다. 거기 앉으면 벽을 바라보게 되어있는 구조다.

바로 그 책상에 앉아있던 괴벨스가 고개 돌려 차연을 바라보지도 않고 짧게 말한다.

"앉아."

차연이 시키는 대로 한다.

괴벨스가 펜을 쥐고 노트 위에 뭔가 쓰는 중이다. 어울리지 않게 안경을 쓰고 있다. 슥슥삭삭. 상담실 안은 조용하다. 미칠 듯 고요하다. 노트 위를 슥슥삭삭 미끄러지는 볼펜 소리가 귓가에 성가시다.

한참 만에 볼펜 소리가 멈춘다. 노트를 덮은 괴벨스가 자리에서 일어선다. 의자에서 삐걱 소리가 들린다. 두 팔을 쳐들고 길게 기지개를 켠다. 으어어어. 좀비 같은 신음 소리. 두 발을 벌리고 선 채로, 양손을 허리에 얹고, 고개를 좌로 우로 천천히 꺾으며 스트레칭을 해 보인다.

"한차연."

차연이 앉은 상태로 흠칫, 허리를 편다.

"예, 선생님."

낯선 긴장감이 간질간질 허리를 타고 기어오른다. 벽시계 째깍거리는 소리가 들릴락 말락 이어지고 있다. 이 고요한 시간에 이 비좁은 공간에 괴벨스와 단둘이라니. 정말이지 행복하군. 좋아서 죽을 것만 같아.

돼먹지 않은 자기 최면을 걸어보지만 도통 먹히지 않는다.

"감기 기운은 어때. 좀 괜찮아졌어?"

"어, 예. 많이……."

"많이 아팠나 보다. 응? 그새 얼굴이 반쪽이 된 걸 보니."

"……."

고개가 절로 수그러든다. 곤혹스럽다.

얼굴색 하나 안 변하고 거짓말 술술 잘하는 진구 같은 성격이 순간 부러워진다.

"그래, 요새 어떻게 사냐?"

"어……."

"뭐 하면서 지내냐고."

요새 어떻게 사냐.

고약한 질문이다. 별것 아닌 듯 난감한 질문이다. 그 돌연한 질문에 머뭇거리지 않고 술술 대답을 뱉어낼 사람이 얼마나 있을지 모르겠다.

차연이 잠깐 궁리한다.

요새 어떻게 살았는가. 뭐 하면서 이 혼란한 나날을 지냈는가. 암담하다. 참담하다. 담임 앞에 선뜻 꺼내놓을 만큼 떳떳한 이야기가 단 하나도 떠오르지 않는다.

"자식이 꿀 먹은 벙어리도 아니고."

턱. 괴벨스의 두툼한 손바닥이 왼쪽 어깨와 목덜미 사이에 내려앉는다.

차연이 다시 한번 흠칫, 허리를 편다. 순간 뒤통수를 후려치는가 착각했던 것이다.

"왜 대답을 못 해. 기억 안 나? 자기가 어떻게 사는지 잘 모르겠어?"

"……."

"아니면 삐졌어? 이런 시간에 학교 오라고 해서 화났어? 그런 거야?"

왼쪽 어깨와 목덜미 사이에 손을 얹은 채, 6인용 테이블 여기저기 놓인 의자 가운데 한 곳에 앉는다. 차연의 왼쪽 자리가 아니라 오른쪽 자리다. 하여 괴벨스의 팔이 다정히 어깨동무 하듯 차연의 어깨를 감싸 안는 모양새가 되고 만다.

"선생님 좀 봐봐."

괴벨스가 차연을 지긋이 바라본다. 차연이 머뭇머뭇 그 시선과 마주한다.

둘 사이의 거리 대략 40센티미터. 모공과 잔털이 훤히 보일 정도다. 숨소리가 간질간질 들려올 정도다. 부담스럽다. 대단히 부담스럽다.

괴벨스가 속삭이듯 웅얼거린다.

"자식아. 너 이 자식아. 꾀병을 부려? 응?"

왼쪽 어깨와 목덜미 사이에 내려앉은 손아귀에 힘을 가한다. 그 부위를 안마하듯 꽈악, 꽈악, 잡아 쥔다. 아프지는 않다. 그러나 상당히 위압적이다.

"그렇게 안 봤는데 완전 나쁜 놈이야. 완전 악질. 간이 배 밖으로 튀어나온 놈."

"죄, 죄송합니다."

"말해봐. 왜 그랬어. 무단결석하고 하루 종일 어디 가서 뭐 했어."

"……."

"솔직히 말해. 마지막 기회니까."

"그게…….."

"선생님이 문자 받고는 얼마나 걱정했는지 알아? 나쁜 녀석 같으니."

그 와중에 오싹 소름이 끼친다. 목덜미에 오톨도톨 닭살이 돋는다.

역시나 평소의 괴벨스와는 뭔가 다르다.

평소의 괴벨스 같으면 상상도 못 할 언어다. 정상적인 괴벨스였다면 꿈에도 상상 못 할 분위기이자 눈빛이다. 괴벨스의 등 뒤, 어깨 위로 둥글게 펼쳐진 빛의 아우라가 그제야 아스라이 눈에 들어온다.

검은색이다. 새카맣다.

검은 무지개.

"한차연."

"예."

"너를 생각하면, 선생님이 정말 가슴이 답답해진다."

"죄송합니다."

"너는, 차연아, 너는 꿈이 뭐니?"

얼굴이 화끈 달아오른다. 부끄러워서가 아니다.

"인생의 의미를…… 너는 어디서 어떻게 찾을 생각이니. 너무 거창한가?"

괴벨스가 더 가까이 다가온다. 입을 벌린다. 크게 벌린다.

입안에서 뭔가 꼬물거린다. 촉수다. 길고 하얀 촉수들이 꼬물꼬물 기어 나오고 있다. 카아아아. 위기상황이다. 최악의 위기상황이다. 쿵, 쿵, 쿵, 쿵. 가슴이 미친 듯 뛰기 시작한다. 오래된 시골 학교의 끔찍한 전설. 11시가 되면 복도에 울려 퍼지는 쿵, 쿵, 쿵, 쿵 소리.

"에잇!"

교복 상의 주머니에서 재빨리 분무기를 꺼내 든다. 스스로 생각해도 대견할 만큼 빠르고 정확한 동작이다. 괴벨스의 얼굴에 그것을 힘차게 뿌린다.

치익.

다시 한번, 치익.

덴티샤워 체리 맛이 괴벨스의 안면에 정통으로 분사된다.

"악."

괴벨스가 벌떡 일어선다.

눈가를 있는 대로 찡그리며 뒷걸음질 친다. 온 얼굴 거죽을 구기며 괴로워한다.

성공이다. 성공적인 반응이고 성공적인 공격이다.

딱!

정수리에 묵직한 통증이 폭발한다.

"야 이 새끼야."

괴벨스가 휘두른 사랑의 매가 머리통 한가운데를 경쾌하게 가격한 것이다.

"뭐야. 지금 뭘 뿌린 거야? 아이 눈 따가워."

옷소매로 눈가를 문지른다. 그러다 말고 재차 발끈한다.

"이거 미친놈이네. 좋게 타이르려고 했더니…… 장난해? 지금 뭐 하자는 거야, 엉?"

사납게 쏴붙인다. 영락없이 괴벨스다. 평소의 괴벨스 그대로다.

차연이 사뭇 혼란스럽다.

약효가 벌써 나타난 것인가? 그리하여 이제 원 상태로 돌아온 것인가? 아니, 원래부터 예전의 괴벨스였던 건가? 내가 착각했던 것인가? 입안의 하얀 촉수들은 뭐였지? 긴장해서 잘못 본 건가?

정말로 따가운지 눈가를 연신 찌푸린다. 느닷없이 미안해진다. 되도록 분무기 사용을 자제하는 게 좋을 것 같다던 진구의 충고가 가슴 깊이 사무친다.

"내놔 그거."

괴벨스가 차연의 손에 들린 분무기를 낚아챈다. 안에 든 분홍색 액체를 찰랑찰랑 흔들어 보인다.

괴벨스의 지휘봉이 다시 허공을 가른다.

딱!

정수리에 재차 묵직한 통증이 폭발한다.

"도대체 이게 뭐야? 샴푸? 락스?"

차연의 얼굴이 종이처럼 구겨진다. 얼얼한 머리통을 손끝으로 득득 문지른다.

"······구강청결제요."

"어이가 없네. 야 이 새끼야, 난데없이 구강청결제는 왜."

"죄송합니다."

"담임 입에서 냄새나? 냄새나서 그래?"

"그게 아니라······."

"사람이 좀 달라져 보려고 했더니, 하아아, 제자란 새끼들이 통 도움을 안 주네."

"아, 아야."

괴벨스의 억센 손아귀가 차연의 귀를 세차게 잡아 비튼다. 잡아 비튼 채 좌우로 세차게 흔든다.

아프다. 그 부위가 찢겨나갈 것 같다. 눈물이 찔끔 난다.

그때다.

노크도 없이 상담실 문이 벌컥 열린다.

누군가 들어온다.

# 낯선 얼굴

수학 담당 전주영 선생님이다.

"전 선생?"

괴벨스가 놀란다. 차연의 귀를 잡아 비틀고 흔들던 손을 슬그머니 놓는다. 차연 또한 크게 놀란다. 놀랍고, 반가우며, 한편으로 의아하다.

"웬일이에요? 이 시간에."

괴벨스가 묻는다. 전주영이 대답하지 않는다.

젊고, 꽤 잘생겼고, 쿨하고, 재미없는 농담은 하지 않고, 무엇보다 선생님 같지 않은 성격 덕분에 아이들 사이에서 그나마 호감형으로 통하는 선생님. 수학이라는 과목 자체를 좋아할 리는 없지만 차연 또한 그래서 과히 싫지 않은 선생님.

전주영이 이편을 향해 다가온다.

저벅저벅.

그런데 시선이 애매하다.

이상한 소리 같지만 상담실 한복판에 엉켜 선 괴벨스와 차연을 미처 발견 못 한 것 같은 얼굴이다. 이 시간에 웬일이냐, 는 괴벨스의 질문을 미처 듣지 못한 것 같은 얼굴이다.

출입문으로부터 화분들을 지나 6인용 테이블까지 여덟 걸음이, 슬로비디오처럼 천천히 흐른다.

전주영이 주먹을 휘두르듯 냅다 팔을 뻗는다. 괴벨스의 멱살을 단숨에 움켜쥔다.

"억!"

멱살이 아니다. 목을 움켜쥔다. 한 손으로 목을 쥐고는 높이 쳐든다. 괴벨스의 발끝이 허공에 20센티미터쯤 떠오른다. 보면서도 믿기지 않는 동작이다. 대단한 완력이다.

"커, 컥. 이…… 이거……."

괴벨스가 당황한다. 목 졸린 그 얼굴이 삽시간에 시뻘게진다. 시뻘겋게 부풀어 오른다. 괴벨스가 벌건 눈을 부릅뜬다. 부릅뜬 두 눈이 안와 밖으로 튀어나올 것만 같다.

괴벨스가 자신의 목덜미에 두 손을 가져간다. 목을 조르는 전주영의 손가락을 뜯어내려고 한다. 괴벨스가 대롱대롱 뜬 두 발을 하염없이 버르적거린다. 전주영을 걷어차려고 애를 쓴다.

그러나 어느 것 하나 쉽지 않다. 전주영이 이상하다. 누군가의 목을 조르고 공격하는 자의 얼굴이 아니다. 평온하다. 아니, 넋이 나간 듯하다. 사람의 생기, 라고 할만한 무엇이 전혀 보이지 않는다.

곁에 선 차연은 얼음이 되고 만다. 얼음이 되어 꼼짝도 못하고 만다. 적의 적은 친구라고 했다. 그 견고한 진리가 지금 여기서 길을 잃고 만다.

이 상황에서 적은 어느 쪽인가. 친구는 또한 어느 쪽인가.

전주영이 괴벨스를 내동댕이친다. 아니 내던진다. 휙, 내던져진 괴벨스가 허공을 붕 날아간다. 비명도 못 지르고 날아가더니 저편 블라인드가 쳐진 창가에 와장창 부딪히고는 바닥에 패대기쳐진다. 유리창이 산산이 박살 난다. 쓰러진 괴벨스의 몸 위에 유리 파편들이 우수수 쏟아진다. 억센 손아귀에 멱살이 잡힌 뒤 6, 7초 만에 종결된 상황이다.

괴벨스가 보이지 않게 몸을 꿈틀거린다.

끄으으윽. 숨이 넘어가는 신음 소리.

죽어가는가. 죽어가는 중인가.

전주영 아닌 전주영이 차연을 바라본다. 차연이 전주영 아닌 전주영을 바라본다. 두 시선이 아주 잠깐 마주친다.

1초. 2초. 2초 반.

차연이 후다닥 몸을 돌린다. 잽싸게 도망친다.

우당탕. 나무 의자를 자빠뜨리며 달음박질친다. 잡히면 안 된다. 그때는 끝장이다. 밤늦은 학교. 폐쇄된 공간. 차연을 도와줄 이는 어디에도 없다.

그러나 한 걸음 늦는다.

전주영의 거센 손길이 차연의 목덜미를 아슬아슬 잡아챈다. 그 바람에 허공을 걷어차며 바닥에 엉덩방아를 찧고 만다.

차연이 후다닥 몸을 일으킨다. 이를 악문다. 죽어라 팔을 휘두르며 저항한다. 그 와중에, 비교적 정확한 레프트 훅이 전주영의 오른 턱에 작렬한다. 제대로 맞았다.

퍽!

주먹 쥔 손마디에 경쾌한 소리가 난다. 전주영의 고개가 삐끗, 돌아간다.

"크어어."

전주영이 으르렁거린다. 콧잔등에 주름을 모으고 야생 고양이처럼 사납게 앞니를 드러낸다. 약이 오른 모양이다.

두 손으로 차연의 손목을 잡아 쥔다. 힘주어 몸 바깥 방향으로 잡아 비튼다. 관절이 꺾이도록. 웬만한 사람 같으면 두 팔이 뒤틀리며 엄청난 고통을 느꼈을 것이다.

그런데 전주영의 버티는 힘이 대단하다. 청색 야구점퍼보다 더한 괴력이다. 몸이 붕 뜬다. 전주영이 차연의 어깨와 허리를 잡고 번쩍 들어 올린 것이다.

"이, 이거 놔!"

전주영이 차연을 내던진다. 중력을 상실한 차연의 몸이 붕,

소리를 내며 허공을 가로지른다. 정확하게 한 바퀴 반을 회전하며 날아간다.

아찔하다. 세상이 뒤집어진다.

와장창!

괴벨스의 책상 너머 파티션을 반으로 작살낸 차연의 몸이 플라스틱 캐비닛마저 부수고 만다. 그 바람에 키 큰 나무 책상이 기우뚱 넘어간다. 그 바람에 이파리 넓은 화분 하나가 엎어지며 쩍 갈라진다.

바닥에 고꾸라진 차연의 눈앞이 허예진다. 겨우겨우 몸을 일으킨다. 그러려다 주저앉는다. 숨이 턱 막힌다. 옆구리가 끊어질 듯 아프다. 갈비뼈와 아랫배 사이에 굵고 날카로운 쇠말뚝이 박힌 것 같다. 오른쪽 다리에 감각이 없다. 힘을 줄 수도 일어설 수도 없다. 감각은 없어졌건만 끊어질 듯 무릎이 아프다.

멀지 않은 곳에 구겨져 누운 괴벨스를 바라본다. 이제는 신음 소리도 움직임도 없다. 기절했거나, 죽었거나, 기절한 채 죽어가거나.

저벅저벅. 전주영이 다가온다. 서두르지 않는다. 분무기가 저편 6인용 식탁 위에 쓰러져 있다. 까마득히 멀게 느껴지지만 3, 4미터밖에 되지 않는 거리다.

잽싸게 몸을 날려 바닥을 구른다. 온몸의 관절이 끊어지는 고통을 참으며 책상 위로 손을 뻗는다. 마침내 분무기를 손에 넣는 데 성공한다. 그런 장면을 짧게 그려본다. 그러나 상상

속 그림일 뿐이다.

도통 몸을 움직일 엄두가 나지 않는다.

전주영이 허리 숙여 차연의 멱살을 잡아 쥔다. 단숨에 차연을 일으켜 세운다. 차연이 그 손아귀에 잡힌 채 덜렁거린다. 줄을 당겨 올리면 팔다리를 덜렁거리며 춤추는 마리오네트 인형처럼.

전주영이 차연을 가까이 끌어당긴다. 뚫어져라 바라본다. 차연이 그 시선을 애써 피한다.

"하아아."

영혼이 떠나간 얼굴이다. 아직 부패가 시작되지 않은 좀비의 얼굴이다.

입을 벌린다. 입을 쩍 벌린다. 길고 가늘고 꼬물거리는 촉수들은 보이지 않는다. 그러나 충분히 혐오스럽고 괴기스럽다. 벌겋게 내민 혓바닥 하나만으로도 그러하다.

"아, 안 돼!"

차연이 필사적으로 저항한다. 눈앞의 상대를 힘껏 떠다민다. 그러나 상대가 되지 않는다.

슬픔 같은 공포가 엄습한다.

전주영의 얼굴이 점점 가까워진다. 마침내 입술이 입술을 덮친다. 알 수 없이 기괴한 구취가 후끈하다. 뭔가 좋지 않은 것들이 입안에 스멀스멀 쏟아져 들어온다. 쏟아져 들어오는 중이다. 속에 메슥거린다. 토할 것 같다.

이렇게 끝나는 것인가. 이렇게 감염되는 것인가.

숱한 감염자 중 한 명이 되어 좀비처럼 거리를 떠돌고, 누군가의 입술을 덮치며 감염시키고, 끝내는 고통스럽게 내장을 토하다가 죽어갈 것인가.

쾅!

상담실 문짝을 걷어차며 누군가 등장한다. 후다닥 거침없는 발소리.

전주영에게 붙들린 차연이 눈알을 굴리며 침입자의 윤곽을 확인한다. 흐릿한 시야에 들어오는 얼굴. 진구다. 어디서 구했는지 얄팍한 대걸레 자루 하나를 들고 있다.

그 막대기로 이 괴물을 때려잡겠다고? 아서라 진구야.

엎어지고 부서지고 박살나고 쓰러져 엉망이 된 실내를, 진구가 황망히 둘러본다. 쓰러져 누운 괴벨스를, 험한 몰골로 들러붙어 있는 차연과 전주영을 돌아본다. 기세 좋게 쳐들어오긴 했지만 처참한 난장판 앞에서 어쩔 줄을 모른다.

허억, 허억.

차연이 가까스로 손을 뻗는다. 검지를 세워 어딘가를 가리킨다. 새하얗게 질린 진구가 두리번두리번, 마침내 가리키는 방향을 바라본다.

6인용 테이블 구석에 쓰러진 분무기.

빨리! 어서!

진구가 빠르게 눈치 챈다. 손에 들린 대걸레 자루를 내던지고는 분무기를 잡아채며 달려든다.

칙. 치익. 치익. 치이익.

차연과 전주영이 맞붙은 얼굴 사이에 분무기를 대고 뿌린다. 힘차게 뿌린다.

치익. 칙. 칙. 칙.

차갑고 부드러운 물기가 뺨을 찰싹 때린다. 이마에, 귓가에, 관자놀이에 차가운 물기가 가득 와 닿는다.

상쾌하다. 화하다. 약간은 따끔하다.

싸구려 음료수 냄새가 물씬 코를 찌른다.

"커억."

놀라운 반응이 시작된다. 차연을 던지듯 내려놓은 전주영이 뒤로 주춤 물러선다.

콜록콜록. 코올록콜록.

눈을 부릅뜨고 가슴을 두드린다. 고개를 꺾으며 허리를 뒤틀며 연신 기침을 토해낸다. 놀란 얼굴이다. 경악한 얼굴이다. 괴로운 얼굴이다.

덴티샤워 체리 맛.

맞구나. 과연 효과가 있구나.

"도망쳐!"

얼이 빠진 차연의 손목을 진구가 잡아끈다. 상담실 밖으로 빠져나간다.

"이쪽으로."

문을 나서면 왼쪽과 오른쪽. 그중에 왼쪽을 선택한다. 복도 오른편 출입문은 아까 들어왔던 방향이고 왼편 출입문은 소운동장으로 연결되는 방향이다.

오른쪽 복도 끝까지는 40미터가 넘는 거리고 왼쪽 복도까지는 10미터 남짓이다.

"아, 잠깐."

차연이 절뚝이던 걸음을 멈추고 미간을 찌푸린다. 온몸이 다 아프지만 특히 오른쪽 다리가 문제다. 부러진 것인가. 엄청난 통증에 도저히 걸을 수가 없다.

"아파?"

"응."

"못 걷겠어?"

"가야지. 하지만 좀 천천히."

"업어줄게."

"됐어. 부축이나 해줘."

"일단 업혀. 가는 데까지 가보자."

쪼그리고 앉아 등을 들이댄다. 고집부릴 상황이 아니다. 차연이 업히고 진구가 힘겹게 무릎을 펴며 일어선다.

"아, 아!"

"미안."

"오른쪽 다리 건드리지 마. 떨어져 나갈 것 같아."

밤늦은 복도에 씨근덕씨근덕 이어지는 숨소리. 한데 업고 업힌 채 황망히 걸음을 옮기는 학생들.

근방에 CCTV가 있어 우연히 이 장면이 기록된다면 사람들 사이에 오래 회자될 동영상으로 남겨질 것이다. 〈괴상한충우 TV〉에도 소개되며 엄청난 조회수를 기록할 것이다.

출입문 앞에 도착한다. 진구가 등에 업힌 차연을 내려놓는다. 그러고는 힘차게 문을 잡아당긴다.

덜컥.

문은 열리지 않는다. 어딘가 굳게 걸린 쇳소리만 이어진다. 세차게 문을 잡아 흔든다.

덜컥. 덜컥덜컥.

"잠겼어?"

"밖에 쇠사슬이 채워져 있어. 미치겠네."

"어쩌지. 돌아가야 하나."

차연이 절뚝절뚝 몸을 반대편으로 돌린다.

복도는 좁고 길다. 반대편 출입문까지는 대략 60미터. 아찔한 거리다. 안절부절못하는 와중에, 저편 상담실 문밖으로 검은 그림자가 나타난다. 누군가 휘청휘청 걸어 나온다. 섬뜩한 실루엣. 전주영이다. 전주영을 닮은 괴물이다. 질겁한 진구가 차연의 소매를 붙든다.

"아 씨발."

전주영이 이편을 향해 다가온다. 아까와 똑같은 그 속도로. 저벅저벅.

"이 문, 부술까?"

"글쎄."

발길질로 유리를 깬다 해도, 굳게 박힌 쇠창살을 뚫고 지나가긴 힘들 것 같다. 이럴 줄 알았으면 처음부터 복도 오른편을 택할 걸 그랬다. 늘 그렇듯, 이럴 줄 몰랐단 것이 항상 문제다.

"올라가자."

굳게 잠긴 출입문 오른편, 2층으로 향하는 계단이 이어지고 있다.

"업혀. 빨리."

"미치겠네."

차연이 한숨을 쉬고 진구가 으르렁거린다.

"어서!"


*도망쳐. 무조건 도망쳐. 감염자들 대부분 괴력과 달리 민첩성은 오히려 떨어지는 특징을 보이고 있거든.*


그 와중에 불현듯 떠오르는 대사가 있다.

성우이용원. C-12 부스에서 은색 고글 남자가 건넨 충고다.


*사정거리 밖으로 죽어라 도망치면 강제 뽀뽀는 피할 수 있을 거야. 수십 명의 감염자 속에 둘러싸인 경우라면 그조차 불가능하겠지만.*

# 벼랑 끝 옥상

2층에서 3층으로 향하는 계단참에서 잠시 멈춘다.

사위가 급격히 어두워진다. 1층을 제외하고는 복도마다 불이 꺼져있기 때문이다.

차연을 업은 진구가 다시 힘겹게 계단을 밟아 올라간다. 두어 걸음 내디딜 즈음 센서 등이 켜졌다가, 마지막 계단을 다 떼기도 전에 서둘러 꺼진다. 밝아졌다 어두워지기를 반복하는 계단 위. 헉헉 헉헉, 격한 숨소리가 뒤를 따른다.

"조심해."

진구에게 업힌 차연이 속삭인다. 지극히 위태로운 상황이다. 자칫 발끝을 헛디디거나 힘이 빠져 주저앉았다간 둘이 한꺼번에 계단 아래로 굴러떨어지고 말 것이다.

"아이고 헥헥."

진구가 파들파들 떨고 있다. 거의 온몸으로 가쁜 숨을 고른다. 가련하다.

"엘리베이터가, 헥헥, 헥헥, 이렇게."

드디어 4층.

진구가 찢어진 물 풍선처럼 철푸덕 주저앉는다.

자기보다 무거운 친구를 등에 업고 4층 높이의 계단을 단 53초 만에 뛰어 올라왔다. 이건 거의 초능력이다. 1,600미터 오래달리기 한 번 하고는 이틀을 앓아누웠던 저질 체력을 생각하면 그렇다.

"고마운 기계인지, 헥헥, 정말 몰랐어."

차연이 왼발로 깡충거리며 진구의 등에서 물러난다.

"이제 나 혼자 갈 수 있어. 난간 짚으면서 올라가면 돼."

전주영이 부지런히 쫓아오고 있을 것이다.

지체할 시간이 없다. 한 차례 호흡을 고른다. 깡충깡충 왼발 뛰기를 하며 계단을 덜컥덜컥 올라간다. 진구가 기진맥진 뒤를 따른다. 모두 열두 계단. 계단참에서 잠시 멈춰 쉰다. 다시 난간에 의지하며 왼발을 깡충깡충. 열두 계단을 마저 올라선다.

5층은 구조가 다르다.

막다른 통로 한 편은 창고이며 반대편에 옥상으로 통하는 철문이 이어진다. 누군가 도와주기를 기다리며 몸을 숨기건 완강기를 타고 1층으로 탈출하건, 일단 옥상으로 나가야 한다.

전주영이 뒤따라 계단을 올라오는 중이다.

차연이 힘차게 문손잡이를 잡아 돌린다. 그러다 말고 안타까이 절규한다.

"아 젠장!"

잠겨있다. 굳게 잠겨있다. 오늘 밤은 문들이 말썽이다. 더불어 자물쇠들이 말썽이다. 손바닥으로 철문을 때린다.

탕. 탕탕.

꼼짝도 하지 않는다. 급기야 주먹을 내지른다.

쾅! 쾅!

벤치프레스 340킬로그램을 들어 올리던 기운을 그러모아 철문에 주먹질을 한다. 아프다. 손마디 뼈가 으스러지는 것 같다. 그러나 철문은 여기저기가 움푹 파였을 뿐, 그대로다.

"그래서 문짝이 부서지겠어?"

진구가 다가온다. 그새 어디서 구했는지 클립 하나를 손에 들고 섰다.

"비켜봐."

클립을 구부린다. 아니다, 구부러진 부분을 힘주어 편다. 긴 철사 형태로 만든다. 다급하게 작업에 열중하는 두 손이 달달달달 볼품없이 떨린다.

"뭐 하는 거야?"

"지켜봐."

가운데 부분을 접었다 폈다 반복하더니 기어이 끊어낸다.

토막 난 철사 가운데 하나를 기역 자로 구부리더니 열쇠 구멍 안에 가져간다. 이어 또 하나의 철사를 좁은 구멍에 서로 다른 각도로 집어넣는다. 철사 두 토막을 아래위로 조심조심 돌리고 쑤신다. 마침내 찰카닥, 쇳소리가 들린다.

손잡이를 비틀어 연다. 삽시간에 문이 열린다.

"대박!"

차연의 눈이 휘둥그레진다. 정말이지 놀라운 밤이다.

"이런 건 언제 배웠어?"

"나중에 이야기해. 가자."

진구의 부축을 받으며 문턱을 넘어선다. 오른발 끝을 바닥에 대고 약간의 체중을 실어본다. 여지없이 시큰한 통증에 신음이 절로 나온다.

옥상이다. 어두운 밤하늘이 눈에 들어온다.

산비탈 초입에 지어진 학교라 그런지 밤이 더욱 깊고 짙다. 저편으로는 뜻밖의 야경이 펼쳐지고 있다. 큰길가 아파트 단지 불빛이 한 손에 잡힐 듯하다.

"차연!"

계단 아래서 누군가 외친다. 차연을 부르고 있다.

"한차연! 거기 있니?"

전주영이다. 전주영의 목소리다.

다정하고 쾌활하고 듣기 좋은 평소의 음성 그대로다. 소름이 오싹 끼친다.

쾅!

진구가 부서져라 옥상 철문을 닫는다. 이어 손잡이의 잠금 쇠를 돌려 잠근다.

"저쪽으로."

진구가 차연의 오른팔을 어깨에 두른다. 앞장서서 차연을 이끈다. 옥상은 생각했던 이상으로 넓다. 그러나 생각과 달리 몸을 숨길 데가 만만치 않다.

저편에 환풍구가 올라간 기둥이 보인다. 그곳을 향해 앞서거니 뒤서거니 걸음을 옮긴다. 호흡이 전혀 맞지 않는 2인 1조 달리기 선수들처럼. 기둥 뒤로 돌아가서 나란히 쪼그려 앉는다.

상처 입은 온몸 여기저기가 다시 쿡쿡 쑤시고 저리고 아프다.

"112! 빨리!"

진구가 부리나케 자기 몸을 더듬는다. 그러다가 당황한다.

"어디 있지? 아 씨 내 전화 어디 갔지? 차연아. 너가 전화해! 빨리 신고해!"

차연이 아픈 몸을 움직여 바지 주머니를 뒤진다. 그러다 말고 인상을 쓴다. 또 다른 느낌의 통증 때문이다.

바지 주머니에서 나온 전화기가 처참하다. 기괴한 모습으로 꺾여있다. 액정은 사정없이 박살 났고, 게다가 번들번들 피가 묻어있다. 허공을 날아가서 파티션을 박살 낼 때, 그때 부서지며 날카로운 부분이 허벅지를 찢은 모양이다.

"망했네."

진구가 입술을 일그러뜨린다. 울 것 같은 얼굴이다.

"니 전화는?"

"몰라. 없어. 못 찾겠어. 어디 흘렸나 봐."

"……아아. 아아아."

쾅!

철문에서 폭발음이 들린다. 전주영이 문밖까지 온 모양이다. 철문을 걷어차는 모양이다.

"망했다. 이제 망했다."

진구는 머리에 불이 붙은 사람 같다.

"전화도 없고. 신고도 못 하고. 어떡하지?"

울상이 되어 저편 난간 너머 어둠을 바라본다.

"뛰어내릴까? 5층인데, 죽지는 않겠지?"

"죽겠지. 운이 좋으면 몰라도."

쾅!

다시 철문이 폭발하듯 요동친다. 진구가 흠칫 어깨를 떤다.

"저러다 문이 부서지는 건 아니겠지? 문짝이 떨어져 나가는 건 아니겠지? 설마 그렇지는 않겠지?"

"모르지. 그거 가져왔어?"

"여기."

차연이 분무기를 건네받는다. 밤하늘을 향해 들어 보인다.

덴티샤워가 용기 바닥에 찰랑거릴 만큼 남아있다. 안타깝다. 안타까운 양이다. GADI에 호기롭게 건네고 온 1,000밀리리터 두 병이 눈앞에 삼삼하다.

"이거 가지고 시간을 얼마나 벌 수 있으려나."

"미안해. 아까 너무 많이 뿌렸나 봐. 아 씨. 전화기 도대체 어디 간 거야."

"효과는 있어. 그건 확실해. 확실한데, 조금 약해. 분무기가 아니라 물총에 담아서 쏘는 건데."

쾅!

진구가 재차 불안한 얼굴로 철문을 돌아본다. 철문 가운 데가, 기분 탓인지, 잔뜩 부풀어 오른 듯 보인다. 아니다 분명히 휘어져 있다.

"그게 뭔지 알아내야 해. 덴티샤워의 특정 성분이 뭔지, 감염자들을 고통스럽게 하는 물질이 정확히 뭔지. 그 효과를 극대화할 방법을 찾아야 해."

쾅!

"그딴 게 다 무슨 소용이야."

진구가 징징거린다.

"이제 끝인데. 여기서 꼼짝없이 죽게 생겼는데."

"끝 아니야. 죽긴 왜 죽어. 몇 시간만 견디면 돼."

"지금 몇 시지? 날 밝으려면 얼마나 기다려야 하지?"

쾅! 쾅!

"9시쯤 됐을까. 곧 날이 밝을 거야. 밤은 길겠지만."

"제기랄."

콰당!

설마 했던 일이 실제로 벌어지고 만다. 믿고 싶지 않은 장면이 눈앞에서 덜렁 펼쳐지고 만다. 시멘트벽 일부가 우수수 부서지며, 경첩이 쪼개지며, 급기야 철문이 나가떨어진 것이다. 완벽하게 떨어지지는 않고 일부가 벽에 붙은 채 덜렁거리는 중이다.

진구와 차연이 입을 떡 벌린다. 공포에 질려 비명도 지르지 못한다.

부서진 틈새로 검은 그림자가 성큼 들어선다. 어두운 밤하늘을 배경 삼고 있어서인지 실제보다 몇 배는 더 커 보인다. 그림자가 옥상을 한 차례 둘러본다.

"어이, 4반 한차연!"

복도 저편에서 장난치는 학생을 부르듯 맑고 화창한 외침이다. 그 소리가 어두운 옥상에 쩡쩡 울려 퍼진다.

"녀석아, 여기 있는 거 다 알아."

차연과 진구가 환풍구 기둥 뒤에 납작 몸을 웅크린다. 차연이 머리를 감싸 쥔다.

도대체 뭐야. 저 멀쩡한 목소리라니. 저 다정다감한 목소리라니.

"선생님이 부르는데 들은 척도 안 해? 나와 봐, 차연아. 우리 이야기 좀 하자."

혹시 원래 상태로 돌아온 것인가? 덴티샤워를 잔뜩 흡입하고는, 어떤 화학 작용에 의해 마술처럼 감염 증세가 호전되며 의식이 되돌아온 것인가? 그렇다면 모든 위험이 사라진 것인가?

혼란스럽다.

역겨운 혼란에 머리가 깨질 것 같다.

"아주 중요한 이야기야. 여태 누구에게서도 들어본 적이 없는 이야기."

저벅저벅 발소리가 가까워진다. 옆에 숨은 진구가 속삭인다.

"귀 막아. 듣지 마. 전부 개소리야."

"차연아, 넌 힘들지 않니? 학생으로 사는 게 힘들지 않아?"

20미터. 18미터. 15미터.

저벅저벅.

"공부를 잘하는 것도 아니고. 놀기를 잘하는 것도 아니고. 친구들이랑 사이가 좋은 것도 아니고. 그렇게 사는 게 좋아? 만족스러워?"

진구가 차연의 옆구리를 쿡 찌른다. 양 검지를 세워 두 귓구멍을 틀어막는 시늉을 한다.

발소리가 조금씩 가까워진다.

"선생님만 믿어. 선생님이 도와줄게."

13미터. 10미터. 9미터.

전주영이라니. 하필 전주영이 감염자라니.

'성이연의 시신이 어째서, 하필 거기서 발견되었을까.'

귓가에 뜻밖의 목소리가 아득하게 재생되고 있다. 지난 일요일 저녁, 집 앞에서 만난 김동하 경장의 혼잣말이다.

'……상준고 다니잖아. 맞지?'

그렇다면 성이연이? 성이연이 전주영을?

아아. 아아아.

"새로운 세상을 만나게 해줄게. 아무 걱정도 고민도 없는 세상. 고통도 슬픔도 더 이상 없는 세상. 언제나 행복하고 즐거운 세상. 그러니 무서워하지 마. 무서워할 필요 없어. 무슨 말인지 알겠어?"

진구가 차연에게서 분무기를 빼앗아 든다. 내용물이 잘 섞이도록 세차게 흔든다.

"아항, 거기 있는 거 다 보이네. 어서 나와 차연아. 다 괜찮아. 괜찮으니까 어서. 응?"

8미터. 5미터. 4미터.

저벅저벅 가까워지던 발소리가 멈춘다.

바람 부는 옥상 위에 정적이 내려앉고 있다. 구름에 가렸던 반달이 다시 밤하늘을 보얗게 밝히고 있다.

기둥 너머로 고개를 살짝 내밀어 본다. 어둠 속에 전주영이 서있다. 이편을 내려다보고 있다. 웃옷을 벗었는지 하얀 와이셔츠 차림이다. 넥타이는 매듭이 헐렁하게 풀어져 있고 팔소

매는 둘둘 말아 올렸다. 어깨 뒤의 아우라 같은 것은 확인할 겨를도 없다.

"자, 숨바꼭질은 이것으로 끝. 선생님 이제 찾으러 간다!"

저벅저벅 전주영이 다가온다. 빠르게 다가온다.

진구가 차연의 팔목을 잡는다. 손아귀에 힘을 쥐어 꽉 잡는다. 의미심장하다.

뭐지?

차연이 새삼 진구를 바라본다.

진구가 일어선다. 기둥 밖으로 휙 나선다. 차연이 소리 없이 경악한다.

"움직이지 마."

두 팔을 쭉 뻗어 분무기를 내민다. 권총을 겨누듯. 실전에 처음 투입된 새내기 경찰이 그렇게 하듯.

# 추락

"이런."

전주영이 우뚝, 멈춰 선다. 두 손을 가슴 위로, 천천히, 쳐든다. 총구에 겨눠진 사람들이 그렇게 하듯.

놀라운 장면이다.

"그래, 다른 친구가 한 명 더 있었지. 누군가 했더니……. 안녕?"

전주영이 빙긋 웃는다. 떨떠름한 미소다.

"너도 1학년 4반 같은데. 이름이 뭐더라. 진규? 맞나?"

"진구. 정진구."

"그래 기억난다. 그런데 진구야. 일단 그 물건 좀 치우고 이야기하자. 응? 선생님에게 그 고약한 걸 또 뿌릴 생각이 아니라면 말이야."

밤하늘이 쏟아지는 옥상 위, 두 사람이 황야의 무법자들처럼 마주 서있다. 팽팽한 긴장감 사이로 차가운 바람 한 줄기가 지나간다.

진구가 한 걸음 나아간다. 전주영이 그 거리만큼 한 걸음 물러선다.

"이러지 마. 진정하고 내 이야기 좀 들어봐. 아주 중요한 이야기야."

"웃기지 마."

진구가 한 걸음 더 다가간다. 권총처럼 분무기를 치켜든 채. 전주영이 한 걸음 더 물러선다. 두 손을 여전히 가슴 위로 든 채.

"새로운 세상이 궁금하지 않니? 아무런 걱정도 없는 세상. 아프고 죽을 고통도 없는 세상. 누구도 따돌림 당하거나 미움받지 않는 세상. 진구 너는 그런 세상이 궁금하지 않아? 선생님이 도와줄게."

"선생 좋아하네."

진구가 오른팔을 힘차게 내뻗는다. 당장이라도 분무기를 발사할 듯. 전주영이 입가를 찡그리며 한 걸음 물러선다.

차연이 입을 헤 벌린 채 그 모습을 지켜본다. 놀랍다. 덴티샤워의 위력이 저 정도라니 놀랍다. 진구 또한 놀랍다. 새삼 놀랍다. 초등학교 2학년 때부터 지금까지 장장 9년을 지겹게 붙어 다닌 친구. 진구에게 저런 구석이 있었다니.

"당신이 박창일을 죽였어. 나쁜 놈."

"아, 그건 미안."

박창일. 괴벨스.

"나도 모르게 그만. 일부러 그런 건 아니었어."

전주영의 눈빛이 야비하게 반짝인다.

진구의 눈빛 또한 초록빛으로 반짝인다. 뽀얀 초록빛이다.

저게 뭐지?

멀리 숨어 지켜보는 차연이 자신의 눈을 의심한다. 진구의
두 눈이 지금 강렬한 초록빛으로 불타오르는 중이다. 이건 은
유도 아니고 상징도 아니다. 신호등의 보행신호처럼 쨍한 초
록빛이 선명하게 쏟아지는 중이다.

뭐지? 잘못 본 건가? 계속해서 잘못 보고 있는 중인 건가?

"하지만 그게 어때서. 좀 그러면 안 돼?"

전주영이 배시시 웃는다.

"4반 애들이 다 원하는 일 아냐? 1학년들이면 다 좋아할 일
아냐?"

진구가 한 발 또 한 발 다가간다.

전주영이 한 발 또 한 발 물러선다.

"흥분 좀 가라앉혀. 그리고 나를 봐. 내가 지금 어떤 상태인
지 아니? 얼마나 자유롭고 행복한지 알아? 모를 거야. 절대 모
를 거야."

"헛소리."

"너희들에게 이 세상을 보여주고 싶어. 내 진심이야. 못 믿겠어?"

주춤주춤 뒷걸음질을 이어가던 전주영이 마침내 멈춰 선다. 더는 물러설 곳이 없다. 허리까지 오는 난간. 그 너머는 바로 절벽이다.

전주영이 잠깐 고개 돌려 5층 아래 까마득한 풍경을 내려다본다. 한참을 내려다본다.

그 얼굴이 이상야릇하다. 뭔가 궁리하는 기색이다. 고개를 절레절레 젓는다. 빙그레 미소 짓는다. 마침내 웃는다. 어깨를 작게 들썩이며.

"크흐흐."

멀리 숨어 지켜보는 차연의 목덜미에 오소소 닭살이 돋는다.

"그만두자. 선생 말이라면 죽어라 안 듣는 새끼들이 어디 갈까."

얼음장 같은 목소리. 광기 번들거리는 눈빛.

차연이 힘겹게 일어선다.

이제 나서야 한다. 더 늦기 전에 진구를 도와야 한다. 하지만 두렵다. 무섭다. 기둥을 짚고 겨우 무릎을 편다. 거세게 움켜쥔 쇠기둥이 보이지 않게 우그러져 있다. 아무도 모르는 비밀. 차연만이 가지고 있는 놀라운 능력. 하지만 이게 다 무슨 소용이람. 벤치프레스를 몇 백 킬로그램 들어 올리면 뭐 하나고. 용기가 없는데. 이 힘을 발휘할 용기가 요만큼도 없는데. 이렇게 형편없이 손이 떨리는데.

눈물이 핑 돈다.

자기 자신이 죽도록 한심하게 느껴진다. 한심해서 견딜 수가 없다. 빌어먹을.

"빌어먹을."

전주영이 이를 악문다.

"나 지금, 아드레날린이 엄청나게 분비되는 중인가 봐. 오 마이 갓. 심장이 터질 것 같아. 더는 못 참겠어. 이제 더 이상은 못 참겠다고. 어이 학생들, 이 말은 좀 알아듣겠냐? 응?"

결정적인 순간이 다가오고 있다.

옥상 저편의 두 사람을 향해 차연이 주춤주춤 걸음을 옮긴다. 두 주먹을 그러쥔다.

"너희 둘, 모두······."

전주영이 씨근덕거린다. 이를 악물고 웅얼거린다.

"삼켜버릴 거야."

전주영이 진구에게 성큼성큼 다가간다. 두 팔을 뻗어 어깨를 와락 잡아챈다. 아니다, 이번에는 진구가 조금 더 빠르다. 분무기가 먼저 불을 뿜는다. 덴티샤워 체리 맛을 내뿜는다.

치익.

전주영이 콜록거린다. 세차게 도리질하며 괴로워한다.

치익. 칙.

이제 없다. 다 떨어졌다.

분무기를 집어 던진 진구가 전주영에게 달려든다.

"야앗!"

몸과 몸이 부딪친다. 거칠게 부딪친다. 럭비의 태클처럼. 아이스하키의 보디체크처럼. 전주영의 허리를 붙든 진구가 미친 듯 돌진한다. 난간 끝으로 집요하게 밀어붙인다. 엄청난 기세다. 괴물 같던 전주영이 우물쭈물 떠밀린다.

차연이 눈을 의심한다. 입이 절로 벌어진다. 불길한 예감이 세차게 뺨을 때린다.

"아, 안 돼!"

차연이 소리친다. 그 외침이 초속 340미터의 속도로 질주하는 순간, 거의 동시에, 두 사람이 난간 너머로 벌렁 넘어간다. 한데 엉긴 채 어둠 너머로 추락한다. 차연이 달려간다. 오른 다리의 통증은 느낄 겨를도 없다. 머릿속이 하얘지고 있다.

미친놈. 미친놈.

제대로 사고를 쳤구나. 이 미친놈 같으니.

밤바람이 세차게 불고 있다.

내일은 날이 밝으려나.

두 사람이 추락한 위치에 선다. 난간 너머로 상체를 내민다. 소운동장 쪽으로 보도블록이 이어지는 곳. 저편 가로등 불빛이 흐릿하게 사위를 밝혀주는 어름. 처참한 풍경이 눈에 들어온다. 두 사람이 한데 엉클어진 채 누워있다.

움직이지 않는다.

"진구야!"

목이 컥 멘다. 눈물은 나오지 않는다.

전주영이 벌러덩 드러누웠다. 보도블록을 베고 밤하늘을 향해 똑바로 누웠다. 머리 주변으로 검은 그림자가 둥글게 무리지어있다. 그림자가 점점 커지고 있다. 크게 번지고 있다. 피의 웅덩이다.

진구는 전주영의 가슴팍에 안겨있다. 가슴팍에 얼굴을 처박고 엎어진 자세다.

죽었나?

죽었나?

"지, 진구야!"

그러자 꿈틀, 움직인다. 꿈틀꿈틀 몸을 일으키려 애쓴다. 그러나 쉽지 않아 보인다. 안 되겠는지 꿈지럭꿈지럭, 힘겹게 옆으로 구른다. 그렇게 전주영의 품에서 벗어난다.

전주영 옆에 전주영처럼 밤하늘을 향해 똑바로 눕는다. 씨근덕씨근덕 숨을 고른다. 그런데 진구의 다리가 이상하다. 두 다리가 이상하게 구부러졌다. 무릎이 니은 자로 꺾여있다. 안쪽이 아니라 바깥쪽, 정확히는 몸 옆쪽으로.

"괜찮아? 내 말 들려?"

당장 1층으로 뛰어 내려가고 싶다. 아니다 당장에 옥상 아래로 뛰어내리고 싶다. 진구가 손을 쳐든다. 힘겹게 손을 흔든다. 잘은 보이지 않지만 손가락으로 뭔가를 표시하는 중이다. 검지를 세워 보이는 건가? 승리의 브이 자를 그린 건가? 아니면 가운뎃손가락?

차연이 다시 울컥 목이 멘다.

"미친놈. 정신 나간 놈."

죽지 않았다.

"너 죽을 줄 알아 정말!"

하늘 언저리가 환히 밝아오고 있다. 차연이 고개를 쳐든다.

저편의 어둠이 밝게 번지고 있다.

빛이다.

강렬한 빛이다.

# 다른 존재

불빛들이 강렬해진다.

불빛들이 가까워진다.

불빛들이 머리 위까지 다다른다.

불빛들이 옥상 위에 차례로 내려앉는다. 헬리콥터다. 작다. 조금 과장해서 오토바이만 하다. 타타타타, 프로펠러 소리도 거의 나지 않는다. 모두 여섯 대. 옥상 위에 한바탕 바람이 휘몰아친다.

개중 한 곳에서 누군가 뛰어내린다. 차연에게 달려온다.

"괜찮니?"

은색 고글이다. 은색 고글이 은색 고글임을 알아보는 순간 다리에 힘이 툭, 풀린다. 와르르 무너져 내리는 차연을 은색 고글이 가까스로 붙들어 부축한다.

"다친 데 없어?"

은색 고글에게 반쯤 안긴 차연이 미간을 찌푸린다.

"아파 뒈지겠어요. 여기."

"힘내. 조금만 참아."

"1층 상담실에 사람이 있어요. 괴벨스가 쓰러졌어요. 우리 반 담임선생님이요."

"우리 요원들이 방금 내려갔어. 걱정 마. 무슨 수를 써서라도 살려낼 거야. 숨이 완전히 끊어지지만 않았다면."

검은 전투복 요원들이 연이어 헬기에서 쏟아져 내린다. 일부는 옥상 여기저기를 민첩하게 살피고, 일부는 부서진 철문 밖으로 나선다. 일부는 로프를 타고 1층으로 쪼로로 강하한다.

영화를 보면, 영화가 끝나갈 때쯤이면, 종종 이해가 가지 않는 장면을 만날 때가 있다. 경찰들은 왜 꼭 모든 상황이 끝난 다음에야 현장에 나타나는 것일까. 어째서 주인공이 온갖 고생을 하고 나서, 몇 번은 죽을 뻔한 고비를 다 넘기고 나서, 나쁜 놈들을 혼자 힘으로 처리하고 나서, 그제야 기다렸다는 듯 요란스럽게 사이렌을 울리며 우르르 몰려드는 것일까. 조금 일찍 출동할 수는 없었던 것일까. 지금이 딱 그러한 상황 아닐까.

"늦어서 미안해. 빨간 불 뜨자마자 서둘러 출동한다고 했는데. 오면서 걱정 많이 했지. 무슨 일 생기면 어쩌나. 그런데 확실하게 해치웠네? 좋았어. 능력 있어. 인정해."

은색 고글의 격양된 목소리. 이런 모습은 처음이다.

"낮에 나 찾아왔었지? 미안해. 갑자기 일이 터져서."

"그거, 덴티샤워, 받았나요?"

"받았어. 의약 개발팀에 바로 전달했어. 꽤 놀라는 분위기더라."

울컥, 목이 멘다. 갑자기 핑, 눈물이 돈다. 알 수 없는 일이다.

남과 다르다는 것. 남달리 특별한 무엇이 있다는 것. 그로부터 기인한 지긋지긋한 압박감. 그간의 서러움이 한순간 씻겨나가는 기분이다. 아주 조금, 자기 자신이 자랑스러워진다.

잘했어. 이만하면 잘했어.

그런데 이상하다. 그간의 서러움이 한순간 씻겨나가는 한편, 이 상황이 또한 벅차게 서러워진다. 덩달아 다시 목이 메는 것이다. 갑자기 아빠가 생각난다. 느닷없이 엄마 생각도 난다. 급기야 눈물 한 줄기가 주르르 눈가를 타고 흐른다.

"뭐야, 지금 우는 거야?"

소매로 얼른 눈가를 닦아낸다.

"아파서 그래요. 다리도 아프고 허리도 아프고."

"아이고 저런."

요원 둘이 다가온다. 이동 침대에 차연을 옮겨 눕힌다. 은색 고글이 차연의 손을 잡아 쥔다.

그에게 말하고 싶다. 모두 이야기하고 싶다. 자신의 비밀에 대해서. 자신만의 특별함에 대해서. 문득 그런 충동이 인다.

아저씨의 아우라, 지금 내가 훤히 보고 있어요. 무슨 색인 줄 알아요?

"하여간 오늘 아주 잘했어. 잘했고, 여름 교육 때 꼭 참가하도록 해. 내가 강력 추천할 테니까."

"……여름 교육?"

요원들이 가위로 교복 바지를, 상의 옆구리 쪽을 거침없이 잘라낸다. 조심히 천을 드러내고 상처 입은 부위에 응급치료를 시작한다.

"GADI가 정식 사업으로 진행하는 미래 인재 양성 프로그램이지."

거침없이 따끔따끔 파고드는 통증에 차연이 미간을 찌푸린다. 눈물이 쏙 들어간다.

"재미있을 거야. 별별 녀석들이 다 있을 거야. 세상에 자기 혼자만 대단한 줄 아는 아이들. 자기 능력이 최고인 줄 아는 아이들. 바로 너 같은 별종들. 그런 녀석들과 함께 어울리는 모습을 상상해 보라고."

"그런 프로그램에 내가, 참석할 자격이 될까요."

"맙소사. 오늘 하루 동안 네가 한 일들을 생각해 봐. 당연히 그럴…… 아, 잠깐만."

은색 고글이 말을 끊는다. 왼쪽 손바닥을 구부려 귀와 입 사이에 가져간다. 고개 돌리고 중얼중얼 통화를 시작한다. 1층 추락 현장에 있는 요원들과 연락을 주고받는 것 같다. 드문드문 들리는 단어들로 미루어 그런 것 같다. 그런데 뭔가 심상치 않다. 그런 분위기다.

이동 침상에 드러누운 차연이 밤하늘을 바라본다. 별도 달도 보이지 않는 밤하늘이 시야 한가득 펼쳐진다.

저 어둠 속에, 그 너머에, 무엇이 있을까.

오랜 통화를 끝내고 은색 고글이 돌아온다.

"그런데 진구, 어떻게 됐나요. 많이 다쳤나요."

따끔한 소독약에 차연이 다시 미간을 찌푸린다.

"아까 여기 옥상에서 떨어졌어요. 다리가 부러진 거 같던데. 이상하게 휘어졌던데."

"걱정 마. 생명에는 지장 없어. 골절이 심할 뿐이야."

"휴우……. 아, 전주영은 어떻게 됐나요. 죽었나요?"

"죽었지. 물론 그렇지. 그런데, 에에."

은색 고글의 표정이 뭔가 떨떠름하다. 뭔가 야릇하다. 또 무슨 문제라도 생긴 것일까. 차연이 불안해진다.

"그런데 뭐요?"

"다른 게 아니라, 뭐가 좀 이상한 게 있어서."

"뭐가 이상한가요."

바람이 분다.

밤바람이 스산하다.

"전주영이 다시 살아났나요? 아니면 죽은 몸이 어디로 사라졌나요?"

"전주영은 죽었어. 확실해. 물론 사라졌다고 표현할 수도 있겠지. 시신은 그 자리에 그대로 있지만. 그게 아니라 진구 학생이……."

"진구가 뭐요. 진구가 왜요."

은색 고글이 다시 고개를 갸웃거린다.

"이거 참, GADI 경력 20년이 넘도록 이런 경우는 처음이라서."

여전히 떨떠름한 얼굴. 이걸 어떻게 설명해야 좋을지 몰라 고민스러운 기색이다.

"둘이 친하다고 했지?"

"초등학교 2학년 때부터 쭉 친구였어요. 진구에게 무슨 일이 생긴 건가요."

"서로에 대해서 잘 알고 있는 사이? 비밀이 없는?"

"맞아요. 그런 사이예요. 그런데 왜요. 도대체 무슨 문제가 있는데요."

"거 참 이상하군. 그렇게 친한 친구에 대해서, 전혀 모르고 있었단 말이야?"

"……."

차연이 입을 다물고 만다.

"진구 학생, 에에, 우리와 같은 존재가 아니라는 것 같아."

"……응?"

"응급처치 나선 요원들이 막 보고한 내용이야. 황당하지?

어이없지? 나도 마찬가지야."

"도대체 그게 무슨."

스멀스멀 목덜미를 더듬는 불길함.

저 어둠 너머, 새로운 우주가 시작되고 있다.

"우리와 같은 존재가 아니라니. 우리와 같은 존재는, 그럼 뭔가요?"

"인간이지."

"……."

"사람. 휴먼. 지구인. 현생인류. 호모사피엔스사피엔스. 알잖아."

은색 고글이 여전히 떨떠름한 얼굴이다.

"그렇게 원망스러운 눈으로 쳐다보지 마. 나도 잘 몰라. 막 보고받은 내용이라고."

## 에필로그

# 그리고 새롭게 시작되는
# 이야기들

비감염자의 항체 형성을 돕는 백신이나 감염자들의 생명을 구하는 치료제와는 조금 다른 방식으로 인체에 작용하는 'K21하이드로클로르졸' 등 신약 세 종이 긴급 사용승인 되고 7월 둘째 주부터 전국적인 접종이 시작되었다. 나흘 만에 무려 50만 명 넘는 숫자가 기록될 정도로 순조로운 접종 작업이 오늘도 진행 중이다. 8월 첫 주부터 2차 접종이 시작된 가운데 'K21하이드로클로르졸' 등의 수출입 계약을 체결한 국가들이 한 달 새 17개국으로 늘어났다는 소식이다. 신약 접종이 시작되고 4주 차, 이른바 괴바이러스 발병률이 며칠째 의미 있는 수치의 진정세를 기록하고 있다. 처음이었다.

경기도 고양시 소재 모 고등학교의 1학년 학생 두 명과 같은 학교 선생 한 명이 한밤의 이유 모를 난투극 끝에 실족하며 한 명은 중상을 입고 한 명은 목숨을 잃고 만, 역사에 길이 남을 'S고 옥상 사건'은 어찌 된 일인지 이후 TV에도 인터넷에도 뉴스 한 줄 제대로 찾아볼 수 없이 얌전하게 묻히는 분위기다. 출처와 진위가 불분명한 소문 몇 종류가 하루 이틀 학교 분위기를 뒤숭숭하게 만들긴 했지만, 덕분에, 상준고 학생들 또한 '극심한 만성우울증 끝에 돌이킬 수 없는 운명을 선택한 전주영 선생님의 마지막'과 '이와 연관이 있을지도 모르는 1학년 4반 정진구 학생의 돌연한 실종'을 일상 속에서 빠르게 잊어갔다. 그럴 수만 있다면 지난 몇 주의 끔찍한 시간들을 길지 않은 인생 속에서 통째로 도려내고 싶을 지경인 차연으로서는 그 같은 반응-현상이 불행 중 다행스러운 한편 대단히 의아할 따름이었다. 알 수 없는 누군가의 보이지 않는 손이 차연 주변 사람들 모두의 생각을 조종하고 그들의 생각과 눈과 귀와 입을 관리하고 있는 것 아닐까 싶을 정도였다.

그럴 수만 있다면 길지 않은 인생 속에서 통째로 도려내고 싶은 지난 몇 주의 끔찍한 시간들 가운데 단연 정점에 해당할 그날 밤 옥상에서의 사건 이후, 차연을 대하는 괴벨스의 행동은 과연 이것이 가능할까 싶을 정도로 달라지고 말았다. 다시 말해 그날 밤 이후, 괴벨스와 차연-차연과 괴벨스는 상준고등학교의 현재와 과거를 아우르는 역사를 통틀어 가장 각별한 사제 간으로 거듭나고 있었다. 차연을 향한, 남들은 눈치 못

챌 그러나 당사자는 모를 수 없는, 애정과 신뢰가 넘쳐나는 괴벨스의 눈빛과 음성과 미소. 차연으로서는 웃어야 할지 울어야 할지 모를 노릇이었다.

여름방학을 맞아 차연은 사연 많던 1학기 때보다도 몇 배는 더 기이하고 바쁜 하루하루를 보내고 있다. 매일 집에서 서울 탑골공원까지 오고 가는 데만 세 시간. GADI가 주관하는 미래 인재 양성 프로그램이 시작된 것이다. 하루 네 시간씩 진행되는 프로그램에서 모두 여덟 명의 동갑내기 친구들을 새로 만났다. 은색 고글이 장담한 것처럼 누구 하나 예외 없이 특이한 녀석들이었다. 세상에 자기 혼자만 대단한 줄 아는 아이들. 자기 능력이 최고인 줄 아는 아이들. 자신만의 특별한 무엇이 정작 자기 자신에게 어떠한 의미인지, 그것을 대체 어떻게 사용하면 좋을지 몰라 고민이 많은 아이들. 차연과 매우 비슷하며 또한 크게 다른 아이들. 개학을 앞두고는 멀리 남해로 7박 8일 일정의 수련회가 계획되어 있다. 수련회를 통해 차연과 여덟 명의 친구들은 배우게 될 터였다. 용기에 대해서. 옥상 사건 당시를 비롯해 종종 차연을 절망케 만들었던 '용기'를, 필요한 때에 나의 힘을 나의 것으로 만들어내는 특별한 공식에 대해서.

홀연히 종적을 감춘 뒤 무려 47일 만에 느닷없는 진구의 연락을 받은 차연은 폰에 대고 대뜸 험악한 욕설을 내뱉고 말았다. 눈물이 날 만큼 반가웠지만 동시에 그간 무심했던 녀석의 처사에 대해 참고 참았던 분노가 치밀어 올랐던 것이다. 폰 저편의 진구가 잠시 침묵을 지켰다. 차연의 험악한 반응에 잠시 말문이 막힌 모양이었다. 잠시 후, 진구가 차분하고 나직하게 말을 이었다.

"힘겹게 사지를 건너온 친구에게 할 소리가 그것뿐이냐? 교양 없는 놈."

이어지는 진구의 대사는, 차연의 17세 인생을 통틀어, 가장 놀랍고도 의미심장한 영향력을 행사하기에 충분한 종류의 것이었다.

"계속 그렇게 나와봐. 너희 엄마 이야기 안 해줄 테니까."

하도 놀란 나머지, 차연은 방금 자신이 무슨 소리를 들은 것인가 쉬 이해할 수조차 없었다.

"지금, 아니, 뭐라고?"

수화기 저편에서 진구가 작게 속삭였다.

"너희 엄마 이야기 말이야."

# 우주 너머까지 날아갈
## 아홉 번째 차연

장차 그 지구적 파장이 얼마나 클지 그 여파가 얼마나 오래도록 우리들의 일상을 괴롭힐지 미처 예측하기도 쉽지 않았던 2019년 초겨울, 그즈음 첫 문장을 썼던 작품이다. 온 인류를 얇고 답답한 일회용 마스크로 뒤덮었던 코로나 사태 속에서 힘겹게 집필을 이어가고, 매일 아침이면 새롭게 증가하는 감염자와 사망자 숫자에 목을 매던 그 우울한 일상 속에서 초고를 완성하고 곡절 많은 탈고 과정마저 끝낸 원고가 이제야 느릿느릿 세상 나들이를 시작한다. 마지막 저자교정지를 손에서 내려놓으며 새삼 생각건대, 이 책을, 저 길고 고통스러웠던 팬데믹 시절의 아픈 추억들을 오래도록 공유하며 살아갈 독자들 모두에게 바쳐도 좋을 것 같다. 그간 우리 모두 고생 많았다,

고 말할 수 있는 시절을 다시 살게 되어 참으로 다행이다.

열일곱 번째 작가의 말이다. 처음 쓰는 청소년 소설이요, 아홉 번째로 세상에 내놓는 '차연'이다. 새삼 걸음 멈추고 그간의 차연들을 돌아본다. 《영광전당포 살인사건》에서 대오각성한 살인자 차연, 《변신》에서 우주여행 중에 길을 잃은 목사 차연, 《여관》에서 정체 수상쩍던 여관 여행자 차연, 《슬픔장애재활클리닉》에서 '애도와 위안'이라는 직업윤리에 충실하던 차연, 《사랑, 그 녀석》과 《사랑할 땐 사랑이 보이지 않았네》에서 은원의 지긋지긋하도록 오랜 연인으로 고생 많았던 차연, 《늙은이들의 가든파티》에서 사망 이후 원치 않은 뇌 이식수술로 새롭게 태어난 차연까지. 그리고 이번 작품 《입맞춤 바이러스 주의보》를 통해서, 소설가 한차현의 영원한 페르소나 차연이 고등학교 1학년 학생으로 다시 돌아왔다. 그간의 차연들에 비해 가장 나이 어린 차연이요, 세상의 열일곱 살이 대개 그렇듯 아직 완성되지 않은 차연이다. 장차 어떻게 성장할지 어떤 식으로 세계 속 자신을 증명해 보일지 누구도 알 수 없는 차연이다. 어린 나이이기에 그만큼 독자들과 가장 오랜 시간 만남을 이어갈 차연이다. 특유의 캐릭터로 조만간 우주적인 규모의 사고를 단단히 치고야 말 차연이다. 상준고등학교 1학년 차연(과 진구)의 건투를 빈다.

소설가로서 글을 쓰고 새로운 책을 꾸준히 발표하며 살아가는 일이란 나 스스로 생각하기에도 참으로 낯설고 이해가 가지 않는 나날의 연속이다. 이 낯설고 희한한 삶을 매번 견디도록 도와주는 순간들이 있다. 새로운 이야기를 자유로이 구상하는 때의 즐거움이 그 하나다. 말도 안 되는 난관들을 얼렁뚱땅 헤쳐가며 한 문장 두 문장 새로운 작품을 완성해 가는 과정의 즐거움이 또 하나다. 마침내 세상에 없던 소설 하나가 완성되고 그것이 이전까지는 세상에 존재하지 않던 독자들을 새롭게 만날 때, 새 작품에 대한 평을 청취하고 감상을 접하는 일의 수줍고도 두근두근 뿌듯한 즐거움이 마지막 하나다.

긴 과거가 지나고, 이제 많은 이들의 도움 속에서 탄생한 《입맞춤 바이러스 주의보》가 얼굴 모르는 독자들과 새로운 인연을 만들어 갈 시간이다. 매번 그렇지만 이번에도, 솔직히, 설레어 죽을 지경이다.

안녕.

반가워요, 모두 안녕.

한차현이라고 합니다.

2023년 여름
종로 누상동에서

## 입맞춤 바이러스 주의보

**초판 1쇄 발행** 2023년 9월 26일
**초판 2쇄 발행** 2024년 4월 30일

**지은이** 한차현
**펴낸이** 김문식 최민석
**총괄** 임승규
**책임편집** 조연수 명지은
**기획편집** 이혜미 김지은 김민혜
　　　　　신지은 박지원
**마케팅** 조아라
**디자인** 배현정

**펴낸곳** (주)해피북스투유
**출판등록** 2016년 12월 12일 제2016-000343호
**주소** 서울시 성북구 종암로 63, 5층 (종암동)
**전화** 02)336-1203
**팩스** 02)336-1209